RAIMUND A. MADER

Schindlerjüdin

ZWISCHEN DAMALS UND HEUTE Frühjahr 1948, kurz vor der Währungsreform. In Regensburg werden drei Männer auf brutale Art und Weise ermordet. Schnell ist klar, dass es sich bei den Opfern um ehemalige SS-Mitglieder handelt, die im Konzentrationslager Plaszów unter Lagerkommandant Amon Göth Grausamkeiten an jüdischen Häftlingen begangen haben. Im Zuge der Ermittlungen taucht überdies ein bekannter Name auf: Oskar Schindler, wohnhaft in Regensburg.

Mehr als 50 Jahre später beherrscht die Frage die Stadt, ob zu Ehren Oskar Schindlers eine Gedenkstätte gebaut werden soll. Dann wird ein Zeuge der damaligen Taten, Paul Gemsa, ein schlesischer Heimatvertriebener, selbst ermordet. Gemsa ist mittlerweile zum wohlhabenden Bürger und Stadtrat in Regensburg aufgestiegen. Kommissar Adolf Bichlmaier ist sich sicher, dass es einen Zusammenhang zwischen den Verbrechen geben muss …

Raimund A. Mader, geboren 1952 in Bad Tölz, lebt seit vielen Jahren in der nördlichen Oberpfalz. Er studierte Anglistik und Germanistik in München und Seattle/Washington. Heute arbeitet er als Gymnasiallehrer in Weiden. Mit dem Kriminalroman »Schindlerjüdin« setzt er seine Serie um den Regensburger Kommissar Adolf Bichlmaier fort.

Bisherige Veröffentlichungen im Gmeiner-Verlag:
Glasberg (2008)

RAIMUND A. MADER

Schindlerjüdin

Kriminalroman

GMEINER *Original*

Personen und Handlung sind frei erfunden.
Ähnlichkeiten mit lebenden oder toten Personen
sind rein zufällig und nicht beabsichtigt.

Besuchen Sie uns im Internet:
www.gmeiner-verlag.de

Im Ehnried 5, 88605 Meßkirch
Telefon 07575/2095-0
info@gmeiner-verlag.de

1. Auflage 2010

Lektorat: Claudia Senghaas, Kirchardt
Herstellung/Korrekturen: Julia Franze / Doreen Fröhlich
Umschlaggestaltung: U.O.R.G. Lutz Eberle, Stuttgart
unter Verwendung eines Bildes von: nschulle / photocase.com
Druck: Fuldaer Verlagsanstalt, Fulda
Printed in Germany
ISBN 978-3-8392-1105-2

Meiner Mutter, die ihre Heimat verloren hat, aber uns eine gewesen ist …

Die Welt ist die Äußerung einer unvernünftigen und blinden Kraft; in ihr zu leben heißt leiden.

A. Schopenhauer

ERSTES BUCH

1

Da ist keiner, der von der schwarzen Milch der Frühe trinkt. Nur Schlangen, die sich am blutgetränkten Ufer tummeln. Die Brücke in Stein gehauen, für die Ewigkeit gebaut. Welche Ewigkeit? Ein grauer Mond steht über dem Fluss. Ein Rüde bellt in der Ferne und ist doch so nahe …

Ein schlanker, breitschultriger Mann, gekleidet in lederne Kniebundhosen, mit Wollkniestrümpfen und Filzhut, gehüllt in einen groben Lodenmantel, der ihm viel zu kurz ist – wohl hat er ihn sich nur geliehen –, eilt mit hastigen Schritten durch die engen Gassen der Regensburger Innenstadt, nähert sich der Steinernen Brücke. Die meisten Gebäude, an denen er vorbeihuscht, scheinen weitgehend unversehrt und nur an manchen noch sind Spuren von Zerstörung zu erkennen. Die gröbsten Trümmer sind beseitigt, wenngleich hier und da dunkle Schlunde links und rechts der Straßen und Gassen gähnen, Zeugnis ablegen von Barbarei und von Zeiten unmenschlichen Größenwahns.

Trotz der weit ausgreifenden Schritte wirkt der Mann bedrückt und zögerlich. Scheint sich selbst fremd. Als befände er sich nicht in seinem angestammten Revier.

Er sieht auf die Uhr. Es ist kurz nach halb drei.

Als er die Brücke erreicht hat, bleibt er stehen. Hier, am Zugang zur Brücke, dem alten Brücktor, sind die Zerstörungen durch die Sprengungen während der letzten Kriegstage noch deutlich zu sehen. Der Mann blickt auf den Fluss, ein fahles, dunkles Band, das sich zitternd um die mächtigen Brückenpfeiler wickelt. Er kramt in seiner Manteltasche, holt ein zerdrücktes Päckchen mit Ami-Zigaretten heraus, zündet sich eine davon an, nimmt zwei, drei Züge und schnipst dann den angerauchten Stummel weg.

Immer wieder dreht er sich um, und doch nimmt er dabei den grauen Schatten nicht wahr, der nur wenige Meter hinter ihm im Schutz einer Gartenmauer verharrt.

Erst nach einigen Minuten geht der Mann weiter, wagt sich durch das Brücktor hinaus auf die ungeschützte Brücke. Dort trifft ihn der kalte Nachtwind mit voller Wucht und er scheint noch tiefer in sich hineinzukriechen als zuvor. Als er etwa 50 Meter gegangen ist, leuchten am anderen Ende der Brücke plötzlich die gelben Scheinwerfer eines Fahrzeugs auf und verlöschen wieder. Der Mann zögert einen Moment, geht aber weiter, bis er den Scheitelpunkt der Brücke erreicht hat. Dort, direkt neben dem Bruckmandl, dem verwitterten, steinernen Wahrzeichen, bleibt er stehen und wartet.

Von der anderen Seite des Flusses nähern sich bald darauf drei dunkle Gestalten, Männer mit breitrandigen Hüten, tief in die Stirn gezogen. Es dauert eine Weile, bis sie den Einzelnen erreichen.

»Heil Hitler, Oskar«, grüßt einer der drei Männer.

Oskar Schindler nickt nur.

Aus dem Tor tritt der Schatten heraus, wird Teil der Brücke, huscht weiter, grau und lautlos, duckt sich hinter Vorsprüngen und Teilen der Brüstung, nähert sich den vier Männern, verharrt und wird selbst zu Stein.

Wir sind die Schatten, Asche, herabgefallen von einem leeren Himmel, zu beschützen die Gerechten, die, im Dunkel der Nacht verloren, uns ein Licht gewesen.

Wir sind die Schatten, zurückgekehrt aus dem Reich des Todes, unfähig zum Leben und doch bereit, dieses zu bewahren.

2

Melchior Koenig, seit Kriegsende zuständig für Kapitalverbrechen bei der Regensburger Schutzpolizei, schob eines der betagten Dienstfahrräder, die den Beamten seiner Dienststelle bei ihren Ermittlungen momentan als einziges Verkehrsmittel zur Verfügung standen, an einen Baum und lehnte es vorsichtig dagegen. Auf die Menschen, die in kleinen Gruppen am Straßenrand standen, achtete er nicht. Er bückte sich umständlich und etwas mühsam, löste die Wäscheklammer an seinem Hosenbein und steckte sie in die rechte Tasche. Dann zog er ein großes, blau-weiß kariertes Taschentuch heraus und wischte sich über die Stirn. Das Fahrradfahren strengte ihn an, was vor allem auch daran lag, dass sein linker Fuß seit den Tagen an der Westfront verkrüppelt geblieben war.

Und dennoch! Seit Jahresbeginn war er nun Beamter. Von der Militärbehörde und dem Präsidium der Landpolizei vor zwei Jahren zurückgeholt und nach dem Entnazifizierungsverfahren auch wieder eingestellt. Nunmehr als Polizeibeamter der Kriminalaußenstelle Regensburg. Trotz des kaputten Beins. Wie es schien, hatte er in seinem Leben also doch noch Glück. Ganz anders als die drei Männer, die da wenige Meter unterhalb von ihm, seltsam verkrümmt, auf der feuchten Erde des Donauufers lagen.

Alle drei waren nackt, was schrecklich obszön aussah, und er musste unwillkürlich an Schweine denken. Seine Eltern hatten regelmäßig geschlachtet. Bis ins letzte Kriegsjahr hinein. Er hatte sich dabei immer geekelt vor den toten Tieren, wenn sie zum Ausbluten weiß und dampfend an einem Haken vor dem Küchenfenster vom Dachbalken hingen.

Koenig rutschte die schlammige Uferböschung zur Donau hinunter, um sich die Leichen näher anzusehen. Trotz der Kälte glaubte er, einen brackigen Hauch vom Fluss her zu verspüren. Ihn fröstelte mit einem Mal. Schon als er von oben auf die Szene hinabgeblickt hatte, war ihm aufgefallen, dass die drei Männer schrecklich fett waren, sodass ihre Genitalien, die klein und verkümmert unter den mächtigen weißen Bäuchen hingen, kaum zu sehen gewesen waren. Aber erst, als er nun nähertrat, erkannte er, dass die Mörder ihre Opfer auf brutale Weise kastriert hatten. Dazu waren ihnen die Hände auf dem Rücken gefesselt worden. Einen Moment lang starrte er auf die grässlichen Verstümmelungen, spürte, wie sein Magen zu rebellieren begann, und er musste sich abwenden. Sie mussten noch gelebt haben, als die Mörder die Messer angesetzt hatten. Da waren jeweils große Blutlachen, dort, wo die drei Leichen lagen. Ein Zeichen, dass die Herzen der Männer zu diesem Zeitpunkt noch geschlagen und dicke Blutstrahlen aus den Körpern gepumpt hatten. Wieder musste er an zu Hause denken, erinnerte sich erneut an die Schweine seiner Eltern, wie sie fahl und haarlos und dampfend vor dem Küchenfenster gehangen hatten. Blutlachen auf gefrorenem Boden – auch dort.

Er schnaufte einige Male tief durch. Erstaunt stellte er fest, dass ihn der Anblick der drei geschändeten Toten in unerwarteter Weise berührte. Nach all dem Schlimmen, das er an der Front gesehen hatte, empfand er dies als ungewöhnlich. Der Alltag des Krieges, der Tod, das Sterben der Kameraden, alles schien bereits wieder in weite Ferne gerückt zu sein. Was zählte, war die Gegenwart. Ein gnädiger Mechanismus, der es den Menschen erlaubte, von einem Schrecken zum nächsten zu taumeln.

Koenig sah sich um. In einiger Entfernung saß auf einem Baumstamm ein junger Mann, fast noch ein Kind, zusammengesunken, den Kopf auf den Knien. Er hatte die Arme um seine Beine gelegt und schaukelte ganz leicht vor und zurück. Immerfort. Neben ihm ein uniformierter Schutzpolizist, der unbewegt in die Ferne starrte. Koenig wollte gerade zu den beiden hinübergehen, als oben auf der Straße ein amerikanischer Jeep heranfuhr.

Der Mann, der auf der Beifahrerseite ausstieg, war spindeldürr und hatte die abstehendsten Ohren, die Koenig je bei einem Menschen gesehen hatte.

»What the fuck …«, fluchte er derb, wobei er intensiv auf einem Kaugummi herumkaute. »Was zum Teufel ist denn hier passiert?«, fuhr er dann mit breitem Oberpfälzer Akzent fort.

Koenig zuckte mit den Schultern. Was sollte er auch sagen.

Der Mann, der mit schlaksigen Schritten auf ihn zukam, war Lieutenant Roth, der Public-Safety-Offizier der US-Truppen. Roth war gebürtiger Regensburger, einer von denen, die Deutschland schon bald nach der Machtergreifung verlassen hatten. Damals, als das Unheil Form angenommen hatte. Jetzt war er zurückgekehrt. Zurück in seine alte Heimat. Als amerikanischer Besatzungsoffizier … Aber natürlich war das nun nicht mehr seine Heimat.

»Wer sind die Männer?«, fragte er.

Wieder zuckte Koenig nur mit den Schultern, konnte nichts dazu sagen. Überhaupt wusste er nicht, was er von Roth halten sollte. Hatte noch nie mit ihm zu tun gehabt, obwohl er natürlich von ihm gehört hatte. Er fühlte sich unwohl in seiner Nähe, so als seien sie beide in unterschiedliche Rollen geschlüpft, die sie nun widerstrebend ausfüllen mussten. Auch der andere schien die Distanz zu spüren. Koenig schaute weg, auf den Fluss, der braun und öde vorbeizog. Ob die Amis die Ermittlungen in diesem Mordfall übernehmen wollten? Natürlich hatten sie das Sagen. Nun, er würde sehen.

»So ein Scheißtag«, brummte Roth. Koenig nickte. Fühlte, dass er etwas erwidern musste.

»Jemand hat ihre Kleider mitgehen lassen«, meinte er schließlich. »Und irgendjemand hat ihnen die Schwänze abgeschnitten.«

Roth wandte sich den drei Leichen zu, starrte sie einen Moment lang an. »Stimmt«, sagte er. In seinem Gesicht bewegte sich nichts. Nur die Kiefer, die den Kaugummi kauten.

»Die sehen verdammt gut genährt aus«, fügte er hinzu. »Habt ihr die … ähm … die fehlenden Teile schon gefunden?« Als er dies fragte, stand die kalte Märzsonne direkt hinter ihm und schien durch seine Ohren zu strahlen, die blutrot von seinem kahlen Kopf abstanden.

»Nein«, beteuerte Koenig. »Ich bin gerade erst gekommen.« Er schaute zu dem Schutzpolizisten hinüber, doch der stierte immer noch müde vor sich hin. »Wir warten noch auf den Fotografen und den Pathologen«, ergänzte er entschuldigend. »Vorher kann ich hier nicht anfangen.«

In der Ferne war in diesem Augenblick das Rattern eines Dieselmotors zu hören und kaltes blaues Licht zuckte durch die Bäume, kam langsam näher.

»Das Überfallkommando«, rief der Schutzpolizist. »Gott sei Dank … die haben sich aber Zeit gelassen.«

Koenig winkte den Mann zu sich. »Schauen Sie zu, dass niemand von den Leuten dort oben zu nahe an unsere Leichen kommt. Am besten, Sie nehmen die Namen von allen auf, die da herumlungern. Auch von den Kindern.«

Niemand hatte bislang daran gedacht, die Kinder wegzujagen. Die standen wie die Handvoll Erwachsener fassungslos gaffend herum.

Der Polizist salutierte, schaute ihn aber widerstrebend und missmutig an.

»Nun gehen Sie schon«, forderte Koenig ungeduldig.

Roth war in der Zwischenzeit näher an die drei Leichen herangetreten und hatte sich über sie gebeugt. »Sieht aus, als hätte ihnen jemand das Genick gebrochen«, vermutete er. »Der Mörder muss große Kraft gehabt haben. Aber vielleicht waren es ja auch mehrere Mörder, die …« Er führte den Satz nicht zu Ende und richtete sich auf. »Sehen Sie …«, sagte er.

Koenig blickte auf die Köpfe der Leichen. Roth hatte recht. In allen Fällen waren die Schädel in unnatürlicher Stellung nach links verdreht. Die Augen der Opfer waren dabei weit geöffnet. Es schien Koenig, als könne man in ihnen die schrecklichen Qualen im Angesicht des Todes noch erkennen.

Sie warteten, bis Fehlner, der Polizeifotograf, so weit war. Der schraubte seine Kamera auf ein hölzernes Stativ und suchte die günstigste Position, um die drei Leichen abzulichten. Er wetterte, als er aus Versehen in eine große Pfütze trat und ihm das Wasser in die Schuhe lief.

Dann endlich. Die Kamera ragte aus dem harten Boden und schien schließlich in einem grellen Blitz zu explodieren. Noch zwei, drei weitere Blitze, ein Versuch, das Böse aus nächster Nähe festzuhalten, es greifbarer zu machen. Als er die Aufnahmen erledigt hatte, sah Fehlner kurz zu Koenig, und als dieser nickte, packte er umständlich seine Ausrüstung wieder zusammen.

»Verdammte Sauerei«, knurrte er noch. Er seufzte, schien aber mehr wegen seines durchnässten Schuhwerks verärgert als wegen der Toten betroffen.

Koenig wandte sich um, hielt Ausschau nach Mayerhofer, dem Pathologen. Der kam in dieser Sekunde gerade vorsichtig die Böschung heruntergerutscht.

»Lassen Sie mal sehen, was wir da haben«, sagte er. Er nickte Roth zu, den er wohl kannte, und begrüßte Koenig. Dann griff er in seine Manteltasche und zog ein Paar Handschuhe heraus, die er sich sorgfältig überzog. Er trat auf die vorderste Leiche zu und beugte sich steif nach vorne.

Doktor Mayerhofer war erst vor wenigen Monaten zum Pathologen bei der Kripo in Regensburg bestellt worden. Auch er war von der amerikanischen Militärverwaltung wieder eingestellt worden, im Anschluss an die langen Jahre des Krieges, die er als Sanitäter an der Ostfront verbracht hatte. Koenig hatte schon einige Male mit ihm zusammengearbeitet und schätzte ihn wegen seiner ruhigen und ausgeglichenen Art.

Nach einer ganzen Weile winkte Mayerhofer Koenig

zu sich. »Helfen Sie mir. Wir müssen die Männer auf den Bauch oder auf die Seite drehen.«

Koenig fühlte Ekel in sich hochsteigen. Es kostete ihn Überwindung, die Toten anzufassen. Er wünschte, er hätte Handschuhe dabei, wie Mayerhofer. Er beugte sich aber doch nieder und gemeinsam fassten sie die vorderste der drei Leichen unter den Achseln und hievten sie herum, bis sie auf der Seite lag. Koenig war erstaunt, wie schwer sie war. Das Fleisch war hart und kalt und glitschig, und als sie losließen, wäre der Körper beinahe wieder in die Ausgangsstellung zurückgerollt.

Als Koenig sich aufrichtete, wischte er sich die Hände an den Hosen ab, sah, wie Mayerhofer ihn mit einem spöttischen Ausdruck in seinen Augen betrachtete. Beide keuchten sie vor Anstrengung. Dann nahm der Pathologe ein kleines Messer aus seiner Bereitschaftstasche und durchtrennte die Fesselung des Mannes.

Koenig ging ein paar Schritte zurück, stellte sich neben Roth, der noch immer unbewegt auf seinem Kaugummi kaute. Gemeinsam verfolgten sie, wie Mayerhofer den Körper des Toten abtastete, den linken Arm der Leiche so weit es ging anhob und sich schließlich zu ihnen umdrehte.

»Sehen Sie«, wendete er sich dabei mit einem Seufzer an die beiden Beamten.

Koenig und Roth traten näher, blickten wohl beide auf den linken Unterarm der Leiche. Zuerst erkannte Koenig nicht, was Mayerhofer meinte. Erst als dieser auf den Oberarm deutete, nahm er das kleine, blaugrüne A zwischen Bizeps und Achselbehaarung des Mannes wahr. Ohne Zweifel war dies eine Blutgruppentätowierung – Kainsmal der ehemaligen SS-Angehörigen.

Ohne etwas zu sagen, nickte er und schaute zu Roth, der neben ihm stand. Der starrte noch ein Weilchen auf den Toten, ging dann wortlos an diesem und den beiden anderen Leichen vorbei, hin zum Rand des Flusses, und spuckte mit gewaltiger Kraft seinen Kaugummi in die braune, böse Flut.

Der junge Mann machte eine hilflose Geste. Er konnte kaum älter als 17 sein. Er sieht aus, als hätte er Hunger, dachte Koenig. Noch immer saß er auf dem Baumstamm, der vor ewigen Zeiten von irgendwoher angeschwemmt worden war.

Es lag etwas Abwartendes in seiner Haltung.

»Wie heißt du?«

»Paul Gemsa, Herr Kriminaler.«

Koenig musterte ihn. Er war also einer von den vielen Flüchtlingen aus dem Osten, die nach der Vertreibung in die Stadt gespült worden waren. Auch sie Treibgut. Aus Schlesien vielleicht. Oder aus dem Sudetenland, dem Baltikum. Aber da war nicht nur die andersartige Sprache, die ihm auffiel. Vielmehr war es das Geduckte, das zutiefst Heimatlose, die bittere Erfahrung, nicht willkommen zu sein, die dem Jungen ins Gesicht geschrieben stand.

»Du hast die Männer gefunden?«, fragte er behutsam. Der Junge nickte.

Koenig setzte sich neben ihn. »Woher kommst du?«

»Aus Makau … das ist in der Nähe von Ratibor.«

Koenig lachte ein bisschen. »Wo ist Ratibor?«

Der Junge schaute ihn verwundert an. »Das ist in der Nähe von Gleiwitz … Im Osten.«

»Das ist weit weg. Und deine Eltern?«

»Die Mutter und der Vater sind in der Heimat geblieben. Zusammen mit der Marie ... das ist meine älteste Schwester.«

Einen Augenblick sah es so aus, als würde er anfangen zu weinen, aber dann schaute er doch nur geradeaus zum Fluss.

»Die Russen werden ihr schon nichts tun«, fügte er hinzu. »Die Marie hat nämlich schon ein Baby ... Da tun sie ihr doch bestimmt nichts ...«

»Wie bist du denn nach Regensburg gekommen?«

Der Junge zuckte mit den Schultern. »Im Viehwaggon mit dem Zug und zu Fuß ... Über Prag ... wir sind über Prag gekommen ...«

Koenig lehnte sich ein wenig zurück und versuchte, sein linkes Bein auszustrecken. Er hatte Schmerzen, was wohl auch von der Kälte und der Feuchtigkeit hier am Fluss kam. »Wie kommt es, dass du schon so früh unterwegs warst?«

Der Junge schwieg.

»Wolltest wohl zum Neupfarrplatz, zum Organisieren?«

Koenig wartete. Er sah den Ausdruck von Müdigkeit im Gesicht seines Gegenübers und plötzlich musste er daran denken, was für ein eigenartiger Begriff dies doch war. Organisieren war zum Ersatzwort für den Überlebenskampf in einer kaputt gegangenen Welt geworden.

Der Junge nickte. »Mein Bruder ist krank. Er braucht Medizin.«

»Woher hast du Geld für Medizin? Geklaut? Oder hast du was zum Tauschen? Zigaretten?«

Wieder schwieg der Junge.

Koenig legte eine Hand auf seine Schulter. »Hör zu, es ist mir egal, wo du das Geld oder das Zeug herhast. Was mich interessiert, ist, was du gesehen hast. Hast du irgendwas gesehen? Bevor du die Leichen gefunden hast?«

Der Junge schüttelte den Kopf. »Ich habe nichts gesehen, ich schwöre es.«

»Niemanden?«

»Nein!«

Koenig betrachtete ihn von der Seite. Etwas stimmte nicht. Da war ein kurzes Zögern in der Stimme des Jungen gewesen. Er wartete. Das Schweigen hielt an. Schließlich begann der Junge zu sprechen.

»Ich bin mir nicht ganz sicher … Auf der Brücke dort oben, da war etwas …« Er deutete mit dem Kopf in die von ihm erwähnte Richtung. »Dort, wo die Figur ist, da war jemand. Ich glaube, es war ein Mädchen. Aber ich bin mir nicht sicher.«

»Warum denkst du, dass es ein Mädchen war?«

»Na, wegen der Zöpfe.«

Koenig betrachtete seinen Gesprächspartner aufmerksam. Was wohl in dem Kopf des Jungen vor sich ging?

»Kann ich jetzt gehen?«

»Natürlich.«

Mit einem Ausdruck der Erleichterung stand der Junge auf. Als Koenig hinter ihm herschaute, bemerkte er es plötzlich. Es war die Art und Weise, wie der 17-Jährige die Hand in seine Hosentasche steckte. So als ob er etwas suchte, so als ob er sich überzeugen wollte, dass es noch da war.

»Paul, da ist noch was!«

Der Junge sah sich um. Kurz glaubte Koenig, er würde davonlaufen. Doch dann senkte er den Blick und wartete, bis Koenig auf ihn zutrat. Der sagte nichts, hielt dem Jungen nur die offene Hand hin.

»Was?«

Trotz und eine Ahnung, dass er verloren hatte, zeigten sich in seinem Gesicht. Schließlich nahm er die Hand aus der Tasche und legte einen kleinen Samtbeutel in Koenigs wartende Hand. Tränen der Enttäuschung stiegen ihm dabei in die Augen.

»Das habe ich gefunden. Das lag dort drüben.«

»Wo?«

»Neben der Leiche.« Er deutete auf den hintersten der drei Körper, die noch immer bleich und nackt auf dem harten Boden lagen. Niemand hatte sich die Mühe gemacht, sie zu bedecken.

»Hast du sonst noch etwas gefunden?«

Der Junge schüttelte den Kopf.

»Na schön«, sagte Koenig. Der Bub tat ihm leid. »Geh nach Hause«, setzte er nach, aber der Junge schaute ihn nur verständnislos an.

Koenig ging zurück zu dem Baumstamm. Er setzte sich, nahm den kleinen Beutel und öffnete ihn. Etwas Hartes, das sich wie ein Kieselstein anfühlte, rollte auf seine Handfläche. Überrascht betrachtete der Schutzpolizist die geschliffenen Steine, die rötlich in der Morgensonne blitzten.

So blieb er nahezu regungslos eine geraume Zeit sitzen. Von irgendwoher ertönte der Schrei einer Elster und Koenig schloss die Hand zur Faust.

3

Er hatte Roth die Steine nicht gezeigt. Warum er seinen Kollegen von dem Fund nicht in Kenntnis gesetzt hatte, wusste er jetzt nicht mehr so recht zu sagen. Aber schließlich konnte er dies ja immer noch nachholen.

Melchior Koenig fuhr mit seinem Fahrrad an St. Peter vorbei, hin zur Domstraße und weiter in östlicher Richtung. Hier sah alles sehr friedlich aus. Die Häuser und die Straßen der Altstadt hatten durch die Bombardements der Alliierten kaum gelitten. Die meisten Bomben hatten ohnehin den Messerschmitt-Werken gegolten, die sich weit außerhalb der Stadt befanden. Wären die vielen zerlumpten Gestalten nicht gewesen, die frierend durch die Straßen geisterten, hätte man glauben können, dass hier niemals ein Krieg stattgefunden hatte.

Es lag eine große Kälte über der Stadt, aber zwischen den mächtigen Bürgerhäusern blies der Wind nur mehr verhalten, hatte nicht mehr die Kraft wie weiter nördlich, entlang der Donau. Dennoch strengte es Koenig an, in die Pedale zu treten. Ein steiler, lang gezogener Anstieg machte ihm zusätzlich zu schaffen. Das verkrüppelte Bein schmerzte und er beschloss, abzusteigen und zu schieben. Bis zur Dienststelle am Minoritenweg war es noch ein ganzes Stück.

Der Junge ging ihm nicht aus dem Kopf. Er hatte ihn so eigenartig angesehen, als er gegangen und die Böschung hinaufgeklettert war. Natürlich hatten sie seine Personalien aufgenommen, sodass sie ihn jederzeit nochmals vernehmen konnten. Er war im DP-Lager untergekommen, war einer der vielen Tausend Displaced Persons, der Entwurzelten des Krieges, die aus dem Osten nach Bayern und in die umliegenden Bundesländer geströmt waren. Dort, im Lager, lebte er seit der Flucht zusammen mit seinem Bruder und seiner kleinen Nichte. Das hatte er zumindest dem Polizisten erzählt, der seinen Namen notiert hatte.

»Gesindel«, hatte der halblaut gemurmelt, als er Bericht erstattet hatte. »Das sind keine von uns.«

Koenig hatte den Mann zurechtgewiesen, aber er wusste, dass die meisten Einheimischen so dachten. Auf jeden Fall war er sich sicher, dass er recht bald noch einmal mit Paul Gemsa aus Makau würde sprechen müssen.

Er wischte die Gedanken an den Jungen beiseite und versuchte, sich auf das zu konzentrieren, was als Nächstes zu tun war. Natürlich mussten sie als Erstes herausfinden, wer die Toten waren. Alle hatten sie die verräterische Tätowierung am linken Oberarm gehabt. Davon hatten sie sich noch am Fundort der Leichen überzeugt.

»Hatten denn nur die SS-Leute diese Blutgruppentätowierung?«, hatte Fehlner gefragt, der wie die anderen Mayerhofer bei seiner Untersuchung der Leichen zugesehen hatte.

Der Pathologe hatte genickt. »Na ja«, hatte er noch angemerkt. »Die Herrschaften wollten im Fall einer Verwundung schließlich keine Zeit verlieren. Keine langwierigen Blutuntersuchungen … die von der SS waren halt was Besseres …«

Man konnte also ziemlich sicher davon ausgehen, dass es sich bei den Opfern um ehemalige SS-Leute handelte. Koenig wusste, dass den Amis eine umfassende Kartei mit Lichtbildern von ehemaligen Parteimitgliedern in die Hände gefallen war. Auch gab es in Nürnberg eine Liste der SS-Angehörigen, die von den Kriminologen eingesehen werden konnte. Die Wahrscheinlichkeit, Hinweise auf die drei Toten darin zu finden, war recht hoch. Es sollte keine Schwierigkeiten bereiten, die Männer zu identifizieren. Sie brauchten nur auf die Aufnahmen, die Fehlner gemacht hatte, zu warten, um einen Bildabgleich machen zu können.

Trotz allem fühlte sich Koenig unbehaglich. Es war ein eigenartiges Gefühl und er wusste nicht so recht, woher es kam. Ungefähr so, als wenn man plötzlich aus einem Traum erwacht und noch eine vage Ahnung hat von tiefen Ängsten, durch die man gerade gegangen ist, während man dann doch in rasender Eile jegliche Erinnerung daran verliert.

Eng verbunden mit diesem Gefühl des Unbehagens war etwas anderes, das ihn zutiefst beunruhigte, die Ahnung eines möglichen Scheiterns nämlich. Es breitete sich eine innere Unsicherheit in ihm aus, die aber vielleicht auch andere Gründe haben konnte und eher auf die äußeren Umstände zurückzuführen war.

Es waren die Zeitumstände, wie er vage verspürte. Das Leben nach dem unbegreiflichen Sündenfall. Die Menschen hatten kein Interesse daran, Ordnung herzustellen. Zu nahe waren noch die Abgründe, in die sie geblickt hatten, um bereits wieder an etwas wie das Allgemeinwohl, an Recht und Ordnung denken zu können. Und war denn nicht das ganze deutsche Volk in eine kriminelle Affäre hineingetaumelt? Da galt es für die meisten in erster Linie, über die Runden zu kommen, zu überleben, die tägliche Not zu ertragen. Und es blieb kein Platz, sich dabei mit den Rätseln eines einzelnen banalen Kriminalfalles zu beschäftigen, mochte dieser noch so bizarr sein.

Schließlich musste er sich aber auch selbst als Mensch und als Polizist infrage stellen. Er dachte an seine Zeit in Frankreich. Mit welcher Begeisterung er damals in den Krieg gezogen war. Nun, die hatte er recht schnell verloren, als er verwundet worden war. Dort im Lazarett, neben all den schreienden und wimmernden Kameraden, den verstörten Männern, die mit leerem Blick vor sich hingestarrt hatten, dort hatte er seine Begeisterung verloren. Wie lange war das her? Sieben, höchstens acht Jahre. Auf keinen Fall verjährt ... Was gab ihm nun das Recht, nach Ordnung zu rufen? Ein Gefühl der Pflicht? ... Schon wieder? ... Und wem gegenüber galt es nun, seine Pflicht zu erfüllen? Melchior Koenig wusste keine Antwort, ahnte nur, dass er sich zusammennehmen, sich anstrengen musste, um seine Empfindungen in den Griff zu bekommen.

Er schaute auf die Menschen, die an ihm vorbeieilten, hungrig und ausgezehrt, manche in zerschlissener Kleidung, andere in seltsam gediegenem Zustand. Neben ihm, an einer Hausecke, scherzten drei Mädchen mit grellrot geschminkten Lippen und ebenso grellem Lachen mit zwei amerikanischen GIs, die lässig an ihrem Jeep lehnten. Die Welt war aus den Fugen geraten.

Er schaute auf seine Uhr. Es war kurz vor halb vier. Er stieg wieder auf sein Fahrrad. Das Leben ging weiter ...

Das 1. Polizeirevier am Minoritenweg war in einem jener trostlosen Behördengebäude untergebracht, wie es sie vorwiegend in alten, traditionsreichen Städten gibt, wuchtige Steinbauten, die die Menschen in sich hineinsaugen wie in dunkle Löcher, um sie auf gnadenlose Weise ihrer Seele zu berauben.

Hier, im Zimmer 114 des ehemaligen Direktionsgebäudes, hatte der Standgerichtsprozess gegen den Domprediger Dr. Johann Maier und gegen Josef Zirkl, den Rentner, stattgefunden. Die beiden hatten mit anderen Regensburgern versucht, eine kampflose Übergabe der Stadt an die vor den Toren stehenden Amerikaner zu erreichen. Da waren sie durch dumpfe Büttel der NSDAP festgenommen worden. Waren herausgerissen worden aus der Menschenmenge.

»Volksverräter, Volksverräter, Volks…«

Was dann folgte, war eine gnadenlose Abrechnung durch die Schergen des Regimes gewesen. Kurzen Prozess hatten sie mit den beiden gemacht.

Hier, in diesem Raum … Hatten Recht gesprochen … Recht?

»Volksverräter …«

Dann hatte man sie aus dem Zimmer hinausgezerrt, den Prediger und den Arbeiter, und vor aller Augen ermordet, hingerichtet – als ob da ein Unterschied wäre –, während bereits die anrückenden amerikanischen Panzer zu hören waren.

Jedes Mal, wenn er nun an dem Zimmer mit der riesigen Flügeltür vorbeikam, musste Koenig daran denken. Da war ihm, als hörte er den Landgerichtsdirektor, der den unwürdigen Prozess geleitet hatte, brüllen. Sein blutig gurgelndes ›Tötet sie! Tötet sie!‹ gellte noch immer durch die Hallen.

Und hinterher hatte es für ihn nichts gegeben, um die besudelten Hände reinzuwaschen …

Koenig konnte sich noch gut an den Domprediger erinnern. Ein Mann mit hoher Stirn und weichen Zügen. Mit einer randlosen Brille. Ein richtiger Denker. Die Menschen hatten ihn gemocht, auch wenn sie seine Kirche kaum noch besucht hatten.

›Unseren Dr. Maier‹, hatte seine Mutter immer gesagt, ›den werden die auch noch kleinkriegen.‹

Drei Jahre war das nun her.

Ein Ort des Unrechts und der Schande war das graue Monstrum eines Polizeireviers geblieben. Ob auch er seine Seele darin verlieren würde?

Koenig quälte sich die Stufen zur zweiten Etage hinauf und öffnete die schwere Eichentür, die zu dem Dienstraum führte, der den Kollegen der Kripo zur Verfügung stand.

Judenmann, der zweite Beamte neben Koenig, telefonierte gerade und blickte nur kurz hoch, als Koenig eintrat. Er hob die Hand zum Gruß, ließ sie aber schnell wieder sinken. Judenmann hatte schütteres blondes Haar, das nach hinten gekämmt war. Er war Junggeselle und wohnte seit einiger Zeit zur Untermiete bei einer ältlichen Kriegerwitwe, die ihn hätschelte und verwöhnte wie ihren eigenen Sohn. Er war ein ungemein hagerer, knochiger Mann, der es anscheinend verstand, bei der Witwe Mutterinstinkte zu wecken.

Koenig setzte sich an seinen Schreibtisch und zog die Stiefel aus. Bis Judenmann aufhörte zu telefonieren, saß er lediglich da und massierte das schmerzende Bein.

»Das war das Zentralamt«, informierte der ihn, nachdem er aufgelegt hatte. »Sie schicken uns eine Liste mit führenden SS-Größen aus dem Gebiet um Regensburg. Mit Lichtbildern. Vielleicht hilft uns das bei der Identifikation der Leichen ja weiter.«

»Gut, gut.« Koenig nickte etwas abwesend. »Ich brauche auch noch die Vermisstenliste der letzten 48 Stunden … Raum Oberpfalz.«

»Kein Problem.« Judenmann erhob sich und griff in einen Stapel mit Papieren auf der Ablage hinter ihm. »Das ist in den letzten Stunden reingekommen.« Er schob Koenig eine dünne, mit Schreibmaschine getippte Liste hin. »Da ist niemand dabei, der zu unseren Leichen passen würde. Nur ein paar frauleins, die abgängig sind … Die tauchen aber sicher bald wieder auf.«

»Na ja, vielleicht kommt in den nächsten Stunden noch was herein.« Koenig seufzte. Er war müde. Der Tag war lang gewesen und er hatte kaum etwas zu essen gehabt.

Wieder fiel ihm der Junge von heute Morgen ein. Der hatte auch so ausgehungert gewirkt. Als habe er seit geraumer Zeit nichts Anständiges mehr zu beißen bekommen. Ganz anders als die drei Leichen. Die hatten nicht den Eindruck erweckt, als hätten sie in lebendigem Zustand je Hunger leiden müssen. Zumindest nicht in den letzten Monaten.

Was für ein beschissener Tod, dachte er. Ob die Männer ihn verdient hatten? Er äugte zu Judenmann hinüber, der einen grauen Bogen Papier in die Schreibmaschine gespannt hatte, um einen Bericht zu fertigen. Er tippte nur mit zwei Fingern und wirkte gereizt.

»Scheiß Amis!«, fluchte er. »Jeden Dreck wollen die wissen.«

»Immerhin haben sie uns aus Not und Elend befreit«, sagte Koenig, ohne das Gesicht zu verziehen. Judenmann grunzte angewidert und hämmerte weiter auf die uralte Triumph ein. Sein Gesicht sah verbissen aus.

»Warum man ihnen wohl die Schwänze abgeschnitten hat?«

»Wie?« Judenmann sah irritiert hoch.

»Na, warum hat man die drei Toten kastriert?«

Judenmann hob die Schultern. »Da hatte wohl jemand noch eine Rechnung offen ... Schwarzmarktgeschäfte vielleicht ... oder jemand wollte sie zum Reden bringen ... ich weiß es nicht.«

Koenig dachte an die Edelsteine. Sollte er sie dem Kollegen gegenüber erwähnen? Einen Moment zögerte er, ließ es aber letztendlich sein.

»Und warum hat man ihnen die Kleider genommen?«

Judenmann zuckte nur mit den Schultern und begann weiterzutippen. Jeder Anschlag wie ein Peitschenknall.

»Der Junge hat von einem Mädchen gesprochen ... Das Mädchen müssen wir finden.« Koenig überlegte in den Rhythmus der Tastenhiebe hinein.

Judenmann murmelte etwas vor sich hin, schrieb missmutig weiter.

»Was hast du gesagt?«, fragte Koenig, während er sein Taschentuch herauszog und sich schnäuzte. Wie es schien, hatte er sich in der morgendlichen Eisesluft, unten an der Donau, eine Erkältung geholt.

»Das wird schwierig werden«, wiederholte Judenmann nun etwas lauter, aber ohne großes Interesse.

Es war kurz vor zehn, als Koenig das düstere, kaum beleuchtete Dienstgebäude verließ und sich auf den Weg nach Hause machte. Die Straßen waren um diese Zeit wie ausgestorben und doch war ihm bewusst, dass an den vielen dunklen Ecken und Plätzen und Wegen der Stadt, im Schatten der alten Bäume und der kahlen Sträucher, Gefahren lauerten. Im Grunde für jeden, der sich in die

Dunkelheit hinauswagte. Und doch war er als Polizist in besonderem Maße gefährdet.

Die Entbehrungen der letzten Jahre hatten die Menschen roher werden lassen und die nackte Angst, nicht zu überleben, hatte ihnen Hemmungen genommen, hatte sie bereit dafür gemacht, Grenzen zu überschreiten. Natürlich wusste Melchior Koenig von den Kollegen, die in den vergangenen beiden Jahren ihr Leben gewaltsam verloren hatten. Polizisten wie er. Und er hatte gelernt, wachsam zu sein.

Trotzdem nahm er an diesem Abend nicht den kürzesten Weg, um zu seiner Wohnung zu gelangen. Er hatte keine Eile. Nichts trieb ihn in die zwei kalten, ungeheizten Zimmer, die er zur Untermiete bewohnte. Was auch? Da gab es nichts und niemanden, der auf ihn wartete. Und bei den herrschenden Temperaturen würde ihm sowieso nichts anderes übrig bleiben, als sofort in sein Bett zu kriechen, nur um etwas warm zu werden.

Das Gehen tat ihm gut. Wenn nur die Schmerzen im Bein nicht gewesen wären. Als er nach einer Weile von der Graf-Spee-Straße nach links in die Alfons-Auer-Straße abbog, hatte er urplötzlich das eigenartige Gefühl, beobachtet zu werden. Er ging einige Schritte weiter und blieb im Schatten eines dunklen Mietshauses stehen. Sämtliche Fenster des Gebäudes waren unbeleuchtet und der riesige Kasten schien, als der Polizeibeamte an ihm hochschaute, geradewegs in den Himmel hineinzuwachsen.

Koenig verharrte, lauschte in die Stille. Aus einem der Zimmer im Erdgeschoss drangen die Stimmen eines jungen Paares in die Kälte hinaus, verebbten wieder. Irgendwo wurde eine Tür zugeschlagen. Er blickte um sich. Nichts.

Dann ging er weiter.

Er trottete bis zum Ende der Straße, bis er vor einem zweistöckigen Wohnhaus stand. Oben, in der Mansarde, war der Schein flackernden Kerzenlichts zu sehen. Ein heller Schatten, der sich hin- und herbewegte. Wie gerne er jetzt dort oben in der Wärme gewesen wäre … »Hallo, Fräulein Anni«, murmelte er leise, ohne dass ein Laut zu hören war. Ob sie auch an ihn dachte? Unvermittelt kam er sich sehr albern vor und mit einem schiefen Grinsen im Gesicht machte er sich hastig auf den Weg …

Geh hin, Polizist, du trauriger Ritter ohne Furcht und Tadel. Bring Licht ins Dunkel dieser Welt, zeig, dass das Anständige noch nicht verloren ist.

Doch dring nicht ein in den Bannkreis des Todes … unsere schaurige Welt …

4

Als Melchior Koenig am 23. März, zwei Tage nach dem Mord an den drei SS-Männern, die Tür zum Zimmer seines Chefs öffnete, war es zehn Minuten vor elf; er war seit etwa vier Stunden im Dienst und fühlte sich bereits müde und ausgelaugt.

Er hatte die Nacht zuvor schlecht geschlafen und Wirres geträumt. Der unförmige, weiße Körper eines gänzlich nackten Mannes war kalt und unbeweglich auf seinem Brustkorb gesessen, hatte ihm die Luft zum Atmen genommen. In der Hand hatte der Gesichtslose ein blutiges Messer geschwungen, von dem dunkles Blut tropfte. Koenig hatte geahnt, dass es sein eigenes Blut war. Er wollte schreien, war schweißgebadet aufgewacht und in seinem Bett hochgeschreckt. Gleichzeitig hatte er gemerkt, wie er in der Kälte des ungeheizten Zimmers gezittert hatte. Er hatte auf die Uhr gesehen. Es war bereits gegen Morgen gewesen und er hatte nicht mehr einschlafen können, war wach dagelegen und hatte sich unruhig hin und her gewälzt.

Der stellvertretende Polizeidirektor saß in einem alten Ledersessel mit dem Rücken zur Tür. Er hatte die Füße auf den Schreibtisch gelegt, ganz so, wie es die amerikanischen Besatzer den Menschen im neuen Deutschland vormachten. Allerdings hatte er die Schuhe ausgezogen, als wollte er sich bewusst ein wenig von der neuen Mode absetzen.

Ein alter Volksempfänger aus dem Jahre 38, der auf einem riesigen Aktenschrank thronte, dröhnte und rauschte, als Koenig die Tür öffnete. Noch ehe er etwas sagen konnte, verstummte das Rauschen des Äthers. Der engelsgleiche Tenor von Joseph Schmidt hob an und füllte den Raum mit seinem Klang.

Koenig blieb etwas betreten im Türrahmen stehen, wartete und lauschte, bis das Lied vom Postillion von Lonjumeau verklungen war. Erst dann trat er ein.

»Kommen Sie, Koenig«, sagte der Stellvertretende ungerührt. Er nahm die Füße vom Schreibtisch und bot Koenig einen Stuhl an. Im Anschluss schlüpfte er in seine

Schuhe, ging zum Radiogerät und stellte den Ton leiser. »Lieben Sie diese Musik auch so?«, fragte er. Aber er schien keine Antwort zu erwarten, schlurfte lediglich zurück zu seinem Stuhl.

»Wissen Sie, dass Joseph Schmidt nur knapp 1,60 Meter groß gewesen ist?«, fügte er noch hinzu. »Zu klein für die Opernbühnen. Hat nur Konzerte gegeben.« Er seufzte. »Ein kleiner Mann, aber für mich war er der Größte …«

Kommissar Wiesbeck selbst war ein schwergewichtiger Mann mit üppigem grauem Haar. Er führte die Amtsgeschäfte für Alfons Heiß, einen früheren Rechtsanwalt, der von den Amerikanern zum Leiter der neuen Schutzpolizei bestellt worden war. Heiß war allerdings vor knapp zwei Jahren auch zum Regensburger Oberbürgermeister gewählt worden, sodass die eigentliche Polizeiarbeit in der Zwischenzeit weitgehend von Wiesbeck erledigt wurde.

»Die Amis möchten, dass Sie sie besuchen kommen. Sie sollen sich mit einem Mann von der Jewish Agency unterhalten. Er heißt Sedlacek.«

Koenig wartete. Der Name war ihm unbekannt.

»Ich kenne den Namen auch nicht«, sagte Wiesbeck.

»Worum geht es denn?«

Wiesbeck schaute verdrossen aus dem Fenster, zuckte die Achseln. »Wohl um die Morde unten an der Donau. Aber ich weiß nichts Genaues …«

»Wollen denn die Amis den Fall übernehmen?«

»Nein, nein. Keine Sorge. Das ist unser Fall … aber sie sind interessiert … Was dahintersteckt, weiß ich nicht.«

Koenig nickte ergeben. Er würde schon sehen, was da auf ihn zukam. Wiesbeck musterte ihn gedankenvoll. Koenig sah, dass er ganz rote Augen hatte.

»Wie weit seid ihr mit den Ermittlungen?«

»Nicht sehr weit. Wir warten noch auf das Bildmaterial aus Nürnberg und aus München. Wir müssen die drei Männer identifizieren. Das dauert …«

»Niemand, der sie als vermisst gemeldet hat?«

Koenig schüttelte den Kopf. »Wir kennen aber jetzt die Todesursache. Bei allen dreien führte ein Bruch der Halswirbelsäule zum Tod.«

»Na dann«, rief Wiesbeck unvermittelt aus, und ehe Koenig etwas erwidern konnte, war er aufgestanden und auf ihn zugetreten. Er reichte ihm die Hand, eine gewaltige Pranke. Koenig spürte, dass der Stellvertretende schwitzte.

»Gehen Sie hin und sprechen Sie mit diesem Sedlacek … Und halten Sie mich auf dem Laufenden … Roth wird übrigens auch dabei sein.«

Koenig nickte, wollte etwas sagen und war wieder zu spät daran mit einer passenden Bemerkung. Bevor er reagieren konnte, hatte sich Wiesbeck bereits abgewandt und war um seinen Schreibtisch herumgegangen. Die Audienz war zu Ende. Wie meistens nach einem Gespräch bei seinem Chef, kam sich Koenig klein und hässlich vor.

Als er in der Tür stand, drehte er sich noch einmal um. Da sah er, dass der Stellvertretende dabei war, den Radioempfänger wieder lauter zu stellen. ›Übrigens‹, wollte er in den Raum zurückrufen, ›wussten Sie denn nicht, dass gute Tenöre nur selten groß gewachsene Menschen sind? Waren nicht die meisten wie Ihr Joseph Schmidt? Denken Sie doch nur an Caruso … ‹ Als er jedoch das Rauschen des Volksempfängers vernahm, behielt er die Worte bei sich.

Sedlacek, der Mann von der Jewish Agency, war rothaarig und jünger, als Koenig dies erwartet hatte. Ein quirliger, reptiliengleicher Mann mit ungewöhnlich hellen Augen, die den Schutzpolizisten lang regungslos anstarrten. Als er sich erhob, sah Koenig erst, wie dürr und sehnig er war. Er eilte mit ausgestreckten Armen auf seinen Besucher zu.

»Dr. Sedlacek«, stellte er sich knapp vor. »Schön, dass Sie kommen konnten.« Seine Augen lächelten nicht, als er diesen ersten Satz äußerte.

Roth war in seinem Sessel sitzen geblieben, hatte Koenig nur kurz zugenickt. Er hatte wieder einen Kaugummi im Mund und schob ihn gelangweilt von einer Backe in die andere.

Koenig setzte sich, lehnte sich zurück und wartete. Er hatte noch keinen Ton gesagt, doch Sedlacek kam ohne Umschweife auf sein Thema zu sprechen.

»Ich muss Ihnen einige Fragen stellen. Am besten, Sie berichten, was Sie bislang über die Toten an der Donau herausbekommen haben, Herr Koenig.«

Sein Deutsch war fehlerfrei, dennoch war ein leichter, fremder Akzent zu hören. Koenig ließ die Aufforderung einen Moment im Raum stehen. Er wusste nicht, was er von dem Mann halten sollte. Etwas störte ihn an ihm. Vor allem dachte er nicht im Traum daran, sich wie ein Schuljunge behandeln zu lassen. Diese Arroganz war ihm zuwider.

»Welches Interesse hat denn die Jewish Agency an den Toten, Herr Sedlacek?«

Die Gegenfrage schien den Mann nicht sonderlich zu überraschen. Er warf einen Blick zu Roth, doch der kaute nur auf seinem Kaugummi herum, so als wollte er sich aus allem heraushalten.

Dann kramte er einen Augenblick lang in den Papieren, die er auf dem Tisch vor sich zu liegen hatte. Irgendwann zog er ein Foto heraus und legte das Bild vor Koenig hin. Die Aufnahme zeigte einen etwa 40-jährigen Mann mit straff nach hinten gekämmten dunklen Haaren. Er trug eine SS-Uniform. Eine dieser unseligen schwarzen Gestalten. Sein Blick war stechend und berührte Koenig auf eigenartige Weise. Er wusste nicht, ob er sich von dem Gesicht abgestoßen fühlen sollte. Da lag etwas in den Augen des Mannes, das ihn faszinierte und gleichzeitig frösteln ließ. So, wie das Böse manchmal faszinieren kann, dachte er.

»Kennen Sie den Mann?«, fragte Sedlacek, der ihn unverwandt beobachtet hatte. Er hatte den Kopf nach vorne gestreckt und betrachtete Koenig weiter aus wimpernlosen Augen.

Koenig verneinte.

»Das ist Amon Göth«, informierte Sedlacek.

Koenig runzelte die Stirn. Der Name war ihm nicht bekannt.

»Glauben Sie an einen Gott, Herr Koenig? Wenn ja, glauben Sie sicher auch an den Teufel … Schauen Sie genau hin. Das ist er … So sieht der Teufel aus … Ein Vieh und ein Monster.«

»Was ist mit dem Mann?«

Sedlacek sah wieder zu Roth hinüber. Als suchte er dessen Beistand. Der hatte vorübergehend aufgehört, auf seinem Kaugummi herumzukauen.

»Nichts«, sagte Sedlacek schließlich. »Er ist tot. Er wurde hingerichtet.«

Eine Weile war nur das Ticken der Uhr zu vernehmen, die über der Zimmertür hing. Ein altmodischer Regulator aus dunklem Holz.

»Sagt Ihnen der Name Płaszów etwas?«, fragte Roth. Es waren die ersten Worte, die er an Koenig richtete. Er vermied direkten Augenkontakt und schien auch keine Antwort zu erwarten.

»Ursprünglich ein Lager für Zwangsarbeiter, das bald schon in ein Konzentrationslager für Dauerhäftlinge umgewandelt wurde.«

Wieder schüttelte Koenig nur den Kopf. Es hatte viele dieser Lager gegeben. Den Namen Płaszów hatte er noch nicht gehört.

»Göth war der Kommandant im Lager. Einer von denen, die Lust und Freude am Töten und Quälen hatten. Ein Folterknecht, der es genoss, dass er mit den Menschen alles machen konnte, was sein kranker Geist nur ersinnen konnte … Ein Sadist. Davon gab es viele, aber Göth hat die meisten an Grausamkeit, Perversion und Fantasie übertroffen … Die Menschen haben nach der Befreiung erzählt, er habe nicht frühstücken oder zu Mittag essen können, ohne jüdisches Blut fließen zu sehen …«

Koenig sah sich die Aufnahme des Mannes von Neuem an. Versuchte, in diesem rätselhaften Gesicht zu lesen. War das, was er sah, das Gesicht eines ganz normalen Menschen? Der Blick des Porträtierten war direkt in die Kamera gerichtet. Die Augen? Spiegel der Seele … Nichts, das anders war als bei anderen Menschen. Oder doch? Spiegelte sich das Böse darin? Er war sich nicht sicher. Und überhaupt, ging es ihm durch den Kopf, steckte nicht in allen Menschen etwas davon? Etwas von einer dunklen Macht? Wo verlief überhaupt die Grenze zwischen Gut und Böse? … Er wusste es nicht … Vielleicht dort, wo Peiniger und Gepeinigter sich gegenüberstanden?

»Hunde hat er ganz besonders geliebt«, fügte Sedlacek

hinzu. »Er hatte Freude daran, diese Bestien loszulassen und zuzusehen, wie Menschen von seinen Rüden verstümmelt und zerrissen wurden. Er hatte zwei Doggen, die waren darauf abgerichtet, Menschen zu zerfleischen ... Die beiden hießen Ralf und Rolf, hatten richtig menschliche Züge.«

Koenig fixierte den alten Regulator. Einen Moment lang war nur das Hinwegticken der Sekunden zu vernehmen.

»Was hat dieser Mann mit unseren Leichen zu tun?«, fragte er dann.

Sedlacek verzog die Mundwinkel. »Das wissen wir nicht so genau.«

Wieder wühlte er in den Papieren, die vor ihm lagen. Er zog ein zweites Schwarz-Weiß-Bild aus dem Stapel und legte es vor Koenig hin. »Dieses Foto wurde in Göths Villa in Płaszów aufgenommen«, erklärte er. »Er hatte die Aufnahme bei sich, als er festgenommen wurde. Natürlich nicht nur diese ... eine ganze Reihe von weiteren Erinnerungsstücken ...«

Die Aufnahme war nicht besonders scharf, doch erkannte Koenig die darauf abgebildeten Männer sofort. Sie hatten einen Halbkreis um eine völlig entkleidete, kahl geschorene Frau gebildet, die sie wie eine Jagdtrophäe vor die Kamera hielten. Selbst auf dem kleinen Foto waren Spuren von Gewaltanwendung in ihrem Gesicht und an ihrem Körper zu erkennen. Ihre Augen waren weit aufgerissen und starrten in stummer Pein und grenzenloser Panik in die Kamera. Der Mann, der direkt hinter der Frau stand, hatte eine Pistole in der Hand, die er ihr gegen den Hinterkopf gedrückt hatte. Amon Göth. Wie es schien, lächelte er.

Die drei Männer, die sich neben Göth positioniert hatten, trugen SS-Uniformen und waren ungemein feist. Koenig hatte sie zuletzt am Ufer der Donau gesehen, nackt und verstümmelt. Es gab keinen Zweifel, dass es sich um die drei Mordopfer handelte.

»Wer sind die Männer? Freunde von Göth?«

Sedlacek nickte. »Der Mann rechts von Göth ist Hauptscharführer Bauer. Ein übles Exemplar, hatte im Wachdienst von Płaszów eine besondere Stellung inne.«

»Und die beiden anderen?«

»Zwei Oberscharführer, den Rangabzeichen nach. Ihre Namen kennen wir noch nicht. Wahrscheinlich waren sie aber ebenfalls im Lager tätig.«

Koenig räusperte sich und nahm dann noch einmal die Aufnahme, die Amon Göth zeigte, in die Hand. »Wie ist Göth gestorben?«, fragte er. »Sie sagten, er wurde hingerichtet?«

Sedlacek nickte. »Ihm wurde in Krakau der Prozess gemacht und dort wurde er auch gehängt. Das war vor knapp eineinhalb Jahren. Im September 46. Haben Sie denn nichts davon gehört? Im Radio?«

Wieder musste Koenig verneinen.

»Die Hölle hat ihn noch zweimal ausgespuckt«, ergänzte Roth, ehe Koenig etwas erwidern konnte. »Er musste tatsächlich dreimal gehängt werden, weil die Seillänge falsch berechnet war und Göth wiederholt mit den Füßen den Boden berührte. Erst beim dritten Mal hat es geklappt. Vielleicht haben ihn die Polen auch nur so richtig zappeln lassen. Mit einem ›Heil Hitler‹ ist er schlussendlich zur Hölle gefahren. Das sind seine letzten Worte gewesen.«

Schweigen breitete sich aus und Koenig fühlte sich

unbehaglich. Er wusste nicht so recht, was die beiden Männer von ihm erwarteten.

»Was kann ich denn für Sie tun?«, fragte er schließlich. »Warum wollten Sie mit mir sprechen?«

Sedlacek zögerte. »Wir wollen mehr über die drei Männer erfahren«, beschied er knapp. »Helfen Sie uns dabei. Mit uns reden die Menschen nicht. Die drei haben irgendetwas vorgehabt. Wir wissen aber nicht, was es war. Vielleicht erfahren Sie mehr darüber. Gehen Sie zu Bauers Familie.«

»Bauer hat eine Schwester«, unterbrach ihn Roth. »Sie wohnt hier in Regensburg.«

»Woher …?«

»Von früher«, erklärte Roth. »Ich habe sie gekannt, bevor ich Deutschland verlassen habe.«

Wie es schien, wollte er nicht mehr dazu sagen. Koenig nickte.

Das kleine Mädchen hatte ein uraltes Gesicht. Das kam wohl daher, dass seine Augen Dinge hatten sehen müssen, wie sie nur im Traumreich der Schatten passieren. So war sie, ein Kind, verdammt gewesen, in einer schrecklichen Öde zu vegetieren, weit, weit weg von allem Leben, in der entlegensten gottlosesten Ferne menschlicher Vorstellung.

Dort war sie dem Tier begegnet, dem Tiger, der Bestie, die im Menschen allgegenwärtig lauert. Zwar war sie seinen Pranken entronnen, doch war der Preis, den sie dafür hatte zahlen müssen, ein unmenschlicher gewesen.

Zuletzt hatte sie auch noch den großen Marsch überlebt, der sie und eine kleine Handvoll der anderen Schatten aus der Verbannung zurück ins Leben gebracht hatte.

Das Leben, das sie seither führte, war jedoch nicht mit dem anderer Kinder zu vergleichen. Denn es war nur mehr ein halbes Leben, das ihr geblieben war, ein Leben, dem der erquickende Teil des Schlafes fehlte.

So lag sie auch in dieser Nacht wach in ihrem schmalen Bett, befand sich in einem Dämmerzustand zwischen Traum und Wirklichkeit. Sie lauschte den klagenden Geräuschen, die um sie herum zu hören waren, dem Weinen und dem Rufen nach den Verlorenen. Und wie so oft in den vergangenen Nächten, streifte sie die Decke von ihrem mageren Körper und schlüpfte in eins ihrer Kleider, die sie vor das Bett gelegt hatte.

Lautlos huschte sie hinaus in die klirrende Nacht, träumte sich hoch zu den Sternen, die, unendlich weit weg, ihr kaltes Licht zur Erde sandten. … *gerade dir hat der Kaiser von seinem Sterbebett aus eine Botschaft gesendet,* sangen diese – boshaft funkelnde und doch längst erloschene Boten der Ewigkeit.

Die Straßen waren menschenleer und nur das Geräusch des Windes war zu vernehmen. Das Mädchen schien kein Ziel zu haben, aber endlich führten es seine Schritte doch hinab zum Fluss. Es huschte vorbei an den mächtigen Pfeilern der Steinernen Brücke, kletterte den Abhang hinunter, dorthin, wo der Fluss ganz nahe war. Als es angekommen war, setzte es sich auf einen Stein, der vom Hochwasser reingewaschen worden war.

Seine Augen folgten dem dahinströmenden Wasser, drangen ein in den Kreislauf der Natur, das Schauspiel von Tod und Wiedergeburt. Und so, wie der Fluss an ihm vorbeizog, so zogen auch die Bilder des Lebens an ihm vorbei. Es waren Darstellungen von Barbarei und Leid und Tod.

Einen Moment lang schienen die Bilder zu verharren, und wie in den vielen Nächten zuvor verlor es sich in den schreckensgeweiteten Augen der Mutter, sah den niemals endenden Schrei unmenschlicher Qual und spürte, wie kalte, derbe Hände sie von ihr wegzogen und die Mutter in ewigem Dunkel zurückblieb …

Auf einmal tauchten Männer auf. Und sie hörte, wie einige davon schrien und flehten und winselten. Sah, wie ihnen die Kleider vom Leib gerissen wurden. Sah die blitzenden Messer, die auf sie hinabfuhren, hörte die Schreie und das Krachen brechenden Lebens und die Stille, die darauf folgte.

Als der Film des Lebens zu Ende war und die Leere sie ergriff, war plötzlich der Junge neben ihr. Aufrecht stand er da und beobachtete sie. Dann setzte er sich neben sie.

5

Das Haus war alt und wirkte heruntergekommen. Als Koenig eintrat, schlug ihm ein Geruch von saurem Kohl und Urin entgegen. Im ersten Stock stand die Tür zu einem Etagenklo offen. Die Spülung rauschte und aus der Wohnung, zu der das Klo gehörte, war das Weinen eines Kindes zu hören. Etwas mühsam stieg er die fünf steilen Holztreppen hoch. Als er oben angekommen war, war er außer Puste und hatte Herzklopfen. Sein Bein schmerzte und er wartete, bis er wieder zu Atem gekommen war. Dann klingelte er an der Wohnungstür.

Die Frau, die öffnete, war blond und etwas größer als Koenig. Sie trug einen dunklen Rock und eine streng wirkende weiße Bluse. Ihre Augen blitzten ihn kalt an. Melchior Koenig schätzte sie auf Anfang 40. Er versuchte sich vorzustellen, wie sie vor 15 Jahren ausgesehen haben mochte.

»Was wollen Sie?«, fragte sie.

Ihre Stimme war dunkel und überraschend angenehm, sie passte nicht zu ihren Augen.

»Ich möchte mit Ihnen über Ihren Bruder sprechen«, sagte er. »Ich bin Polizist.«

»Was ist mit ihm? Ist ihm etwas zugestoßen?«

Melchior Koenig nickte. »Ihr Bruder ist tot. Er wurde ermordet.«

Als er sie ansah, bemerkte er einen bitteren Zug um ihren Mund. Sie schien nicht besonders überrascht zu sein.

»Kommen Sie herein«, bat sie ihn.

Der Flur war groß und hell. Als Koenig eintrat, kam ihm ein kleiner Junge von drei oder vier Jahren aus der Küche entgegen. Er hatte ein Stück Brot in der Hand und sah Koenig mit schräg gestelltem Kopf erstaunt und ohne etwas zu sagen an. Abrupt wandte er sich um und lief zu seiner Mutter. Etwas schien mit dem Gesicht des Jungen nicht in Ordnung zu sein. Es waren wohl seine extrem schielenden Augen. Ein kurzer Moment verlegenen Schweigens trat zwischen die drei Menschen und Koenig wusste nicht so recht, wie er sich verhalten sollte. Er wartete.

»Das ist Hermann«, sagte die Frau. Sie stand dabei eigenartig steif neben dem Jungen. Warum berührt sie das Kind nicht?, dachte Koenig. Warum streichelt sie es nicht? Er nickte dem Jungen zu, doch der zeigte kein Interesse an ihm, drehte sich nur schweigend um und ging zurück in die Küche.

»Kommen Sie«, bat die Frau und führte ihn in ein großes, mit Möbeln überladenes Wohnzimmer. Sie setzte sich aufs Sofa, zog ihren Rock zurecht und legte ihre Hände in den Schoß.

Melchior Koenig nahm etwas zögernd ihr gegenüber in einem der Sessel Platz.

»Netter Junge«, meinte er.

»Ja, das ist er. Ein sehr ruhiges Kind …«

Sie schwiegen.

»Was ist mit Hans passiert?«

Koenig zuckte mit den Schultern. »Wir wissen es nicht genau. Wir haben ihn und zwei andere Männer unten an der Donau gefunden. Jemand hat ihnen das Genick gebrochen.«

Die Frau sah Koenig an, aber es zeigte sich keine Regung in ihrem Gesicht.

»Hat Ihr Bruder hier im Haus gewohnt?«

Sie nickte. »Ja, hier in der Wohnung, aber er war nur selten hier. Er war viel unterwegs.«

»Wissen Sie, wo er sich aufgehalten hat, wenn er nicht hier war?«

»Nein.« Sie schüttelte den Kopf. »Er hat nie gesagt, wohin er wollte. Ich glaube aber, dass er häufig in München gewesen ist.«

»Warum glauben Sie das?«

»Er hat oft von München gesprochen und zweimal habe

ich entwertete Fahrkarten in seiner Manteltasche gefunden. Rückfahrkarten nach München.«

»Haben Sie eine Idee, was er in München getan haben könnte?«

Sie wirkte ratlos, wieder strich sie ihren Rock glatt. »Nein«, erwiderte sie dann. »Aber ich denke, dass er dort Geschäfte gemacht hat.«

»Sie meinen auf dem Schwarzmarkt?«

Die Frau nickte. »Er hat mal gesagt, dass die Schwarzmärkte in München für ihn interessanter sind als in Regensburg. Regensburg war ihm zu klein.«

»Was für ein Mensch war denn Ihr Bruder?« Koenig dachte an das Bild, das er bei Sedlacek gesehen hatte. Es hatte einen Verbrecher gezeigt, einen Sadisten. Das personifizierte Böse. Die Frau sah ihn an und zum ersten Mal während ihres Gesprächs bemerkte er eine vage Unruhe in ihrem Gesicht.

»Mein Bruder war ein schlechter Mensch«, stieß sie schließlich hervor.

Koenig starrte sie an, überrascht von ihrem Ausbruch. Er wartete, ließ ihr Zeit, nahm an, dass sie fortfahren würde, aber sie schwieg. Wieder bemerkte er den bitteren Zug um ihren Mund. Was war nur passiert, dass sie mit solchem Hass von ihrem Bruder sprach? Wusste sie Bescheid über seine Aktivitäten während des Krieges? Seinen perversen Sadismus.

»Wissen Sie, was Ihr Bruder während des Krieges gemacht hat?«, hakte er nach. Eine Weile hüllte sie sich in Schweigen. Es schien, als überlegte sie, was sie ihm antworten sollte.

»Hans war bei der SS«, sagte sie. »Irgendwo im Osten. Was er dort gemacht hat, weiß ich nicht genau. Er hat nie darüber gesprochen. Nur manchmal, wenn er betrunken war, hat er Geschichten erzählt … Schlimme Geschichten.« Sie neigte den Kopf zur Seite und nickte. »Im Krieg ist alles anders«, fügte sie hinzu. »Die Welt ist, wie sie ist …«

Koenig kramte in seinen Taschen und zog seine Brieftasche hervor. Er nahm das Foto heraus, das ihm Sedlacek mitgegeben hatte, hielt es ihr hin. Sie nahm es und studierte es einen Augenblick lang.

»Kennen Sie die Männer auf dem Bild?«

Sie verneinte und reichte ihm die Aufnahme zurück. »Wer ist die Frau?«, fragte sie. »Was ist mit ihr geschehen?«

Koenig wusste keine Antwort, zuckte nur mit den Schultern. »Ein Opfer. Eine Jüdin wahrscheinlich … Frau Bauer, Ihr Bruder hat als Aufseher in einem Lager gearbeitet. In Płaszów. Hat er das je erwähnt?«

»Nein. Davon hat er nie gesprochen.«

Melchior Koenig spürte die Erkältung in seinem Körper. Die Luft in der Wohnung war schwer und abgestanden. Er musste sich schnäuzen und zog sein Taschentuch heraus. Er fühlte sich miserabel. »Sie haben vorhin Ihren Bruder als schlecht bezeichnet. Warum?«

»Ach wissen Sie, Hans war ein kaputter Mensch. Schon als Kind war er böse und verschlagen …«

Koenig fand es eigentümlich, wie schnell sie sich mit der Tatsache abgefunden hatte, dass ihr Bruder nicht mehr lebte. Wie unberührt sie seinen Tod erwähnte. Als ob er schon lange nicht mehr Teil ihres Lebens gewesen war.

Sie verstummte wieder, schien nachzudenken. »Aber vielleicht konnte er ja gar nichts dafür«, ergänzte sie schlussendlich etwas zögerlich.

Koenig schaute sie fragend an.

»Unser Vater hat ihn zu dem gemacht, was aus ihm geworden ist«, meinte sie. »Vater war ein Despot und Hans tat alles, um ihm zu gefallen.«

»Hatte Hans denn eine Frau? Ich meine, war Ihr Bruder verheiratet?«

»Nein.«

Wieder war Koenig überrascht, mit welchem Hass sie das Wort herausgeschleudert hatte. Woher kamen dieser Hass, diese Abscheu? Diese Verbitterung?

Dann fiel in der Küche etwas zu Boden, verursachte ein lautes, klirrendes Geräusch. Die Frau erhob sich sofort und ging zur Küchentür. Sie öffnete die Tür vorsichtig und ging anschließend hinein. Erst nach etwa zehn Minuten kam sie wieder heraus.

Wer wohl der Vater ihres Kindes ist, fragte sich Koenig. Und ob sie es ihm sagen würde? Etwas in ihm sträubte sich, die Frage zu stellen.

»Können Sie sich an vergangenen Sonntag erinnern?«, wollte er stattdessen von ihr wissen. »Hat Hans etwas gesagt, zum Beispiel welches Ziel er hatte oder wen er treffen wollte?«

»Er war ausgesprochen guter Laune«, antwortete sie zögernd. »Den ganzen Tag über. Warum, weiß ich nicht. Er hat die Wohnung weit nach Mitternacht verlassen und seitdem habe ich ihn nicht mehr gesehen.«

»Hm«, machte Melchior Koenig. »Hat er denn gar nichts gesagt?«

»Doch. Er hat während des Tages einmal von seinem Judenfreund gesprochen. Das war irgendwie komisch. Daran kann ich mich erinnern.«

»Warum?«

»Hans hasste die Juden. Da war er wie sein Vater. Ich hätte nie gedacht, dass er Freunde unter ihnen haben könnte …«

»Hat er denn keinen Namen genannt?«

»Ich glaube, er hat den Namen Oskar erwähnt. Es war auf jeden Fall kein jüdischer Name …«

Zum ersten Mal während ihres Gesprächs lächelte sie leicht.

Als Melchior Koenig aus dem Haus trat, hatte es zu seiner Überraschung angefangen, leise zu schneien. Der Schnee fiel in dicken Flocken, blieb aber nicht liegen. Dazu hatte sich der Boden bereits zu stark erwärmt und trotz der strengen Kälte lag eine Ahnung des kommenden Frühlings in der Luft.

Am Morgen, als er aus dem Haus gegangen war, hatte er seinen Hut aufgesetzt, sodass ihm die schweren Flocken nun nichts ausmachten. Jetzt stellte er den Kragen seines Mantels auf, trotzte dem Schneegestöber. Kurz darauf war der Spuk wieder vorüber und die grauen Wolken rissen an einigen Stellen auf.

Koenig ging Richtung Hauptbahnhof.

Dort, in einer Seitenstraße, hatte der alte Mietek Feitelbach seinen kleinen Laden. An- und Verkauf stand in seltsam verschnörkelter Schrift auf einem verblichenen Pappschild, das im Schaufenster hing. Und darunter, etwas kleiner: Gold – auch Zahngold.

Koenig konnte sich an das Pappschild schon aus der Zeit lange vor dem Krieg erinnern. Als Jugendlicher war er oft an dem wunderlichen Geschäft vorbeigegangen. Meist auf dem Weg zur Schule. Und oft war er stehen geblieben und hatte die eigenartigen Gegenstände betrachtet, die da im Fenster ausgestellt waren. Alte Bücher, seltsame Gefäße und exotische Goldmünzen.

Niemals hatte er dabei gesehen, dass jemanden in den altmodischen Laden eingetreten, niemals, dass jemand herausgekommen wäre. Und nie hatte sich an dem Fenster mit dem alten Schild und den wunderlichen Gegenständen etwas verändert. Selbst nach den Novembertagen des Jahres 1938 und auch später, während der Kriegsjahre, war alles geblieben, wie es war.

Er hatte Mietek lange vor dem Krieg kennengelernt. Da hatte ihn sein Vater einmal mit hineingenommen in den Laden. Er hatte ihm niemals gesagt, weswegen er damals zu Mietek Feitelbach gegangen war, aber seit jenem ersten Mal hatte Melchior Koenig öfter bei Mietek vorbeigeschaut, hatte seinen Geschichten gelauscht und sich in die Welt der Bücher entführen lassen. So waren sie Freunde geworden. Der alte Mann und er.

Irgendwann war Mietek nicht mehr da gewesen. Niemand hatte gefragt, wo er sich aufhielt, niemand wollte es wissen, und doch hatten es die meisten geahnt. Vor wenigen Monaten war er plötzlich wieder zurückgekehrt.

»Da bist du ja, mein Freund«, sagte der Alte, als Melchior Koenig den Laden betrat. Dem schien es, als sei der Jude nie fort gewesen, als habe er die Zeit unbeschadet in seinem düsteren Reich überstanden. Eine helle Glocke, die über der Ladentür angebracht war, ertönte dünn und wie aus weiter Ferne und begleitete den Eintretenden in die dunkle Höhle hinein, in die kaum Tageslicht fiel.

»Hast du denn auf mich gewartet, mein Alter?«, entgegnete Koenig. Er blieb einen Augenblick stehen, geblendet von der Dunkelheit des Raums, und erst, als sich seine Augen an das Halbdunkel gewöhnt hatten, trat er näher.

Im Zimmer stand Feitelbach vor einem riesigen Regal, das überquoll von Büchern, in denen sich das gesammelte Wissen der Welt zu befinden schien, ein riesenhafter Mensch, leicht gebückt, die Hände verschränkt. Der Kopf des Mannes war gänzlich kahl, die vernarbten Gesichtszüge alterslos. Und doch spiegelte sich in ihnen das unsägliche Leid eines ganzen Volkes.

Der alte Jude lachte und seine Bernsteinaugen, die auf dem Polizisten ruhten, funkelten belustigt, als er ihm die Hand reichte und ihn an seine Brust zog. »Bist du gekommen, mit dem alten Feitelbach zu trinken? Komm, mein Junge. Stoßen wir auf unser Wiedersehen an.«

»Ja, trinken wir«, nickte Melchior Koenig.

Sie setzten sich auf zwei harte Stühle. Mietek holte eine Flasche mit Schnaps und zwei Gläser aus einem Schrank. Er füllte die Gläser bis zum Rand und die beiden Männer stießen an, der Jude und der Christ.

»Du siehst prächtig aus, mein Junge«, dröhnte der alte Mann. »Hast du die bösen Jahre gut überstanden?«

Koenig nickte, wollte etwas sagen, doch als er in das zerschlagene Gesicht des Mannes sah, der ihm gegenübersaß, da wusste er, dass es auf diese Frage keine rechte Antwort gab.

»Und dir, mein alter Freund, wie ist es dir ergangen?«, flüsterten seine Augen beschämt.

»Ja, wie ist es mir ergangen? Nun, die Nazis haben mich in die Hölle geschickt, nicht in eine, sondern in Tausende. Sie haben mir meine Seele aus dem Leib geprügelt, haben mich geschändet wie ein Stück Vieh – sie haben sogar mein Rückgrat zerschlagen. Dazu hat es allerdings nicht viel bedurft ... aber ich habe überlebt. Und jetzt möchte ich mit dir darauf anstoßen.«

Noch einmal füllte er die beiden Gläser und noch einmal tranken sie sie leer. Dann schwiegen sie und ihre Gedanken gingen zurück in die Vergangenheit. Nach einer Weile richtete der alte Mann seine Augen auf Melchior Koenig.

»Was hat dich nun zu mir geführt, mein trauriger Polizist? Hast du den Schnaps gerochen oder wolltest du nur mit eigenen Augen sehen, was das tapfere deutsche Volk dem alten Feitelbach angetan hat?« Wieder legte sich sein klarer, eisiger Blick auf den kleinen Polizisten, der vor ihm saß. ›Stell deine Fragen‹, sagte dieser Blick. ›Ich ahne ohnehin, was du wissen willst.‹

Melchior Koenig zückte seine Brieftasche ein weiteres Mal und kramte das schreckliche Foto hervor, das er mit sich herumtrug. »Sind dir diese Männer begegnet auf deiner Höllenfahrt?«

Der alte Mann schaute mit großer Intensität auf das Foto, das vier Männer und eine geschändete Frau zeigte. Dann lehnte er sich zurück, sodass seine Augen gänzlich mit den Schatten des Raumes verschmolzen. Schließlich gab er Koenig das Bild zurück.

»O ja«, ließ er sich endlich vernehmen. »Ich habe mir auf meiner Wanderung durch die verschiedenen Lager die Männer gut angeschaut, die mich gequält haben, auch wenn es uns, den im Staub Liegenden, verboten war, den Blick zu heben und in die Augen der Herrenmenschen zu sehen … Auch diese Prachtexemplare waren dabei und sie haben es beileibe verstanden, zu quälen und zu martern … Was ist mit ihnen? Warum fragst du mich nach diesen Ausgeburten der Hölle?«

»Sie wurden ermordet.«

Da begann der Alte zu lachen, dass es dröhnte und er hörte erst auf damit, als er Luft holen musste. Erneut nahm er die Flasche zur Hand, füllte die Gläser, und dieses Mal trank er, ohne auf Koenig zu warten.

»So bist du also dabei, Ordnung zu schaffen in dieser grauen Welt?«, höhnte er. »Du suchst die Mörder dieser werten Herren … Gut, gut, mein kleiner Melchior, aber was ist mit den Opfern dieser Kreaturen? Was ist mit denen, die von ihnen geschlachtet wurden? Mit denen, die ein Grab in den eisigen Lüften gefunden haben? Gibt es für sie auch eine Ordnung, eine Gerechtigkeit?«

»Das weiß ich nicht«, antwortete Melchior Koenig hilflos. »Aber irgendwo müssen wir doch wieder anfangen mit der Ordnung …«

»Da magst du wohl recht haben«, antwortete der Jude mit einem Mal ganz gelassen, gleichsam ernüchtert. »Die Menschen sind böse und gerade deshalb brauchen sie etwas wie eine Ordnung, die solch infernalischen Spuk ein nächstes Mal verhindert. Finde also die, die Schlimmes getan haben und kämpfe weiter gegen das Böse in dieser Welt …«

Dann erhob er sich, es schien Koenig, dass der Alte leicht schwankte, nahm ein Blatt weißes Papier und schrieb darauf fünf Namen. »Hier, mein Freund«, sagte er. »Versuche damit dein Glück.«

Melchior Koenig nahm das Papier entgegen und steckte es ungelesen in seine Manteltasche, zusammen mit der Fotografie, zu der es nun gehörte.

Auch er erhob sich, doch noch wollte er nicht gehen. Wieder kramte er in seinen Taschen und dann zog er den kleinen Samtbeutel hervor, den er dem Jungen am Ufer der Donau weggenommen hatte. Behutsam ließ er die roten Steine, die sich darin befanden, auf das Tischchen rollen, auf dem die leeren Schnapsgläser standen.

»Was für Schätze hast du denn dem alten Feitelbach noch mitgebracht?«, fragte dieser erstaunt und auch belustigt.

»Diese Steine haben wir bei den Toten gefunden«, erwiderte Koenig. »Wirf bitte einen Blick darauf, du verstehst dich doch auf solche Dinge …«

»Was willst du erfahren?«

Koenig zuckte die Schultern. So genau wusste er es ja selbst nicht. »Vielleicht kannst du mir sagen, was sie wert sind.«

Da lachte Mietek Feitelbach ganz verächtlich und Melchior Koenig kam sich vor wie ein kleiner, dummer Bub.

»Ein Leben oder auch 100«, antwortete Mietek, »oder gar nichts …«

Als sich Melchior Koenig wenig später wieder auf der Straße befand, griff er in seine Manteltasche. Er nahm den Bogen Papier heraus und starrte auf die altmodische Schrift seines Freundes. Die Namen der vier Männer standen in einer Linie. Zwei davon kannte er. Der fünfte Name, der der gepeinigten Frau, stand ganz unten auf dem Blatt und war kaum zu entziffern. Erst nach einer Weile konnte er ihn lesen. Ruth Feitelbach stand da.

6

Er betrachtete sein Spiegelbild im Fenster des dahinrumpelnden Zuges. Gleichzeitig sah er im Halbdunkel der hereinbrechenden Nacht die Welt draußen an sich vorübergleiten. Ferne und Nähe verschmolzen und schieden sich wieder im Takt der Schienen. Das Gesicht zeigte nichts Außergewöhnliches, war das Gesicht eines Mannes im mittleren Alter. Klare, aber doch auch weiche Züge, eine markante Nase, ein eher ausdrucksloses Gesicht, in dem die Augen tiefschwarz in den Höhlen zu liegen schienen. Um den Mund ein Ausdruck von Missmut.

Er löste sich vom Fenster, sah auf die Uhr. Viertel nach fünf. Es war Samstagabend und die Menschen im Abteil dösten vor sich hin. Einige schliefen. Manche Menschen können das, stellte er fast ein wenig neidvoll fest.

Seine Gedanken wanderten. Sie verließen das enge, schmuddelige Abteil und kehrten dorthin zurück, von wo er gekommen war. Die Kindheit, die Jahre vor dem Krieg, sie huschten an ihm vorüber wie die Landschaft draußen, auch die Zeit in Brünnlitz.

Wenige Jahre nur … Dort war er der Herr Direktor gewesen, der Mann, der seine Hände schützend über seine Juden gehalten hatte. Wie viele, die in seiner Fabrik gearbeitet hatten, waren es letztendlich gewesen, denen er das Leben gerettet hatte? Er wusste es nicht … Am Schluss hatten sie ihm einen Ring geschenkt, einen Ring aus Gold. Zum Abschied. Die Finger seiner Rechten umschlossen die andere Hand, suchten nach dem Ring. *Wer ein einziges*

Leben rettet, rettet die ganze Welt. Das hatten sie eingraviert. Er hatte den Ring längst verloren. In diesen unruhigen Zeiten trug man keine Ringe aus Gold …

Und plötzlich war er wieder im Lager: In Płaszów. Und da waren Amon und die anderen, die Mitläufer. Vor allem aber Amon. Amon Göth, der Lagerkommandant, vor dessen Unberechenbarkeit er Angst hatte. Der ihn genau beobachtete.

Bilder begannen, an seinem geistigen Auge vorbeizuziehen, getaucht in warme, blutrote Farben. Menschen, die voll Vertrauen zu ihm hochblicken. Aber gleich darauf erschienen auch Darstellungen von aberwitzigen Ausschweifungen und absurden Grausamkeiten. Und bald schon nahmen die Bilder Gestalt an, wurden dichter, und er tauchte ein in das infernalische Feuer des Quälens und des Leidens, wurde Teil des Bösen, verschmolz mit dem sardonischen Lächeln des Freundes, kroch hinein in dessen Trieb und blieb dabei doch nur Beobachter. Oskar wurde zu Amon und Amon zu Oskar.

Wieder hörte er die Schreie menschlicher Verzweiflung, roch den säuerlichen Geruch, den Mensch und Tier in Todesangst gleichermaßen ausströmen, fühlte sich seltsam erregt davon und gleichzeitig abgestoßen. Ein Dunst aus Alkohol, Schweiß, Blut und verbranntem Fleisch füllte das Abteil, zog ihn hinab in den innersten Bereich der menschlichen Natur. Dort verharrte er eine Ewigkeit, während der Zug durch die monotone Öde einer kargen Landschaft rumpelte.

Und erst dann, als er das Herz der Dunkelheit in seinem Kern erfasst hatte, tauchte er wieder auf und ließ sich vom Rhythmus der alten Dampflok und der Waggons zurücktragen in eine andere Welt.

Instinktiv spürte er, dass ihn jemand ansah und er öffnete die Augen. Die Frau, die ihm gegenübersaß, musterte ihn müde, wandte aber sofort den Blick ab, als er zurückstarrte. Sie hatte einen schweren Korb auf ihrem Schoß, den sie krampfhaft festhielt. Was sie wohl darin hatte? Brot, Wurst, vielleicht sogar etwas Obst? Vielleicht auch nur Kartoffeln oder ein paar Steckrüben.

Ein schriller Signalton ertönte und er spürte das Kreischen von Metall auf Metall, spürte, wie Bremsen zu greifen begannen und der Zug an Tempo verlor. Menschen erhoben sich, drängten zu den Türen. Auch die Frau mit dem Korb zwängte sich an ihm vorbei. Sie warf ihm einen letzten Blick zu, doch darin zeigte sich kein wirkliches Interesse. Oskar Schindler blieb sitzen. Noch hatte er sein Ziel nicht erreicht.

Erst als sich der Zug wenig später der Stadt näherte, erhob auch er sich. Er stand auf, verließ das Abteil und trat an die Tür des Waggons. Kälte drang durch sämtliche Ritzen und ein Gestank aus Ruß und Rauch stieg ihm in die Nase. Trotzdem öffnete er das Fenster und schaute in die Nacht hinaus. Der Fahrtwind zerrte knatternd an seinen Haaren, schmerzte in den Augen. Dann …

… die Lichter vor ihm kamen näher … Raue Kommandos, das Gebell von Hunden, Männer mit Gewehren und Schlagstöcken, mit Wolken von eisigem Hauch vor den Gesichtern. Das Schreien und Jammern der Bremsen – und mit einem Mal die Stille, als der Zug mit den Viehwaggons endlich zum Stehen kam. Ein Augenblick absoluten Schweigens. Als hielte die Welt den Atem an. Dann die Männer in Uniformen, die auf die Ankömmlinge einschrien. Das Entsetzen in deren Augen …

Oskar Schindler schüttelte den Kopf, wischte sich über

die Augen, versuchte, die Bilder zu vertreiben. Er schloss das Fenster, riss es förmlich hoch. Er öffnete die schwere Tür des Waggons und stieg die Treppen auf den Bahnsteig hinunter. Dort blieb er einen Moment stehen und atmete tief die feuchte, kalte Luft ein.

Das Mädchen mit den Zöpfen und Paul, der Junge aus Schlesien, hockten wieder unten am Fluss. Ganz eng kuschelten sie sich aneinander, kauerten nieder, sodass es von hinten aussah, als befände sich da nur ein einziger Mensch. Sie schwiegen, schauten den dahineilenden Wassern nach. Eine Elster flog von einem Baum in der Nähe des Ufers auf. Ansonsten herrschte vollkommene Stille.

Was sie wohl füreinander empfanden? Wahrscheinlich wussten sie es selbst noch nicht. Er hatte ihre Hand genommen, hielt sie fest in der seinen und sie ließ es geschehen.

Er brach als Erster das Schweigen, ließ seiner Seele freien Lauf. Von der Heimat erzählte er und von den Eltern und der Schwester … Die Russen waren bereits im Nachbardorf gewesen, als sie sich auf den Weg gemacht hatten. Mit einem Leiterwagen waren sie losgezogen. Der lange Fußmarsch. Dann die Stunden und Tage im Zug, in den stinkenden Waggons. Die Ankunft im Westen, das Lager, die Feindseligkeit der Menschen hier. Der Hunger … All das erzählte er ihr. Nur das Bild der Eltern, das sich auf ewig in seinem Kopf eingebrannt hatte, das behielt er für sich. Wie sie da vor dem kleinen Haus standen und winkten …

Das Mädchen lauschte begierig seinen Worten. Sie spürte die Wärme seines Körpers und fröstelte dennoch.

Erst als die Sonne über dem Fluss heraufzog, wurde es wärmer und der Blick des Jungen ging in die Zukunft. Und er redete und redete, doch sie hörte nicht mehr zu.

Unter der Tür drang ein dünner Lichtspalt hervor. Ein Radio spielte weiche, sentimentale Musik. Liebesmusik, die gedämpft aus der Wohnung herauströpfelte. Er zögerte, ehe er den Schlüssel ins Schloss steckte. Emilie wartete auf ihn, so wie sie immer auf ihn wartete. So, als wäre er ihr Geliebter. Dabei wussten sie doch beide, dass er nichts mehr für sie empfand, sie gar nicht brauchte.

Er sah sich um. Die karge Wohnung in der Nürnberger Straße, in der sie nach ihrer Flucht gelandet waren, deprimierte ihn. Das war nicht das, was ihm zustand, was er gewohnt war.

»Wo bist du gewesen?«, fragte sie mit ihrer säuerlichen Stimme, die er nicht ausstehen konnte. Ihr Blick wirkte unstet. Er musterte sie. Sie erinnerte ihn an die Frau im Zug.

Wie alt sie ist, dachte er. Und so schrecklich langweilig. Er hasste das Leben neben ihr … Zum Glück hatte er noch Gisa, seine Freundin.

»Das weißt du doch. In München, bei unseren Freunden …«

Sie nickte. »Aaron ist hier gewesen.«

»Was wollte er?«

»Sie brauchen unbedingt die Medikamente. Den meisten geht es sehr schlecht. Besonders den Alten. Du hast doch versprochen, ihm zu helfen.«

»Leider ist etwas dazwischengekommen …«

»Wie? Was meinst du damit? Und was ist mit den Rubinen?«

Schindler wehrte ab. »Die sind weg. Jemand hat Bauer und seine beiden Speichellecker abgemurkst. Hat die drei Fettsäcke abgestochen wie Schweine.«

»Mein Gott! Warum?«

Schindler sah das Entsetzen in Emmis Gesicht. Er wusste, dass sie vor allem den Verlust der Steine bedauerte. Die toten Männer bedeuteten ihr dagegen nichts. Dazu hatte sie sie auch viel zu wenig gekannt. Aber die Steine … Die Rubine waren das Einzige gewesen, das sie aus Brünnlitz hatten retten können. Der Rest ihres einstigen Vermögens. Von dem, was noch übrig gewesen war. Alles andere war auf der Flucht verloren gegangen. Oskar Schindler runzelte die Stirn. Ihm hatte Geld nie etwas bedeutet. War immer nur Mittel zum Zweck gewesen. Aber für Emmi standen Geld und Reichtum ganz weit oben. Ein Grund mehr, sie zu verachten … Was für eine Krämerseele, dachte er.

»Ich kann das nicht glauben.« Sie hatte die Hände in die Hüften gestemmt und starrte ihn an. Vehement schüttelte sie den Kopf. »Wer hat sie umgebracht?«

Er antwortete nicht, zuckte nur mit den Schultern. Dann ließ er sie einfach stehen, ging in die Küche und trat an die Wasserleitung, um mit gierigen Schlucken zu trinken. Das Wasser war brackig und schmeckte scheußlich, war aber wenigstens kalt. Als er seinen Durst gelöscht hatte, wischte er sich die Lippen mit dem Ärmel seiner Jacke ab.

»Bauer und seine beiden Freunde haben nur bekommen, was sie verdient haben«, sagte er schlussendlich. »Die drei waren schon wieder auf dem Weg nach oben, haben bereits wieder krumme Geschäfte geplant … Bauer hat mit seinen hervorragenden Verbindungen geprahlt, offensichtlich hatte er auch welche zu den Amis.«

Emilie schaute ihn verständnislos an. »Warum hast du dich denn mit ihm eingelassen?«

»Na, wegen der Medikamente. Bauer hat irgendwo Tonnen davon gehortet … Die werden sehr bald ein Vermögen wert sein.«

»Sind sie deswegen getötet worden?«

Oskar Schindler schwieg. »Ich weiß es nicht«, bemerkte er nach ein paar Sekunden. »Es gibt Gerüchte, dass es in den Westzonen bald neues Geld geben wird. Da werden viele Menschen plötzlich sehr reich werden. Und bei dieser Gelegenheit wollten Bauer und seine Kumpane eben auch ihren Teil vom Kuchen abhaben.«

»Du denkst, dass sie aus diesem Grund umgebracht worden sind?«

Wieder zuckte Oskar Schindler nur mit den Schultern.

»Was hältst du davon, wenn wir von hier weggehen?«, fragte er unvermittelt. »Weg aus Deutschland … Die Leute hier wollen uns nicht. Für die sind wir doch nur Deutsche zweiter Klasse. Flüchtlinge und Schmarotzer …«

Emilie schaute ihn überrascht an. »Du hast Angst, nicht wahr? Dass sie dich auch umbringen?«

Aber er schwieg, erwiderte nichts. Er ging zum Fenster und starrte durch die dunklen Scheiben.

»Wohin in Gottes Namen willst du denn?«

Wieder dauerte es, bis er antwortete. »Nach Südamerika vielleicht«, meinte er zögerlich. »Da sind jetzt viele von der alten Garde, auch viele von meinen Juden. Die könnten uns sicher weiterhelfen … Nach Chile oder Argentinien. Was hältst du davon?«

»Ein neues Leben?«, flüsterte sie sehnsüchtig, aber es klang, als würde sie nicht so recht daran glauben.

Was sind wir anderes als Leben, die sich erfüllen möchten … Selbst wir, die wir nur die Erinnerung daran in uns tragen.

7

»Wir müssen das Mädchen finden«, brummte Melchior Koenig. »Das Mädchen mit den Zöpfen.«

»Die meisten Mädchen tragen Zöpfe. Das wird verdammt schwierig. Haben wir denn keine anderen Anhaltspunkte? Etwas, das uns weiterhelfen könnte?«

Koenig schüttelte den Kopf. »Höchstens der Junge«, sagte er. »Wir sollten vielleicht mit dem Jungen anfangen.«

Judenmann nickte. »Wie sieht es mit den Angehörigen der Opfer aus? Irgendjemand muss sie doch schließlich vermissen«, meinte er. »Es kommt selten vor, dass jemand gar keine Angehörigen oder Freunde hat.«

»Ich habe die Akten der Toten angefordert. Aber du weißt ja, das dauert … Gemeldet hat sich bislang noch niemand.«

»Und Bauers Schwester?«

»Die hat ihren Bruder gehasst, aber sie hat mir nicht gesagt, weswegen. Von seinen Geschäften hat sie so gut wie nichts gewusst. Nur, dass er des Öfteren mit dem Zug nach München gefahren ist. Da hat er wohl kräftig auf dem Schwarzmarkt mitgemischt. Das hilft uns aber auch nicht weiter.« Koenig verstummte abrupt und betrachtete einen Moment lang Judenmann, der ungeniert gähnte. Er wollte gerade mit seinem tastenden Versuch einer Zusammenfassung dessen, was sie bislang wussten, und seinen Vorschlägen, was zu tun sei, fortfahren, als ihm plötzlich eine Idee kam. Der Schupo, der am Tatort gewesen war … Er erinnerte sich, er hatte ihn beauftragt, die Namen der Neugierigen zu notieren, die dort herumgestanden waren. Vielleicht hatten sie ja Glück. Wir müssen die Liste mit den Namen der Leute durchgehen, dachte er. Vielleicht ist durch Zufall auch der Name des Mädchens dabei … Wenn es dieses Mädchen denn überhaupt gab. Mehr als die Aussage des Jungen hatten sie ja nicht.

Das Mädchen, der Junge … Er stellte sich die trostlose Frage, was Kinder wie sie in einer rauen Märznacht zu nachtschlafender Zeit an den Ufern des eisigen Flusses verloren hatten, und er kam zu dem Ergebnis, dass sie wohl in einer Zeit lebten, in der die Regeln, wie sie für viele Generationen gegolten hatten, ihre Gültigkeit verloren hatten. Die Welt war in Trümmer gefallen, war unwirtlich geworden, und es waren die Kinder und die Alten, die dafür am meisten bezahlen mussten. Die Menschen lebten, vor allem um zu vergessen. Und ihre Kinder lernten zu überleben. Doch war das genug?

Der Notruf erreichte die Polizeidienststelle am Abend des Sonntags, kurz nach acht Uhr.

Der Diensthabende war ein älterer Polizist, der erst vor Kurzem bei der Außenstelle in Regensburg wieder eingestellt worden war. Er hatte die Kriegsjahre in der Heimat verbracht, irgendwann hatten sie ihn aber doch noch geholt, und er war während der letzten sinnlosen Monate des ›Schicksalskampfes‹ an die Front geschickt worden. Dort hatte er bereits in den ersten Tagen seines Einsatzes einen Lungendurchschuss erlitten, woraufhin er umgehend wieder in ein heimatnahes Lazarett verlegt wurde. Danach hatte es geraume Zeit gedauert, bis er wieder einigermaßen auf dem Damm gewesen war. Er hatte die Rekonvaleszenz überstanden, doch hatte ihn die Verwundung vorschnell zu einem verbitterten, mit dem Schicksal hadernden Menschen werden lassen. Hauptsächlich aber war ihm ein unheimliches Pfeifen geblieben, ein Ton, der sich in steter Regelmäßigkeit mal lauter, mal leiser seiner lädierten Lunge entrang. Dies war der Grund, warum die meisten der Kollegen wenig Lust verspürten, mit ihm in einem Raum zusammenzuarbeiten. Das permanente Pfeifen machte sie aggressiv und raubte ihnen, wie sie meinten, die Ruhe, die sie zum Arbeiten benötigten.

So war er auch jetzt gänzlich allein in dem engen Raum, der als Telefonzentrale diente. Die Frau, die ihm an diesem grauen Märzabend ins Ohr schrie, wirkte wie vollkommen von Sinnen, was wohl auf ein ganz reales Schockerlebnis zurückzuführen war. Der Polizist hielt den Hörer mit gestrecktem Arm vom Ohr, gerade so, dass er trotz des Pfeifens aus seiner Lunge die Worte der Frau noch verstehen konnte.

»Haben Sie gerade gesagt, dass einem Mann der Kopf abgeschlagen wurde?«, fragte er dann zweifelnd. Die Stimme der Anruferin wurde daraufhin noch schriller und hysterischer. Nur mit Mühe gelang es dem Diensthabenden, zu erfragen, wo sich der Vorfall abgespielt hatte.

»Nürnberger Straße«, schrie die Frau und ihre Stimme

überschlug sich dabei. Sie fing jäh an zu weinen, die Verbindung brach ab.

In Windeseile alarmierte der Polizist das Überfallkommando, das nur wenige Minuten nach dem Anruf ausrückte und mit Blaulicht und Martinshorn zum angegebenen Einsatzort eilte.

Das Fahrzeug mit den Polizisten näherte sich der Straße aus östlicher Richtung und fuhr entlang der Donau, entgegen der Strömung des Flusses, nach Westen. Obwohl sie keine genauen Hinweise hatten, wo sich das Verbrechen abgespielt hatte, bereitete es den Männern keine große Mühe, den Ort des Geschehens in der Nürnberger Straße zu finden. Bereits nach einigen 100 Metern nahmen sie vor einem der mehrstöckigen Wohnhäuser eine Menschenansammlung wahr, die wie erstarrt in der abendlichen Kälte verharrte.

Die Polizisten stellten ihr Fahrzeug ab und näherten sich dem Hauseingang. Nahezu wortlos traten die Menschen zur Seite und öffneten eine Gasse, durch die die Polizisten schritten. Das Blaulicht des Einsatzfahrzeugs warf sein kaltes Licht gegen die toten Mauern der Häuserzeile.

Melchior Koenig kam fast zur selben Zeit am Tatort an wie Mayerhofer, der Pathologe, und so eilten sie, nachdem sie sich kurz begrüßt hatten, gemeinsam in das schäbige Haus mit der Nummer 25.

Als sie an den Menschen vorbeigingen, die seltsam apathisch vor dem Gebäude warteten, Erwachsene und Kinder, die die Beamten mit stummen Blicken voll Entsetzen und Grauen musterten, wusste Koenig, dass sich etwas Ernstes ereignet haben musste.

Das Treppenhaus war ungewöhnlich breit, die Treppe aus dunklem Holz gefertigt. Das Haus war eine Anhäufung von Stockwerken und Vorschriftstexten. ›Bitte Füße abtreten‹ stand auf einem Schild, das an der Wand befestigt war. Und gleich daneben ›Haustüre immer geschlossen halten‹. Koenig scherte sich nicht darum, schaute nach oben. Auf Höhe des ersten Absatzes lag der Körper eines Menschen, eines Mannes, seltsam verdreht, sodass Koenig im ersten Moment nicht sagen konnte, ob der Mann auf dem Rücken lag oder auf dem Bauch. Erst als er die ersten Treppenstufen genommen hatte, erkannte er, dass der Mann tatsächlich auf dem Rücken lag. Er war ohne Zweifel tot. Was den Anblick des Toten so grauenvoll machte, war die Tatsache, dass sein Kopf nahezu vom Rumpf abgetrennt war, und, wie es schien, nur noch von einigen wenigen Hautfetzen und Muskelsträngen gehalten wurde, und so auf die nach unten führende Treppenstufe herabhing. Koenig stand mehr als eine Minute völlig regungslos und auch Mayerhofer starrte nur voll Entsetzen auf die Leiche. Einer der Schutzpolizisten des Überfallkommandos, der einige Stufen über der Leiche stand und auf die Ankommenden hinuntersah, sagte etwas, was Koenig nicht verstand. Erst als sich Mayerhofer bewegte und an ihm vorbei auf den Toten zutrat, löste sich auch bei ihm die Erstarrung. Einen kurzen Augenblick lang empfand er ein Gefühl großer Trauer und absoluter Hilflosigkeit.

Dann erst nahm er den Polizisten genauer in Augenschein, der ihm von oben etwas zurief. Selbst im fahlen Licht der Treppenhausbeleuchtung war zu erkennen, dass sämtliche Farbe aus dem Gesicht des Mannes gewichen war.

»Der Täter muss eine Axt oder etwas Ähnliches verwendet haben.«

Koenig nickte. »Wer war der Mann? Gehört er zum Haus?«

Der Schupo hatte darauf keine Antwort parat. »Wir wissen es nicht. Wir konnten noch niemanden befragen. Aber …«

»Ja?«

»Die Wohnungstür im ersten Stock ist beschädigt. Sieht aus, als habe jemand versucht, die Tür mit großer Gewalt einzuschlagen.«

»Und …?«

»Die Bewohner haben sich in ihren Wohnungen verbarrikadiert. Wir haben sie noch nicht dazu bewegen können, herauszukommen.«

»Ich rede mit ihnen«, sagte Koenig. Dann zwängte er sich an der Leiche vorbei nach oben. Er vermied es dabei, den Toten genauer anzusehen, achtete nur darauf, in keine der Blutlachen zu treten, die sich überall auf den Treppenstufen ausbreiteten.

Die Tür zur Wohnung im ersten Stock war in der Tat stark lädiert und zeigte Spuren von Gewaltanwendung im Bereich des Schlosses, als habe jemand versucht, es herauszubrechen.

Koenig klopfte an der Tür. Er hatte Mühe, den Namen, der auf ein billiges Schild aus Pappe geschrieben war, zu entziffern. Das Schild war mit einem kleinen Nagel am Türrahmen befestigt. ›O. u. E. Schindler‹ stand darauf.

»Polizei! Öffnen Sie, bitte!«, rief er. Dann wartete er. Eine Weile geschah nichts. Wenig später drehte sich ein Schlüssel im Schloss.

Eine Frau um die 40, mit wenig attraktiven Gesichtszügen, öffnete die Tür einen Spalt und blickte ihn an.

»Frau Schindler?«, fragte er.

Sie nickte. »Ja, das bin ich.«

Koenig sah an ihren geröteten Augen, dass sie geweint hatte. »Ich bin Polizist. Darf ich hereinkommen?«

Sie blinzelte, zog die Tür etwas weiter auf und trat zurück, um ihn einzulassen. Direkt neben dem Eingang stand ein klobiger Schrank, der, wie es schien, vor Kurzem erst dort hingeschoben worden war.

Hinter der Frau tauchte ein groß gewachsener Mann auf, wohl etwa im gleichen Alter.

»Ich bin Oskar Schindler«, stellte sich der Mann vor. Er wirkte stark angespannt, strahlte jedoch im Vergleich zu der Frau Selbstsicherheit aus, sodass Koenig den Eindruck hatte, als würde diese in seinem Schatten schrumpfen und in sich zusammenfallen.

Schindler führte Koenig in ein großes, spärlich möbliertes Zimmer, das den Anschein erweckte, als seien die Menschen, die darin wohnten, nur auf der Durchreise. In einer Ecke stapelten sich bereits geöffnete, aber auch noch unversehrte Carepakete, was den kahlen und öden Eindruck des Raumes noch verstärkte.

Koenig dachte nach, bevor er seine erste Frage stellte. »Wissen Sie, was soeben vor Ihrer Wohnungstür passiert ist …?«

»Nein.«

»… dass jemand zu Tode gekommen ist?«

»Nein. Wir haben nur bemerkt, dass jemand in unsere Wohnung eindringen wollte. Da haben wir den Schrank vor die Tür gerückt. Jemand hat mit einer Axt oder etwas Ähnlichem darauf eingeschlagen.«

»Können Sie sich jemanden vorstellen, der dies getan haben könnte?«

Schindler zuckte mit den Schultern. »Ja und nein«, sagte

er nach einem kurzen Zögern. »Es gibt eine Menge Leute, die mir an den Kragen wollen. Wegen früher ...«

»Wurden Sie denn früher schon bedroht?«

Schindler und seine Frau schüttelten fast gleichzeitig den Kopf. »Nein, nicht wirklich.«

Koenig betrachtete den Mann vor sich. Er wirkte sonderbar beherrscht und doch war sein Blick unstet, ging an dem Polizeibeamten vorbei, als sei er irgendwohin, weit zurück in die Vergangenheit gerichtet.

»Sehen Sie, mein Mann war sehr erfolgreich«, warf die Frau plötzlich ein. »Vor dem Zusammenbruch. Wir hatten eine Fabrik im Osten, in Zablowice bei Krakau ...«

Koenig wandte sich ihr zu, wartete, dass sie weiterredete, doch sie ließ den Satz unvollendet, so als habe sie ihrem Mann nur ein Stichwort geben wollen. Dieser zeigte ein kurzes, leichtes Lächeln, schien richtig aufzublühen bei der Erwähnung der Vergangenheit. Doch dann verdüsterten sich seine Züge sofort wieder.

»Sehen Sie sich hier nur um«, forderte er die Beamten schließlich auf. »Sehen Sie, wie wir hier hausen. Wir haben kaum etwas zu essen ...«

Koenig schaute ihn verwundert an. Dies schien ihm in der jetzigen Zeit nicht ungewöhnlich.

»Vor zwei, drei Jahren noch hatte ich Geld in Hülle und Fülle«, fuhr der Mann fort. »Aber ich habe ein Vermögen ausgegeben, um das Leben meiner Leute zu retten ... Das waren alles Juden, die sonst in den Lagern verreckt wären. Bei mir, in meiner Fabrik, da waren sie sicher. Dort haben sie überlebt. Dafür habe ich gesorgt. Aber, verstehen Sie, mehr als zwei Millionen Reichsmark sind dafür draufgegangen. Alles weg. Und jetzt müssen meine Frau und ich hungern ... Und die Nazibonzen von damals, die uns den ganzen Schlamassel eingebrockt haben, die leben schon wieder wie die Maden im Speck … Den meisten geht es doch schon wieder prächtig.«

»Sie sagten, Sie haben viel Geld verloren. Was ist damit passiert?«

»Ich musste eine Menge Leute bestechen. Vom Lagerkommandanten bis hin zum kleinsten Wachsoldaten …«

»Warum denn?«, warf Koenig ein

Schindler zögerte mit seiner Antwort und Koenig hatte den Eindruck, als würden seine Gedanken zu den Dingen zurückkehren, die damals sein Leben geprägt hatten.

»Ich habe den Nazis Arbeiter abgekauft. Juden aus dem Lager. So einfach ist das. 2.000 Reichsmark für ein Menschenleben.«

Koenig musste an den alten Mietek Feitelbach denken, und an Ruth Feitelbach, die er nicht gekannt hatte, die gepeinigte Frau, von der niemand mehr etwas gehört oder gesehen hatte. 2.000 Reichsmark, ging es ihm durch den Kopf. Welch absurder Betrag. War dies der Wert eines Menschenlebens?

Einen Moment lang schwiegen die drei Menschen im Raum.

»Vor wem haben Sie Angst?«, fragte Koenig.

»Ich weiß es nicht. Da gibt es so viele, die ein Interesse an meinem Tod haben könnten, die hinter mir her sind. Die Leute, die vor Kurzem noch das Sagen hatten. Die haben mir die Sache mit den Juden nicht verziehen … oder die Tschechen. Die hassen uns, meine Frau und mich, weil wir für die Deutschen gearbeitet haben. Und dann gibt es eine ganze Menge von Leuten, die glauben, dass ich noch immer über immense Reichtümer verfüge.«

Koenig studierte seine Uhr. Es war kurz nach neun Uhr und draußen schien es bereits stockdunkel zu sein.

»Hallo«, rief jemand von außerhalb der Wohnung.

Vor der Wohnungstür stand Mayerhofer. Er trug weiße Handschuhe und Koenig sah, dass sie voll mit Blut waren.

»Die Männer vom Überfallkommando wollen zusammenpacken«, informierte er ihn. Seine Stimme klang müde und er blinzelte hinter seinen Brillengläsern.

»Wartet noch kurz«, bat Koenig. Er wandte sich zu Schindler um, der ihm zur Wohnungstür gefolgt war. »Kommen Sie, sehen Sie sich den Toten an.«

Zögernd folgte Schindler dem Polizisten die Treppen hinunter, dorthin, wo die Leiche noch immer lag. Im Hausflur hing ein Geruch nach gedünsteten Zwiebeln, was Koenig nicht aufgefallen war, als er das Haus betreten hatte.

»Kennen Sie den Mann?«

Schindler hielt sich beide Hände vor den Mund, während er auf die Leiche starrte. Kräftige, gepflegte Hände, dachte Koenig. Ein Mann, der zupacken konnte, aber nicht von seiner Hände Arbeit lebte.

»Nein«, würgte Schindler nach einer Weile hervor. »Nein.«

Koenig wartete, gegen das Treppengeländer gelehnt, auf eine weitere Reaktion, aber der Mann neben ihm schwieg.

»Haben Sie denn überhaupt nichts mitgekriegt von dem, was sich hier im Treppenhaus zugetragen hat?«

»Nein. Jemand hat sich am Schloss zu unserer Wohnung zu schaffen gemacht. Da hat meine Frau damit gedroht, die Polizei zu rufen …«

»Und dann?«

»Dann haben die Geräusche am Schloss aufgehört. Aber gleich darauf haben die mit einer Axt gegen die Tür geschlagen. Da haben wir den Schrank davorgeschoben.«

»Hm«, machte Koenig. »Und weiter?«

»Wir sind in die Küche gelaufen und haben aus dem Fenster um Hilfe gerufen ... Und bald darauf ist die Polizei gekommen. Und dann haben Sie geklopft.«

Koenig konnte den Mann neben sich schwer atmen hören. Was er sagte, klang plausibel, und doch wurde der Polizeibeamte den Verdacht nicht los, dass ihm Schindler etwas verschwieg. Da war etwas gewesen, was der Mann gesagt hatte, das ihn eigenartig berührt hatte. Aber so sehr er sich auch bemühte, er konnte sich nicht mehr so recht erinnern, was es gewesen war.

In dieser Sekunde wurde er in seinen Gedanken durch einen jungen Schutzpolizisten unterbrochen, der die Treppe heraufgestürzt kam.

»Wir haben die Axt gefunden, mit der der ...«

»Wo?«, fragte Koenig.

»Unten, in den Kellerräumen.«

Koenig warf Schindler noch einen kurzen Blick zu, so als wollte er ihm bedeuten, wieder zurück in die Wohnung zu gehen, dann drehte er sich um und folgte dem Schupo, der wieder kehrtgemacht hatte.

Der Kellerabgang war nur schwach beleuchtet und ein modriger Geruch stieg aus der Tiefe empor. Koenig folgte dem Polizisten die Steintreppe hinunter und hetzte dicht hinter ihm durch ein Labyrinth von sich verzweigenden Gängen. Links und rechts schaute er in das Halbdunkel von abgesperrten Kellerräumen. Nachdem sie mehrmals die Richtung gewechselt hatten, befanden sie sich plötzlich wieder am Fuß einer Treppe, die steil nach oben führte. Hier war die Luft deutlich besser und er sah, dass die Treppe ins Freie führte. Durch ein schmales Viereck funkelten zwei blasse Sterne zu ihm herunter.

Der junge Polizist war am Fuß der Treppe stehen geblieben und leuchtete jetzt mit einer Taschenlampe in eine Ecke, in der eine Reihe metallener Gegenstände gelagert waren, darunter auch einige verrostete Kanister. Hinter einem der Kanister ragte der Stiel einer Axt hervor. Koenig kramte in seiner Hosentasche, nahm sein Taschentuch heraus und bückte sich vorsichtig zu der Axt hinunter. Er umfasste den Griff mit dem Taschentuch und zog das Beil hinter dem Kanister hervor. Selbst im düsteren Licht der Taschenlampe konnte man die dicken, klebrigen Flecken am Blatt und am Schaft erkennen.

Er reichte sie, nachdem er sie in den Händen gewiegt hatte, dem jungen Mann, der schweigend neben ihm stand und sie nur widerstrebend berührte.

»In die Dienststelle damit!«, wies er den Kollegen an.

Dann blickte er nach oben und begann, die Treppe hinaufzusteigen. Mit jedem Schritt schien er den Sternen näher zu kommen und es wurden immer mehr, die in dem hellen Viereck auftauchten. Doch als er durch die Tür auf den kleinen Innenhof hinaustrat und nach ihnen greifen wollte, da erkannte er, dass er sich getäuscht hatte. Unerreichbar glänzten sie von einem nachtschwarzen Himmel herab …

Nicht weit von der Stelle entfernt, von der aus Koenig in den traurigen Himmel starrte, lag das kleine Mädchen in seinem Bett und lauschte den Geräuschen der Nacht. Da war ein Ächzen und Stöhnen und ein Echo unbegreiflichen Leidens, das nur sie hören konnte.

Und als ein Strahl dünnen Lichts durch sein Fenster fiel, da streckte es die Hand aus und versuchte ihn zu fassen. Sie öffnete die bleiche Hand und mit einem Mal funkelte es blutrot darin. Es war aber ein kaltes Licht, das das Herz des Mädchens nicht erwärmen konnte. Dennoch lächelte es, als es an den Jungen dachte, der ihr den Stein geschenkt hatte, den sie so lange in ihrer Faust schon hielt.

Wenig später drehte sich ein Schlüssel im Schloss der Wohnungstür und bald darauf trat ein Schatten durch die Tür.

»Vater, Vater!«, rief das Mädchen und der Schatten huschte herein in das karge Zimmer. Der Mann schloss das Kind in seine mächtigen Arme. Und als ihm das Mädchen den Stein zeigte, da griff er danach und noch einmal drang ein Strahl fernen Lichts in den Raum und färbte die Hände des Vaters blutrot …

8

Als Koenig am nächsten Morgen das Dienstgebäude betrat, winkte ihn die junge Frau in der Pförtnerloge zu sich und flüsterte ihm ganz vertraulich zu, dass ein Besucher in seinem Büro auf ihn wartete.

»Ein Ami«, raunte sie ihm zu und holte, wie um diese Aussage zu bestätigen, ein Päckchen mit Kaugummis unter ihrem Arbeitstisch hervor. Offensichtlich ein Geschenk des Besuchers.

»Wollen Sie auch einen?«, fragte sie und hielt Koenig ein Stück von einem rötlichen Klumpen hin. Koenig wollte nicht unhöflich erscheinen und nickte. Dann wusste er nicht so recht, was er damit tun sollte, und war drauf und dran, ihn in die Jackentasche zu stecken, doch da sie ihn ganz erwartungsvoll musterte, nahm er die ungewohnte Masse in den Mund und begann, intensiv darauf herumzukauen.

»Gut«, knödelte er und grinste ihr zu. Als er zur Treppe hinkte, spürte er, dass sie hinter ihm herschaute.

Er hastete die Treppe hoch und riss die Tür zu seinem Büro auf. Im Besucherstuhl lümmelte Lieutenant Roth, der ihn ob seiner Eile verwundert ansah.

»Ich bekomme selten Besuch«, sagte Koenig daraufhin entschuldigend.

»Das macht nichts«, antwortete Roth. »Magst du denn Kaugummi?«, fragte er und Koenig fiel auf, dass seine großen, abstehenden Ohren ganz rot waren.

Es war das erste Mal, dass ihn der Ami duzte, und Koenig war einen Augenblick lang verwirrt, wusste nicht, wie er darauf reagieren sollte.

»Eigentlich nicht«, meinte er letzten Endes. »Das ist das erste Mal, dass ich einen probiere. Es ist sehr anstrengend …«

»Paul«, sagte Roth und streckte Koenig eine große, knochige Hand hin.

»Melchior«, erwiderte Koenig und sie schüttelten sich feierlich die Hände.

»Wie kommt ihr voran?«, fragte Roth. Melchior Koenig wollte antworten, beschloss aber, erst einmal den Kaugummi loszuwerden. Er nahm ein Stück Papier vom Schreibtisch, wickelte die klebrige Masse angewidert ein und warf sie in den Abfalleimer.

»Es gab einen weiteren Mordfall«, erzählte er schließlich. »Gestern Abend. Ein Mann wurde mit einer Axt getötet.«

Roth wirkte nicht sonderlich überrascht. »Und der Täter?«

»Entkommen.«

»Gibt es einen Zusammenhang mit den Morden an der Donau?«

Koenig zuckte mit den Schultern. »Ich weiß es nicht. Der Täter ist jedenfalls auch in diesem Fall, wie bei den anderen Morden, mit großer Brutalität vorgegangen. Mehr kann man noch nicht sagen.«

»Habt ihr Zeugen?«

»Nein. Es hat einen Kampf im Treppenhaus eines Wohnhauses gegeben und anschließend ist der Mörder … oder sind die Mörder … durch die Keller des Hauses geflohen.«

»Wisst ihr denn, wie viele es waren?«

»Nein.«

»Seltsame Geschichte«, meinte Roth nachdenklich. »Das klingt, als habe sich der Täter oder hätten sich die Täter im Haus ausgekannt.«

Koenig nickte zustimmend.

»Und das Opfer?«

»Unbekannt. Ohne Papiere. Keinerlei Anhaltspunkte.«

Sie schwiegen beide.

»Wir kennen jetzt die Namen von Bauers Freunden«, nahm Koenig den Faden wieder auf. Er reichte Roth das Blatt mit den Namen der vier SS-Leute, die ihm Feitelbach verraten hatte. Der betrachtete den Zettel und studierte ihn aufmerksam.

»Wer ist Ruth Feitelbach?«, wollte er dann wissen.

Koenig griff in seine Jackentasche und holte das abgegriffene Foto hervor, das ihm Sedlacek vor wenigen Tagen gegeben hatte, das Foto, das Amon Göth und seine drei Spießgesellen zusammen mit ihrem Opfer zeigte. Stumm legte er es vor Roth auf den Tisch und deutete auf die gepeinigte Frau.

»Woher hast du die Namen?«

»Von einem alten Freund«, sagte Koenig und Roth nickte verstehend.

»Ich habe die Namen noch nie gehört. Das scheint aber ohne Belang.«

»Warum seid ihr überhaupt an dem Fall interessiert?«, wollte Koenig von Roth wissen.

Roth schwieg eine Weile, als denke er über etwas nach. Dann faltete er die Hände vor dem Gesicht. »Amon Göth – du erinnerst dich – hat während seiner Zeit als Lagerkommandant in Płaszów große Mengen an Medikamenten für die jüdischen Gefangenen erhalten«, sagte er. »Das wenigste davon ist allerdings für die Kranken und Sterbenden verwendet worden. Die hat man dahinsiechen und verrecken lassen. Irgendjemand hat aber all diese Medikamente gebunkert und wohl auch rechtzeitig vor dem Zusammenbruch in den Westen gebracht und dort versteckt.«

»Bauer und seine Freunde?«

Roth nickte. »Richtig. Wir vermuten, dass die Sachen irgendwo hier in der Nähe von Regensburg versteckt sind.

In einem Schuppen auf dem Land oder in einem Wohnhaus hier in der Stadt – oder auch in einer anderen Stadt irgendwo im Umkreis.«

»Und du denkst, sie wollten die Medikamente nun teuer verkaufen?«

»Ja und nein! Ich denke, sie mussten die Sachen einerseits so schnell als möglich loswerden, aber ...« Roth war aufgestanden und begann, nervös im Zimmer herumzulaufen. »... aber andererseits konnten sie sie jetzt, zu diesem Zeitpunkt, sicherlich noch nicht verkaufen.«

»Aber warum denn nicht?«

Roth lachte bitter. »Weil das Geld nichts wert ist. Noch sind Reichsmark und Militärmark im Umlauf ... Na ja, du weißt selbst, was du dir dafür kaufen kannst.«

»Du meinst, Bauer und seine windigen Kumpane wollten erst auf eine Währungsreform warten, ehe sie ihre Schätze verhökert hätten?«

»Volltreffer, Herr Kriminaler«, nickte Roth, der vor Koenig stehen geblieben war und auf ihn herabsah.

»Das neue Geld ist bereits seit Februar in Deutschland. Per Schiff in Bremerhaven eingetroffen. Direkt aus den USA. Wusstest du das nicht? Millionen frisch gedruckter Banknoten. Kisten, die voll davon sind. Alle mittlerweile im Keller des Frankfurter Reichsbankgebäudes gelagert. Ein offenes Geheimnis. Es ist nur noch eine Frage der Zeit, bis das neue Geld in der amerikanischen und in der britischen Zone in Umlauf kommt ... wohl auch in der französischen.«

»Hm«, brummte Melchior Koenig und wandte sich zum Fenster. Die Sonne schien herein und es versprach ein schöner Tag zu werden. Er konnte den Frühling förmlich riechen.

»Machen die Russen auch mit? In ihrem Sektor?«

Roth hob die Schultern. »Wie es scheint, haben die nicht genug geeignetes Papier für eine eigene Währung. Die Gerüchte kursieren, aber man weiß nichts Genaues.«

Sie schwiegen. Koenig dachte an die Toten. An die drei Männer, die bei lebendigem Leibe verstümmelt worden waren, und an den Unbekannten, der von einem tödlichen Axthieb getroffen worden war. Er versuchte, die unschönen Bilder zu vertreiben, indem er an seine Anni dachte. Aber als er sich ihre Gesichtszüge vorstellen wollte, gelang ihm dies nicht.

»Denkst du, dass Bauer und seine beiden Freunde wegen der Medikamente sterben mussten?«

»Gut möglich«, meinte Roth. »Aber das ist natürlich nur eine Vermutung.«

»Damit hätten wir aber zumindest ein Motiv.«

»Es erklärt aber nicht, warum die Männer kastriert worden sind.«

»Ich weiß. Es gibt kein offensichtliches Motiv. Aber im Augenblick weiß ich nur, dass mir das Ganze überhaupt nicht gefällt. Warum waren Bauer und seine Freunde zu solch später Stunde noch unterwegs? Ist das nicht ungewöhnlich?«

»Nicht, wenn sie jemanden treffen wollten.«

»Aber weswegen?«

»Krumme Geschäfte, was sonst?«

Für die Dauer einer Sekunde war Koenig versucht, Roth von den Rubinen zu erzählen, die er bei dem Jungen gefunden hatte. Aus irgendeinem Grund ließ er aber auch dieses Mal den Moment verstreichen. »Es gibt womöglich eine Zeugin. Wir sind aber noch auf der Suche nach ihr.«

Roth nickte, ging aber nicht näher darauf ein. »Und der

Fall von gestern? Vier Morde innerhalb kürzester Zeit. Denkst du, dass das Zufall ist?«

»Wer weiß? Vielleicht, vielleicht auch nicht. Was aber könnte die Verbindung zwischen den beiden Fällen sein, wenn es denn eine gibt?«

»Hm.« Roth wirkte ratlos. »Vielleicht haben sich die Mordopfer von früher gekannt. Habt ihr wirklich keinen Anhaltspunkt, was dies betrifft?«

»Noch nicht. Wir müssen auf jeden Fall die Identität des Opfers klären.«

»Vielleicht solltest du deinen alten Freund fragen …«

»Ja«, sagte Koenig. »Vielleicht.« Dabei wusste er nicht so recht, ob Roth diesen Vorschlag auch ernst gemeint hatte.

Wenig später war er wieder allein im Zimmer. Sein Besucher war gegangen. »Halt mich auf dem Laufenden«, hatte er gesagt und Koenig noch ein kleines Päckchen zugesteckt, das in braunes Papier gewickelt war. Es hatte die ganze Zeit neben dem Besuchersessel auf dem Boden gelegen. »Von Uncle Sam.«

Koenig hatte nichts erwidert und Roth hatte ihm nur kurz zugenickt.

»So sieht man sich wieder«, sagte Koenig.

Der Junge gab keine Antwort, schaute an Koenig vorbei. Er rauchte. Unbeholfen, so wie Heranwachsende rauchen. Auch wenn er Koenig nicht anblickte, so verfolgte er doch jede seiner Bewegungen. Wie ein in die Enge getriebenes Tier. Bereit zum Sprung.

»Du hast uns nicht alles gesagt, was du gesehen hast«, begann Koenig. Sie waren allein in dem großen Raum. Zehn Betten standen darin, jeweils zwei übereinander.

»Wie geht es deinem Bruder?«, fügte er dann noch hinzu.

»Besser.«

»Wo ist er? Hat er sein Bett auch hier?«

Der Junge nickte. »Er arbeitet. Bei einem Kohlenhändler in der Stadt. Da muss er Säcke schleppen ... Das ist eine harte Arbeit, aber mein Bruder ist sehr stark.«

»Und du?«

»Ich bin auch stark. Manchmal helfe ich meinem Bruder.«

Koenig spürte, wie sein Interesse an dem Jungen wuchs. Auch einer von denen, denen alles genommen wurde, dachte er bei sich. Die Kindheit und auch die Jugend. Da war nichts Unbeschwertes, nichts Leichtes.

Er lehnte sich in seinem Stuhl zurück und studierte das Gesicht des Jungen. Weiche, kindliche Züge mit einer Spur von Verbitterung. Aber da war auch etwas Verschlagenes in diesem Gesicht mit den weit geöffneten blassen Augen.

»Hast du mit dem Mädchen auf der Brücke gesprochen?«

Der Junge schluckte. Koenig betrachtete ihn nach wie vor aufmerksam. Eine Sekunde lang hatte er gezögert, da war sich der Polizeibeamte sicher.

»Nein, ich habe sie gar nicht richtig gesehen. Sie war viel zu weit weg. Oben auf der Brücke ...«

»Wo genau?«

»Bei der Steinfigur. Dort, wo die Brücke einen Buckel hat.«

»Und du bist sicher, dass sie Zöpfe getragen hat?«

»Vielleicht ... Ja!«

»Du lügst, Junge. Die Entfernung ist viel zu groß.

Außerdem war es stockdunkel. Verdammt noch mal!« Koenig hatte sich aufgerichtet, starrte verärgert auf den Jungen, der vor ihm saß. Aus einem Impuls heraus hob er die Hand, als wollte er ihn schlagen. Als er jedoch sah, wie der Junge erschrocken die Hände vors Gesicht riss und heftig zu weinen anfing, hielt er jäh in der Bewegung inne.

Der Zusammenbruch des Jungen kam so unerwartet, dass Koenig einen Augenblick wie erstarrt dastand und nicht wusste, was er tun sollte. Es schien, als habe die Geste der Gewalt bei dem Jungen etwas ausgelöst, das seine bislang demonstrierte Selbstbeherrschung erschüttert hatte. Koenig schämte sich und er erwog, sich bei dem Häufchen Elend, das da vor ihm saß, zu entschuldigen. Aber dann entschied er, die Gunst der Stunde zu nutzen.

»Also, was war los? Was hast du gesehen an diesem Abend?«

Paul Gemsa schüttelte den Kopf. Er sah wie ein geprügelter Hund aus. »Eigentlich nicht viel. Ich war zuerst oben auf der Brücke und ich war müde und da habe ich mich bei der Steinfigur hingesetzt.« »Und dann?«

Der Junge zuckte mit den Schultern. »Ich glaube, ich hab ein bisschen geschlafen … und dann wollte ich weiter und wie ich aufgestanden bin, da hab ich runter zum Fluss geschaut. Warum, weiß ich nicht. Ich hab nichts gehört, weil der Wind so laut war und das Wasser …«

Hinter Koenig öffnete sich die Tür und eine ältere Frau mit kurzen grauen Haaren und einer Rotkreuzbinde am Arm ließ sich sehen. Ein Geruch nach Kohlsuppe schwappte gleichzeitig in den Schlafraum und Koenig war froh, als sie gleich wieder die Türe schloss.

Er massierte sein kaputtes Bein und begutachtete seine Schuhe. Sie waren staubig und voller Schmutz.

»Wo bist du überhaupt hergekommen, mitten in der Nacht?«

»Von Lappersdorf. Da ist ein Bauer, der manchmal auch uns was zu essen gibt ...«

»Was meinst du damit? Auch uns?«

»Die meisten Bauern mögen die Flüchtlinge nicht. Die sagen, wir sind keine richtigen Deutschen.«

»Hm«, knurrte Koenig und er dachte an den Schupo, der die Menschen aus dem Osten als Gesindel bezeichnet hatte.

»Und dann wolltest du zum Neupfarrplatz?«

»Ja.«

»Was hast du gesehen?«

»Unten am Fluss, da waren eine ganze Menge Männer. Was sie gemacht haben, hab ich gar nicht richtig sehen können. Sie waren zu weit weg. Sie waren wie Schatten, die mit einem Ungeheuer gekämpft haben ...«

Eigenartige Beschreibung, dachte Koenig. »Hast du ihre Gesichter erkennen können?«

»Nein, nein. Aber ein Mann war dabei, der war riesengroß.«

»Und dann bist du runter zum Ufer?«

»Nein, erst als die Männer weg waren.«

»Hast du gesehen, in welche Richtung sie gegangen sind?«

»Nein, ich hab Angst gekriegt und mich hinter dem Geländer der Brücke versteckt. Erst nach einer Weile hab ich nochmals nach unten geschaut. Da waren die Männer schon weg.«

»Warum bist du denn überhaupt nach unten gegangen?«

»Ich war neugierig.«

»Denk daran, besser, du sagst mir jetzt die Wahrheit, als dass ich sie später selbst herausfinde.«

Der Junge schüttelte den Kopf. »Da war nichts. Ich war nur neugierig, ich schwöre es.«

»Du wolltest wohl sehen, ob noch was zu holen ist, nicht wahr?«

Paul nickte widerstrebend.

»Und?«

»Als ich unten ankam, hab ich erst bemerkt, dass die drei Männer tot waren. Zuerst hab ich gedacht, dass das Amis seien. Aber das waren keine. Die waren viel zu fett.«

»Hattest du denn keine Angst?«

»Nur ein bisschen.«

»Hast du gesehen, was die mit den drei Männern gemacht haben?«

»Ja. Die waren ganz nackt und … Aber ich hab nicht so genau hingeschaut.«

»Und dann hast du den Beutel mit den Steinen gefunden?«

Wieder nickte er und für einen Augenblick glaubte Koenig, der Junge würde noch etwas sagen, aber er presste nur seine Lippen aufeinander.

Koenig streckte seine Hand aus und berührte den Jungen ganz leicht am Unterarm. »Was war jetzt mit dem Mädchen?«, fragte er.

Paul blickte zu Boden. Sein Gesicht war fleckig und zeigte Spuren der Tränen. »Ich hab sie zuerst gar nicht gesehen. Sie ist plötzlich da gewesen und hat mir zugesehen, wie ich …«

»Ja?«

»… und dann ist sie einfach weggelaufen.«

»Hast du das Mädchen vorher schon einmal gesehen? In der Stadt vielleicht?«

»Nein.«

Es klang endgültig und Koenig ahnte, dass ihm der Junge gesagt hatte, was er wusste. Was für ein armes Schwein, dachte er. Dann griff er in den Rucksack, den er bei sich trug und den er neben den Stuhl gestellt hatte. Er holte das braune Päckchen heraus, das Roth ihm geschenkt hatte, und legte es vor den Jungen auf das Bett.

»Das ist für dich und deinen Bruder. Konserven von den Amis ... damit ihr Kraft kriegt ...«

An der Tür drehte er sich noch einmal um. Der Junge schaute hinter ihm her. Schweigend und sehr aufmerksam. Als er in den Gang hinaustrat, kam ihm ein Schwall abgestandener Küchenluft entgegen und aus einem der Räume am Ende des Ganges drang das Geklapper von Töpfen und Pfannen.

Etwa eine Stunde später war Koenig wieder zurück am Minoritenweg. Er wollte gerade sein Fahrrad in den Fahrradständer vor dem Gebäude stellen, als ihm schlagartig ein Gedanke durch den Kopf schoss. Einen Moment lang blieb er, auf sein Rad gestützt, ganz still stehen und ließ seinen Gedanken freien Lauf.

Er fluchte laut und ausgiebig, ohne auf die Menschen zu achten, die um ihn herum waren. Natürlich! Warum hatte er nicht schon früher daran gedacht? Die ganze Zeit über hatte er den Eindruck gehabt, dass er etwas übersehen hatte. Seit gestern, seit er mit dem Ehepaar in der Nürnberger Straße gesprochen hatte. Es war nicht der Mann gewesen, wie er am Abend zuvor gemeint hatte, nicht Oskar

Schindler, sondern seine Frau, die etwas gesagt hatte, was ihm sofort hätte auffallen müssen.

So schnell er konnte, hetzte er die Treppen hoch. Judenmann starrte ihn ganz überrascht an, als er schwer atmend ins Büro stürmte.

»Ich brauche eine Karte von Krakau.«

Judenmann warf ihm einen eigenartigen Blick zu, machte sich aber sofort auf den Weg, das Kartenmaterial zu besorgen. Als er nach einigen Minuten ins Büro zurückkam, fand er Koenig an dessen Schreibtisch vor, den Kopf in die Hände gestützt.

»Hier«, sagte Judenmann.

Eine Weile blieb Koenig über die Karte gebeugt sitzen, glättete sie dabei mit beiden Händen. Dann erhob er sich. »Das ist sie«, verkündete er. »Die Verbindung, nach der wir gesucht haben.«

9

»Der Polizist ist bei mir gewesen. Er hat nach dir gefragt und nach den Männern, aber er weiß von nichts …«

Sie nickte. »Was hast du ihm erzählt? Hast du ihm etwas verraten?«

»Nein. Natürlich nicht.«

Der Junge lächelte. »Ich kann doch nicht zulassen, dass

er dir wehtut.« Er streichelte über ihr dunkles Haar mit den langen Zöpfen und sie ließ es geschehen, wie sie es immer geschehen ließ, wenn er ihr nahe kam.

»Das waren schlechte Männer«, fügte er hinzu.

Wieder nickte sie.

»Sie haben ihren Tod verdient. Das sind Tiere gewesen.«

Nachdenklich betrachtete das Mädchen den Sternenhimmel, lauschte hinein ins Dunkel, als könnte sie in der unermesslichen Tiefe der Nacht die raunenden Stimmen der einstigen Kameradinnen hören. ›Wo seid ihr denn?‹, fragten ihre Augen.

Dann griff sie in ihre Manteltasche und nestelte ein mehrfach gefaltetes Blatt hervor, auf dem, nachdem sie es ausgebreitet und vor ihn hingelegt hatte, ein kleines, düsteres Bild zu sehen war, eher eine Skizze. Die zeigte sie dem Jungen.

»Was ist das?«

»Manchmal haben die Frauen und wir Mädchen im Lager versucht, das zu zeichnen, was uns Angst gemacht hat, weil wir nicht darüber sprechen wollten. In den Nächten, wenn wir nicht schlafen konnten und uns der Mond sein Licht gegeben hat. Dann haben wir gemeinsam gebetet, dass die Angst von uns genommen wird.«

Der Junge betrachtete die Zeichnung, die vor ihm lag, bekam eine Ahnung von der Verlorenheit, die sich in ihr spiegelte. »Und nun trägst du dieses Bild noch immer bei dir. Warum?«

»Weil das Böse zurückgekommen ist …«

In dieser Nacht schlief Melchior Koenig ausgesprochen schlecht. Er träumte wirres Zeug und wachte mehrmals auf. Jedes Mal taumelte er auf den Gang hinaus, um auf dem übel riechenden Klo im Treppenhaus seine Blase zu entleeren. Die Kälte trieb ihn immer wieder schnell ins Bett zurück, doch gelang es ihm die ganze Nacht über nicht, so richtig warm zu werden. Erst gegen Morgen wurde sein Schlaf ruhiger, und er wachte spät auf, als die Sonne bereits durchs Fenster schien. Er hatte Kopfschmerzen. Zum ersten Mal seit längerer Zeit.

Als er schließlich gegen neun Uhr ins Büro kam, blickte ihn Judenmann ganz vorwurfsvoll an. »Du siehst schlecht aus«, meinte er. »Was ist los mit dir?«

Koenig murmelte etwas Unverständliches als Antwort. Er strich sich übers Kinn, es kratzte hörbar. Wahrscheinlich hatte Judenmann recht. Er fühlte sich wie ausgekotzt. Judenmann schien sich jedoch nicht weiter für seinen Gemütszustand zu interessieren.

»Wir haben einen Anruf bekommen«, teilte er Koenig ungerührt mit. »Ein paar Lausebengel haben in der Nähe von Lappersdorf beim Spielen ein Auto entdeckt, das in einer Scheune versteckt war.«

»Was für ein Auto?«

»Warte«, sagte Judenmann. »Die Kollegen von der Schupo haben das Nummernschild bereits überprüft. Auf wessen Namen, denkst du, läuft der Wagen?«

»Bin ich denn der Herrgott?«, brummte Koenig und betrachtete Judenmann schweigend.

»Auf den Namen Bauer«, erwiderte der daraufhin – wie es schien, mit kindlicher Freude. »Unseren Freund Bauer.«

»Hauptscharführer Hans Bauer?«, echote Koenig überrascht.

Judenmann nickte.

»Seit wann hatte Bauer denn ein Auto?«

»Seit ein paar Wochen erst. Wie es scheint, hat der Wagen früher einem Parteibonzen gehört. Wie Bauer an das Auto gekommen ist, wissen wir noch nicht.«

»Da müssen wir wohl bei den Amis nachfragen.«

»Gut möglich. Hat denn seine Schwester nichts davon erwähnt?«

»Nein«, meinte Koenig daraufhin gedehnt. Er dachte an die blonde Frau zurück. Er hatte ihre hasserfüllte Stimme noch im Ohr, als sie über ihren Bruder gesprochen hatte. Es war erstaunlich wenig gewesen, was sie ihm mitgeteilt hatte.

Koenig lehnte sich zurück und verschränkte die Hände im Nacken. »Wie ist das Auto überhaupt in die Scheune gekommen?«, sinnierte er halblaut vor sich hin. »Warum haben wir es nicht in der Nähe des Tatorts gefunden?«

»Man kann die Sache von zwei Seiten sehen«, überlegte Judenmann. »Entweder sind die drei Männer am Abend ihres Todes ohne Auto unterwegs gewesen oder ein anderer hat das Fahrzeug zurückgefahren und in der Scheune versteckt. Einer der Mörder vielleicht …«

»Und was denkst du?«

Judenmann hob abwehrend die Hände. »Ich weiß es nicht.«

Koenig nickte. Er stimmte mit Judenmanns Schlussfolgerungen überein, wollte sich aber ebenso wenig auf eine der beiden Möglichkeiten festlegen wie dieser. Vielleicht sollte er sich das Automobil und die Scheune, in der es gefunden worden war, einfach einmal anschauen …

Er trat ans Fenster und beobachtete die Menschen, die zwei Stockwerke tiefer auf der Straße vorbeihasteten. Die meisten Menschen wirkten derzeit so, als seien sie auf der Suche nach etwas nicht Greifbarem.

Irgendetwas ließ auch ihn nicht zur Ruhe kommen. Etwas, das er nicht greifen konnte.

Zum Glück hatten wenigstens seine Kopfschmerzen nachgelassen.

Die Fahrt nach Lappersdorf, hinaus aufs Land, erwies sich als äußerst umständlich. Er musste den Bus nehmen, da kein anderes Beförderungsmittel zur Verfügung stand. Glücklicherweise hielt dieser direkt neben dem Gebäude, in dem man die neue Gemeindeverwaltung provisorisch untergebracht hatte.

»Kommen'S rein«, empfing ihn der Bürgermeister. »Wolln'S einen Kaffee?«

»Ja, danke«, antwortete Koenig.

Der Kaffee war richtiger Bohnenkaffee. Etwas, das Koenig schon lange nicht mehr genossen hatte.

»Sie kommen wegen dem Automobil?«, stellte der Bürgermeister fest.

»Ja. Und wegen der Scheune.«

»Aha, wegen der Scheune.«

»Wem gehört denn die?«

»Dem Greiterbauern. Aber der ist noch in Gefangenschaft … Beim Iwan.«

»Und seine Familie?«

»Der hat keine Familie mehr. Seine Frau, die lebt jetzt in Regensburg. Mit einem Ami zusammen. Ein richtiges Amiflittchen halt. Na ja, Kinder ham's eh keine g'habt.«

Der Mann zuckte die Schultern. Wie es schien, beeindruckte ihn das Schicksal des Greiterbauern nicht übermäßig, war es doch nur eines unter vielen.

»Sagt Ihnen der Name Bauer etwas, Hans Bauer? Ehemaliger SS-Mann. Hauptscharführer.«

Der Bürgermeister schüttelte den Kopf. »Der Name Bauer ist ja recht häufig, aber einen Hans Bauer? Nein. Überhaupt, bei uns in Lappersdorf, da hat's keine SS-Leute gegeben.«

Koenig nickte, Verwunderung breitete sich über seine Züge aus. »Natürlich.« Dann erhob er sich. Den Kaffee ließ er stehen.

»Wie komme ich denn zu der Scheune?«, fragte er.

»Zu Fuß«, grinste der Bürgermeister und beschrieb ihm den Weg.

»Danke für den Kaffee«, sagte Koenig noch, ehe er sich auf den Weg machte.

Die Scheune lag versteckt im Schatten alter Bäume am Rande eines brachliegenden Feldes. Von der Hauptstraße aus, die in einiger Entfernung weiter in Richtung Norden führte, zweigte ein schmaler Weg ab, der wohl vor allem für die Benutzung durch schwere landwirtschaftliche Fahrzeuge gedacht war.

Koenig wischte sich den Schweiß von der Stirn. Das Gehen auf dem rauen Schotterboden hatte ihn angestrengt. Die Scheune war als Versteck gut gewählt, dachte er. Von der Hauptstraße aus war das Gebäude nicht zu sehen, und doch war es selbst für größere Fahrzeuge gut zu nutzen.

Das Tor war verschlossen. Ein riesiges Vorhängeschloss hing davor. Er stand ganz still und sah sich um. Dann versuchte er, durch die Ritzen zwischen den Holzbrettern einen Blick ins Innere zu werfen, doch er konnte nur dunkle, vage Umrisse erkennen. Es musste noch einen weiteren Zugang geben. Wie wären sonst die Kinder hineingelangt?

Gerade als er um die Scheune herumgehen wollte, entdeckte er etwas, das vor ihm auf der Erde lag. Er bückte sich und erkannte, dass es der Rest eines Kartons war. Er hob das Stück Pappe vorsichtig auf und hielt es zwischen Daumen und Zeigefinger hoch. Etwas war darauf gedruckt, aber die Schrift war so verwischt, dass er nichts lesen konnte. Er faltete den Fetzen zusammen und steckte ihn in seine Jackentasche.

Wenige Sekunden später schob er sich an kahlen Büschen vorbei zur Rückseite der Scheune. Wäre es Sommer gewesen und die Büsche voller Blätter, hätte er den Zugang nicht entdeckt. So aber erkannte er, dass eine der morschen Latten nur notdürftig befestigt war und leicht verschoben werden konnte. Die Öffnung war gerade so groß, dass er sich mit einiger Mühe hindurchzwängen konnte.

Als er schließlich in der Scheune stand, war er ganz verblüfft, dass es hier richtig hell war. Durch sämtliche Ritzen und selbst durch das Dach schienen Strahlen gleißenden Lichts einzufallen.

Im hinteren Bereich, ganz in der Nähe der Öffnung, durch die er eingedrungen war, stand die Limousine, mit alten Säcken und Decken notdürftig getarnt. Ein verstaubter Borgward Hansa 1700 mit roten Seitenteilen.

Das Fahrzeug war unverschlossen und Koenig konnte der Versuchung nicht widerstehen, sich auf den Fahrersitz zu setzen. Er vermied es allerdings, Lenkrad und Armaturen dabei zu berühren, um eventuell vorhandene Fingerabdrücke nicht zu zerstören. Es war jedoch denkbar, dass die Buben, die den Wagen entdeckt hatten, die meisten Spuren ohnehin schon verwischt hatten.

Er schloss die Tür des Wagens und mit aller Kraft sog

er den strengen Geruch von Leder und Metall, von Treibstoff, Öl und Maschinenfett in seine Lungen. Neben diesen Gerüchen glaubte er aber auch einen Hauch von Tod und Verwesung zu riechen. Dennoch fühlte er sich einen Moment lang zutiefst geborgen und sicher. Dann machte er die Augen zu und überließ sich diesem Gefühl. Seine Gedanken begannen zu wandern, zurück zu dem kalten Morgen, als sie die Leichen der drei Männer gefunden hatten, und ohne so recht zu wissen, warum, begann er noch einmal, alles, was bislang geschehen war, Revue passieren zu lassen.

Eigenartige Bilder waren es, die an ihm vorüberzogen, seltsam losgelöst vom zeitlichen Rahmen. Es waren zuallererst Augen, die ihn da aus weiter Ferne anstarrten, Augen, die sich im steten Wechsel übereinanderschoben, um sich sofort wieder voneinander zu lösen.

Über allem stand der stechende Blick von Amon Göth, dem Lagerkommandanten. Aus ihm sprach das Böse, das Unergründliche, Dämonische, das jedoch gleich darauf vom Bernsteinblick des alten Mietek verdrängt wurde. Die schreckensgeweiteten Augen von Ruth Feitelbach und die mitleidslosen Blicke ihrer Peiniger, sie folgten nacheinander. Anschließend die harten Augen einer blonden Frau, voller Verbitterung, und der seltsam rückwärts gewandte Blick von Oskar Schindler. Sie alle starrten ihn mit kalter, fragender Intensität an. Nur die Augen des geköpften Mannes blieben seltsam fern.

Und der Junge? Eigenartig, dass Koenig seine Augen nicht sehen konnte.

Wo war nur der Ausgangspunkt, wo die Schnittstelle, an der sich die Lebenslinien dieser Menschen gekreuzt hatten? War es das Lager bei Krakau? War es Płaszów?

Oder lag der Schlüssel doch hier im vermeintlich beschaulichen Regensburg?

Es waren Fragen, auf die er keine Antwort wusste. Und doch ahnte er, dass er sich der Auflösung des Falles näherte.

Allmählich begann er, sich wieder aus seiner Erstarrung zu lösen, kehrte in die Wirklichkeit der Gegenwart zurück. Da nahm er plötzlich eine kleine, verstohlene Bewegung wahr, drehte sich nach rechts um und erschrak. Neben dem Auto stand, wie aus dem Nichts gekommen, ein Junge, der ihn unverwandt musterte. Dieser schien auf dem gleichen Weg wie er in die Scheune geschlüpft zu sein, ohne dass er dies bemerkt hatte. Der Junge konnte kaum älter als zehn Jahre sein. Seine Augen waren auf derselben Höhe wie seine. Ein paar Herzschläge starrten sich beide an, ohne sich zu bewegen. Dann hob der Junge ganz langsam seine Rechte, in der er etwas hielt, das wie eine Pistole aussah, richtete sie auf Koenig und riss den Arm hoch. »Peng«, machte er und lachte ganz lausbübisch. Koenig öffnete die Tür des Wagens und kletterte hinaus.

»Du bist doch tot«, sagte der Junge. Dabei betrachtete er Koenig ganz ernst.

»Ich bin nicht tot«, widersprach der mit Nachdruck.

»Wenn ich groß bin, werde ich auch Polizist«, meinte daraufhin der Junge. »Hast du eine richtige Pistole?«

»Nein.«

Der Junge sah ihn an und legte den Kopf etwas schief. Aus irgendeinem Grund erinnerte er Koenig an Hermann, den Sohn von Bauers Schwester.

»Ich habe das Automobil gefunden«, verkündete er dann ganz stolz.

Koenig nickte ihm zu und lächelte. »Spielst du denn öfter hier draußen?«

»Ja, mit meinen Freunden.«

»Und weißt du, wem das Auto gehört?«

Der Junge nickte. »Ja«, flüsterte er geheimnisvoll. »Einem Riesen, der ist doppelt so groß wie du.«

»Woher weißt du das denn?«

»Weil ich ihn gesehen habe.«

»Hm, wann war denn das?«

Der Junge dachte über die Frage nach. Dabei schloss er die Augen, um sich zu konzentrieren. »Vor einer Woche vielleicht. Am Abend.«

»Wo waren denn deine Freunde? Haben die den Riesen auch gesehen?«

»Nein, es war ja schon sehr spät und sie waren schon zu Hause.«

»Wie kommt es, dass du nicht nach Hause gegangen bist? Was sagen denn deine Eltern, wenn du nicht heimkommst?«

»Ich hab doch keine Eltern mehr. Die sind schon tot.«

Koenig wusste nicht so recht, was er sagen sollte. »Bei wem wohnst du dann?«

»Bei meiner Tante, aber die mag mich nicht.«

»Warum denn nicht?«

Der Junge verzog die Mundwinkel und schaute an Koenig vorbei.

»Hast du den Mann vorher schon einmal gesehen?«

»Nein. Nur an diesem Abend. Da hat er das Auto gebracht.«

»Und wo warst du, als er mit dem Auto hergefahren ist? Hat er dich gesehen?«

Der Junge zeigte mit der Hand in Richtung auf das

Scheunentor und darüber hinaus. »Ich glaube nicht. Ich war dort drüben. Da ist ein Jägersitz. Von dort droben kann man alles sehen.«

»Was hat denn der Riese dann gemacht?«

»Er ist mit dem Auto in die Scheune gefahren.«

»Und dann?«

»Ich hab gewartet. Dann ist er wieder herausgekommen und hat zugeschlossen …«

»Ja?«

»Und dann ist er weggegangen. Zur Hauptstraße. Dort hat ein anderes Auto gewartet und er ist eingestiegen.«

»Und du bist in die Scheune hinein und …«

»Nein, nein. Der Mann hat zugesperrt und ich hab doch nicht gewusst, wie ich hineinkommen konnte. Es war ja schon dunkel.«

»Und am nächsten Tag?«

»Da hat mir meine Tante verboten, draußen zu spielen. Weil ich mich verspätet habe. Bis gestern.«

»Ah, du bist erst gestern wieder hierher zurückgekommen? Mit deinen Freunden? Und da habt ihr das Loch an der Rückseite entdeckt?«

Der Junge nickte. Melchior Koenig griff in seine Jackentasche und holte eine Packung mit Kaugummis heraus. Die war in dem Paket gewesen, das Roth ihm gegeben hatte. »Willst du?«

»Thanks«, sagte der Junge. Es klang richtig amerikanisch.

Ein Riese also, dachte Koenig. Hatte nicht auch Paul Gemsa von einem sehr großen Mann gesprochen? Das waren zwei Aussagen, die in ihrem Kern übereinstimmten. Zumindest hatten sie damit einen ersten Anhaltspunkt.

Er hatte den Jungen nach Hause geschickt. Dabei war ihm eingefallen, dass er einen anderen Jungen, Paul Gemsa, ebenfalls heimgeschickt hatte, nachdem er mit ihm an jenem kalten Morgen gesprochen hatte. Unten an der Donau. Er erinnerte sich, wie erstaunt dieser ihn daraufhin angesehen hatte. Als habe er etwas gänzlich Falsches gesagt.

Koenig wischte die Gedanken beiseite. Er drehte sich um und betrachtete den Wagen von der Seite. Dann ging er um das Fahrzeug herum zur Rückseite. Der Kofferraum war verriegelt.

Er überlegte einen Augenblick, ob er auf die Kollegen warten sollte, die ihm helfen konnten, das Schloss zu knacken. Es gab immerhin Spezialisten für so etwas. Einen Moment zögerte er. Dann schaute er sich jedoch suchend um.

Es bereitete ihm nur wenig Mühe, ein geeignetes Werkzeug zu finden. Die Scheune bot eine reiche Auswahl an den verschiedensten Geräten. Er entschied sich für einen klapprigen Spaten, der in einer Ecke lehnte. Verdammt noch mal, dachte er. Wer sollte schon etwas dagegen einzuwenden haben. Er setzte den Spaten an und drückte ihn so gut er konnte nach unten. Mit einem Knacken und einem hässlichen Quietschen sprang der Deckel auf. Koenig stellte das Gerät zur Seite, dann erst warf er einen näheren Blick ins Innere des Kofferraums. Ein fürchterlicher Gestank schlug ihm entgegen und er wandte sich angewidert ab, schnappte nach Luft.

Wie er schon vermutet hatte, fand er darin einen unordentlich hineingestopften Haufen verschiedenster Kleidungsstücke. Mit spitzen Fingern zog er eine Hose aus dem Knäuel heraus und hielt sie vor sich hin. Der Leibesumfang des Trägers musste enorm gewesen sein. Es bestand kaum ein Zweifel, wessen Sachen dies waren.

Eine Weile starrte er auf das Chaos vor seinen Augen. Der Geruch war nahezu unerträglich. Dennoch griff er noch einmal hinein und raffte Hosen, Hemden, Jacken, Schuhe und Wäsche zusammen und beförderte sie vor sich her auf den Boden der Scheune.

Schließlich, ganz hinten im Kofferraum, fand er, wonach er gesucht hatte. Er musste sich überwinden, das kleine Päckchen zu berühren und zu sich heranzuziehen. Er verspürte dabei ein Würgen in seinem Hals und ahnte, dass er sich würde übergeben müssen.

Dunkles, feuchtes Zeitungspapier …

Dann rannte er nur noch, zwängte sich durch die Bretter der Rückwand und erbrach sich.

10

Die Tür wurde sofort geöffnet.

Der Mann auf der Schwelle war unrasiert und schaute übernächtigt aus. Er musterte den Polizisten sichtlich überrascht. »Verzeihung«, sagte er. »Ich habe jemand anderen erwartet.«

Melchior Koenig erkannte ihn kaum wieder. »Darf ich eintreten?«, fragte er steif und betont höflich.

»Ja, sicher. Worum geht es denn?«

»Ich hätte ein paar Fragen den Mordfall vom Sonntag betreffend.«

»Natürlich.«

»Des Weiteren gibt es noch einige Fragen zu drei weiteren Morden, die hier in Regensburg …«

»Ah, die Sache an der Donau?«

Koenig nickte bedächtig. »Sie wissen davon?«

»Nehmen Sie doch Platz«, forderte Oskar Schindler den Beamten auf. »Ja, ich habe davon gehört«, antwortete er dann knapp und ohne sonderlich überrascht zu wirken.

Koenig setzte sich in einen der schäbigen Polsterstühle und schaute sich im Zimmer um. Wie es schien, hatte sich seit seinem letzten Besuch nichts verändert. Noch immer wirkte der Raum kahl und abweisend. So, als seien die Menschen, die darin wohnten, nur auf der Durchreise. Auf dem Tisch in der Mitte des Zimmers lag ein alter Atlas. Er war geöffnet, doch Koenig konnte nicht erkennen, welche Seite aufgeschlagen war. Offensichtlich hatte er Schindler beim Studium der Karten und beim Essen unterbrochen, denn daneben standen eine Tasse mit einem dampfenden Getränk und ein Teller mit einem angebissenen Stück Brot.

Es war still im Zimmer. Von der Straße her drangen nur gedämpfte Geräusche durch die Häuserwände hindurch.

»Ist Ihre Frau denn nicht zu Hause?«

»Nein«, erwiderte Schindler und Koenig fing seinen Blick auf, in dem Geringschätzung und Missmut lagen. Der Mann strahlte zudem Unruhe aus und wirkte äußerst angespannt. Seine Frau schien er aber nicht zu vermissen.

Koenig kramte in seiner Jackentasche und zog das Foto heraus, das Amon Göth, Bauer und seine beiden Spießgesellen zeigte. »Kennen Sie die Männer auf dem Foto?«

Schindler warf nur einen kurzen Blick darauf und gab es gleich wieder zurück. »Natürlich kenne ich sie. Amon Göth und drei SS-Leute aus Płaszów … Nur die Frau kenne ich nicht.«

»Sie waren informiert, dass drei Männer getötet worden sind?«, fuhr Koenig fort, ohne Ruth Feitelbachs Namen zu erwähnen.

Schindler nickte.

»Wussten Sie, dass es diese drei Männer waren?«

Schindler zögerte kurz. »Zuerst nicht«, meinte er dann. »Es hat sich aber schnell herumgesprochen. Wenige Tage, nachdem sie ermordet worden sind, habe ich Wind davon bekommen.«

»Wer hat Ihnen davon erzählt?«

»Es wurde einfach davon gesprochen. Von wem ich es erfahren habe, weiß ich nicht mehr.« Ein bedauernder Ausdruck hatte sich auf sein Gesicht gelegt. »Glauben Sie mir, es ist wirklich nicht schade um sie«, fügte er hinzu. »Das waren Gauner. Aber ich weiß nicht, wer sie getötet haben könnte.«

Koenig überlegte, bevor er fortfuhr. »Wo haben Sie Amon Göth, Bauer und die beiden anderen Männer kennengelernt? In Krakau? Oder kannten Sie sie von früher?«

Schindler zögerte erneut mit der Antwort, doch schien ihm die Erwähnung der Vergangenheit nicht unangenehm zu sein. Seine Gesichtszüge entspannten sich. »Das ist eine lange Geschichte«, sagte er schlussendlich. »Keine schöne Geschichte.«

Koenig nickte ihm zu. »Fangen Sie an.«

»Na ja, ich bin zum ersten Mal im Herbst 1939 nach Krakau gefahren, kurz nachdem die Wehrmacht dort einmarschiert ist. Die Stadt war phänomenal. Von außergewöhnlicher Lebendigkeit. Emilie und ich, wir waren nur eine Woche dort und schon wollten wir nicht mehr weg.«

Koenig wartete ungeduldig. Ließ den Mann, der da vor ihm saß, erzählen. Von der Stadt und von der Fabrik, die er gepachtet hatte, von seinen Erfolgen als Fabrikbesitzer, dem wirtschaftlichen Aufschwung, dem süßen Leben, das er, ungeachtet all des Elends der Menschen um ihn herum, geführt haben musste.

»Wie kam es denn, dass Sie geschäftlich so erfolgreich waren? Wurden Sie protegiert?«

Kurz schien es, als würde Schindler auf die Frage nicht eingehen wollen. Doch dann sah er Koenig direkt in die Augen und lächelte entwaffnend. »Ich hatte ganz gute Verbindungen zur deutschen Abwehr, verstehen Sie?« Daran anschließend nahm er seinen Erzählfaden wieder auf.

Trotz seiner anfänglichen Ungeduld lauschte Koenig aufmerksam, unterbrach den Redefluss des Mannes kein einziges Mal. Er ließ den Mann dabei nicht aus den Augen, der von seinen Schwarzmarktgeschäften berichtete, bei denen die Gewinnspannen so groß gewesen waren, dass er innerhalb kürzester Zeit ein Vermögen gemacht hatte. Er lauschte Schindlers Schilderungen der Stadt und des Lebens dort, und dabei erinnerte er sich auch an das Kartenmaterial, das er kürzlich studiert hatte. Er versuchte, sich die Stadt mit den verschiedenen Stadtteilen vorzustellen.

»Wo stand denn Ihre Fabrik?«, warf er schließlich doch ein.

»In Zablowice. Zwischen dem Judenviertel und den beiden jüdischen Friedhöfen. Dort hat die SS bald darauf das Lager Płaszów errichtet.«

»Was für eine Art Lager war das denn?«

»Zuerst ein Lager für jüdische Zwangsarbeiter und dann ein KZ ...« Schindler zuckte mit den Schultern, als wollte er jegliche Verantwortung dafür von sich weisen. »Meine jüdischen Arbeiter lebten alle im Lager. Dort habe ich Amon kennengelernt. Den Lagerkommandanten.«

Und wieder geriet er ins Erzählen. Wie er Amon Göth dazu gebracht hatte, ihm den Bau eines Nebenlagers für seine jüdischen Arbeiter zu genehmigen, mit Baracken und allem, was dazugehörte. Wie er letztendlich zum Beschützer seiner Juden geworden war. Wie sich allmählich Ekel eingestellt hatte, als er miterlebte, wie sich die Misshandlung von Juden durch die deutschen Herrenmenschen zum Massenmord steigerte.

»Und Bauer? Haben Sie den auch dort kennengelernt?«

»Ja, Bauer und eine ganze Reihe von seinen Freunden. Allerdings erst nach geraumer Zeit.«

Koenig nickte, ohne so recht zu wissen, warum. Was war das für eine Welt, in die er da im Begriff war, einzutauchen, fragte er sich verwundert. Was steckte hinter dem biederen Mann, der so ausgelaugt und müde wirkte und der ihm gerade die Geschichte seines Lebens erzählte? Und urplötzlich hatte er das Gefühl, als würde ihm die Kontrolle über die Vorkommnisse entgleiten. Schon einmal im Verlauf der Ermittlungen hatte er dieses Gefühl gehabt. Das war ganz am Anfang gewesen, kurz nachdem sie die drei Leichen gefunden hatten. Es war ein Gefühl großer Hilflosigkeit gewesen.

Er betrachtete Schindler. Der nestelte unruhig in seiner Hosentasche, zog eine Packung Lucky Strike heraus. In Gedanken versunken zündete er sich eine Zigarette an und sog den Rauch tief in seine Lungen.

»Amon Göth war ein sonderbarer Mensch«, fuhr er fort. »Er war ein lebendiges Rätsel. Ich habe mich manchmal gefragt, ob er wirklich existierte oder ob er nur eine Erfindung meiner niederen Instinkte gewesen ist. Er hat die Menschen, über die er Macht besaß, wie Abschaum behandelt. Ohne Gefühl, ohne Mitleid … Nicht einmal mit Hass. Er war ein psychopathischer Mörder. Und doch ging von ihm eine Faszination aus. Manchmal habe ich ihn sogar gemocht …«

Koenig war beklommen zumute. Er wandte den Blick nicht von Schindler, wusste dennoch nicht, was er von ihm halten sollte. Er musste sich eingestehen, dass auch sein Gesprächspartner ein beeindruckender Mensch war. Aber war seine Ausstrahlung mit der Wirkung vergleichbar, die Amon Göth auf andere gehabt hatte? War es nicht einfach nur so, dass die Verlockung des nicht Vertrauten, des Unbekannten, das eigene Handeln und Fühlen bestimmt, fragte er sich.

»Und Bauer und seine Freunde?«

Oskar Schindler winkte ab. »Randfiguren«, sagte er verächtlich. »Gauner, die sich im Dunstkreis von Göth bewegten und bestrebt waren, ihr eigenes Süppchen zu kochen.«

»Haben Sie die Männer nach dem Krieg nochmals gesehen oder getroffen? Sie haben immerhin hier in der gleichen Stadt gelebt.«

Schindler zögerte einen Moment mit der Antwort. Koenig hatte den Eindruck, als würde er mit sich ringen, wie er sich ausdrücken sollte. Er ahnte, dass ihm der andere etwas verschwieg. Doch der Augenblick ging vorüber.

Nun, er würde irgendwann dahinterkommen, was es war.

»Bauer hatte eine Schwester, die ebenfalls hier in Regensburg lebt«, gab Schindler dann an, ohne auf die ihm gestellten Fragen näher einzugehen.

»Ich weiß«, unterbrach ihn Koenig ungeduldig. »Ich habe mit ihr gesprochen.«

Schindler schnitt eine Grimasse des Ekels. »Haben Sie ihren Sohn gesehen? Er heißt Hermann.«

Koenig nickte. Er erinnerte sich an den Jungen mit den schielenden Augen. »Ein eigenartiges Kind.«

»Haben Sie sich die Frage gestellt, wer der Vater des Jungen ist?«

»Was wollen Sie damit andeuten?«

»Bauer war ein Schwein. Und ganz besonders, wenn er besoffen war. Da hat er nicht einmal Halt vor seiner eigenen Schwester gemacht. Verstehen Sie? Der Mann war ein Vieh.«

Koenig stand auf, schaute im Zimmer umher. Er musste an Paul Roth denken. Den Juden, der Deutschland verlassen hatte, als das Unheil seine schreckliche Fratze gezeigt hatte. Als sich Menschen wie Bauer zu Herren aufgeschwungen hatten.

»Wissen Sie etwas über die Geschäfte, in die Bauer nach dem Krieg verwickelt war?«

»Jeder ist und war in irgendwelche Geschäfte verwickelt. Das liegt an den Zeiten, in denen wir leben.«

Wieder war er ihm ausgewichen, dachte Koenig. Warum? Was versuchte er vor ihm zu verbergen? Wie in Gedanken machte er einige Schritte durch das Zimmer.

Dann trat er an den Tisch, auf dem der aufgeschlagene Atlas lag. Auch Oskar Schindler hatte sich erhoben, und es schien, als wollte er Koenig davon abhalten, die aufgeschlagene Seite zu studieren. Der stand ein paar Atemzüge in Gedanken, blickte hinunter auf die Karte.

»Argentinien«, meinte er. »Wollen Sie denn verreisen?«

»Vielleicht.«

»Wer ist hinter Ihnen her?« Doch der andere schwieg beharrlich. Was für ein eigenartiger Mann, dachte Koenig. Was für eine Geschichte. Er wusste, er hatte ihm nur einige der Fragen gestellt, die er sich zurechtgelegt hatte, und doch schien es ihm sinnlos, weiter in den Mann zu dringen. Als er an der Tür stand, drehte er sich noch einmal um. Schindler war ihm gefolgt und gab ihm zum Abschied die Hand.

»Wovor haben Sie Angst, Herr Schindler?«, fragte Koenig eindringlich, doch seine Frage verhallte unbeantwortet.

Als er wenig später das Haus verließ, hatte er das Gefühl, verfolgt zu werden. Wie kürzlich, als er spät in der Nacht nach Hause gegangen war. Er wandte sich mehrmals um, doch er konnte niemanden entdecken. Nur lange dunkle Schatten verbargen sich in den engen Gassen. Trotz der frühen Stunde des Vormittags.

Gegen zwölf Uhr war er zurück in der Dienststelle. Judenmann saß an seinem Schreibtisch, blickte nur kurz auf, als Koenig hereinkam. Aus dem Nachbarbüro war die laute Stimme eines Radioreporters zu hören, der mit großer Begeisterung über die bevorstehende Gründung eines jüdischen Staates sprach. Er sagte etwas von einer jüdischen Heimstätte in Palästina und Koenig musste an Oskar Schindler denken, der eine neue Heimat in Argentinien suchte. Er versuchte sich vorzustellen, wie lange man mit dem Schiff fahren musste, um nach Palästina oder auch nach Argentinien zu gelangen. Wo würde er hinfahren, wenn er sich entscheiden müsste? Palästina, dachte er, aber er war sich nicht sicher. Unsinnigerweise fiel ihm dazu ein Kinderspiel ein. Die Reise nach Jerusalem.

»Roth wollte mit dir sprechen«, informierte ihn Judenmann.

»Weswegen?«

»Ich glaube, die Amis wissen nun, wo Bauer das Auto herhatte. Und jetzt wollen sie eine ganze Reihe ihrer eigenen Leute hochgehen lassen, die mit Bauer Geschäfte gemacht haben. Der Borgward hat sie auf die Spur gebracht.«

Koenig setzte sich an seinen Schreibtisch, lehnte sich zurück und verschränkte die Hände im Nacken. Wie es schien, hatten Roth und Sedlacek das bekommen, wonach sie gesucht hatten. Im Grunde war es reiner Zufall gewesen. Ob sie damit zufrieden waren?

Eine Weile blieb er sitzen, schaukelte hin und her. Ohne so recht zu wissen warum, griff er in die Tasche seiner Jacke und bekam etwas zu fassen. Das kleine, dünne Stück Pappe, das er vor dem Schuppen in Lappersdorf gefunden hatte. Er nahm es heraus, glättete und säuberte es und legte es vor sich hin auf den Schreibtisch. In einer der Schreibtischschubladen suchte er nach einem Vergrößerungsglas und versuchte damit die Schriftzeichen, die auf dem Karton zu erkennen waren, zu entziffern. Aber er konnte auch damit nichts lesen. Die Schrift war einfach zu stark verwischt. Er war sich aber ohnehin ziemlich sicher, wozu das Stück Pappe gehört haben musste. Es war nur zu wahrscheinlich, dass Bauer und seine Freunde den Schuppen genutzt hatten, um die Medikamente, die sie sich in dem ehemaligen Lager Płaszów unter den Nagel gerissen hatten, dort zu verstecken.

Dennoch war dieses Stück einer Pappschachtel der einzige Hinweis, den sie hatten, der darauf hindeutete, dass die Medikamente in Lappersdorf gelagert worden waren. Sie hatten den Schuppen gründlich untersucht, aber keine Spur von irgendwelchen Arzneimitteln entdecken können. Nicht einmal Abdrücke waren auf dem staubigen Boden zu erkennen gewesen. Wenn sie aber dennoch von der Annahme ausgehen konnten, dass der Schuppen als Versteck gedient hatte, so stellte sich die Frage, was mit den Medikamenten passiert war. Wo sie sich jetzt befanden? Ob es die Mörder darauf abgesehen hatten? Waren die Arzneien das Motiv hinter der Mordtat gewesen?

Koenig versuchte, sich die Täter vorzustellen. Wie sie wohl aussahen? Vor allem aber, warum waren sie mit solch großer Brutalität vorgegangen? Warum hatten sie ihre Opfer bei lebendigem Leib kastriert? Woher kam dieser Hass? Und wer war der große Mann, der Riese, von dem der Junge gesprochen hatte?

Aber es wollte sich kein Bild einstellen, so sehr er sich auch bemühte. Das Dunkel blieb undurchdringlich.

Er erhob sich lustlos und ging zum Fenster. Lange starrte er hinaus, ohne etwas wahrzunehmen von dem Leben unten auf der Straße.

Eine weitere Frage ging ihm dabei durch den Kopf. Die Frage, woher die Rubine gekommen waren, die Paul Gemsa in jener Nacht gefunden hatte. Auf diese und eine Reihe weiterer Fragen hatten sie bislang noch keine Antwort erhalten. Wer hatte die Steine bei sich getragen? Bauer und seine beiden Begleiter oder ihre Mörder? Warum schleppte jemand solch wertvollen Schmuck mit sich herum? Irgendetwas war faul an der Geschichte. Da war von Anfang an etwas gewesen, das ihn beunruhigt hatte. Warum hatte der Junge die Steine so bereitwillig herausgerückt?

Es gab einfach viel zu viele offene Punkte in diesem Fall.

Auch sein eigenes Verhalten war ihm nicht ganz klar. Noch immer hatte er niemandem von den Rubinen berichtet. Er bewahrte sie bei sich zu Hause auf. Nur dem alten Mietek Feitelbach hatte er sie gezeigt. Einmal hatte er sich gar bei dem Gedanken ertappt, sie zu behalten. Niemand schien sie zu vermissen. Aber er hatte den Gedanken sofort von sich gewiesen. Schließlich war er Polizist …

Er ging zurück zu seinem Schreibtisch und begann, die Fakten des Falles, so wie sie vorlagen, auf einem großen Papierbogen zu notieren. Schon des Öfteren hatte er erlebt, dass sich das schriftliche Formulieren als hilfreich erwiesen hatte, wenn es galt, die Gedanken zu sortieren.

Er arbeitete etwa eine Stunde lang. Dann stellte er seine Bemühungen ein, ohne zu einem Ergebnis gekommen zu sein. Enttäuscht erhob er sich und beschloss, einen kurzen Spaziergang zu machen, etwas frische Luft zu schnappen.

Als er das Büro verließ, wäre er beinahe mit einem jungen Schupo zusammengestoßen, der mit einem Zettel in der Hand die Treppe heraufstürmte. Er sah noch, wie der Mann in das Büro lief, das er gerade verlassen hatte. Na ja, dachte er, Judenmann würde sich schon um ihn kümmern.

Wenig später verließ er das triste Gebäude und tauchte tief ein in den Strom der Menschen. Es war ihm, als würde er, von einer mächtigen Wellenhand getrieben, durch die steinernen Kanäle der Stadt gleiten. Das Gefühl von Unbehagen, das er schon zu Beginn der laufenden Ermittlungen gehabt hatte, hatte ihn nicht verlassen. Noch immer spürte er eine tiefe Unsicherheit, die Angst, sich auf einer falschen Fährte zu befinden.

Es war ein Gefühl von Schwermut, das ihn trieb. Eine Melancholie, die er nur schwer in Worte fassen konnte. Manchmal schien es ihm, als sei es die Traurigkeit der Welt, die ihn niederdrückte. So als trüge er die Verantwortung für das Versagen seiner Generation.

Erst allmählich wurde er ruhiger, ließ sich treiben. Er merkte, wie sich seine Unruhe langsam auflöste und der Fall zu dem schrumpfte, was er war: Ein Mordfall.

Als er ins Büro zurückkehrte, entdeckte er sofort den Zettel auf seinem Schreibtisch. Er erinnerte sich an den Schupo, der ihm vor seinem Spaziergang über den Weg gelaufen war. Wahrscheinlich war er es gewesen, der ihm eine Nachricht hinterlassen hatte.

Ohne sich zu setzen griff er nach dem Stück Papier, drehte es und begann, neugierig zu lesen. Es war eine Liste mit Namen, alphabetisch geordnet. Die Namen der Personen, die an jenem kalten Morgen am Donauufer gestanden waren, als man die Leichen von Bauer und seinen Kameraden gefunden hatte. Es war keine sehr lange Liste. Nur 12 Namen. Und nur einer davon war ein Mädchenname. Der Name Ella Feitelbach war der fünfte von oben.

Ella Feitelbach.

Wie es schien, wussten sie jetzt, wer das Mädchen mit den Zöpfen war.

11

Wenn nicht die Hände gewesen wären, die sich ineinander verkrampft hatten und ab und zu zuckten, hätte man meinen können, man säße neben einem steinernen Mann. Er blickte geradeaus vor sich hin. Diesmal hatte er keine Flasche mit Schnaps und auch keine Gläser vor sich stehen, was vielleicht geholfen hätte, die unendliche Kluft, die sich zwischen ihm und dem Polizisten aufgetan hatte, zu überbrücken.

»Ella ist die Enkelin meines Bruders«, stöhnte er, nachdem er lange geschwiegen hatte. »Die Einzige aus unserer Familie, die …«

»Ich muss mit ihr sprechen.«

»Lass sie in Ruhe. Du hast kein Recht dazu.«

»Aber sie hat die Mörder gesehen. Da bin ich mir sicher.«

»Meine kleine Ella hat viele Mörder gesehen und sie hat so viel Entsetzliches erlebt. All die Jahre war sie von Mördern umgeben … Als man sie damals in den Viehwagen getrieben und irgendwann halb tot wieder herausgezerrt hatte, als sie ihre Hände vergeblich nach der Mutter ausstreckte, als die schwarzen Gestalten der SS sie geschändet haben, immer war sie umgeben von feigen Mördern … Warum fragst du nicht nach ihnen?«

»Ich bin doch nur ein kleiner Polizist, der für die täglichen Vergehen der Welt zuständig ist. Für die banalen Morde und Diebstähle und für die Vergewaltigungen und Körperverletzungen.«

»Ha«, lachte da der Alte. »Und du glaubst, mit deinen kleinen Reparaturen kannst du bewirken, dass die Welt sich weiter dreht?«

»Das weiß ich nicht«, antwortete Koenig. »Ich kann die Welt, so wie sie ist, nicht ändern. Aber ich bin sicher, dass die Menschen eine feste Ordnung brauchen. Sonst verfallen sie der ewigen Dunkelheit und Barbarei.«

Mietek Feitelbach gab keine Antwort. Er saß da, unbeweglich und grau, das Gesicht abgewandt. Ein zu Stein gewordener Riese. »Die Welt ist durch und durch verfault«, flüsterte er schließlich. »Sie vermodert wie ein schlecht gelagerter Apfel. Und auch die guten Äpfel werden von diesem Geruch der Fäulnis erfasst und beginnen zu stinken.«

Er versank daraufhin wieder in dumpfes Brüten, doch nach einer Weile wandte er den mächtigen Schädel und suchte die Augen des Polizisten. »Bauer und seine Freunde waren Ausgeburten der Hölle, Galgenvögel, die ihr Recht auf Leben verwirkt hatten, lange bevor sie hier in dieser christlichen Stadt wieder auftauchten.«

Koenig hatte sich aufgerichtet und hielt dem Blick seines Gegenübers stand. »Wer aber hat sich zu ihrem Richter aufgeschwungen?«, fragte er. »Wer zu ihrem Henker?«

Der Alte schwieg lange. »Diese Frage steht dir nicht

zu, Christ«, sagte er zu guter Letzt und seine Stimme war kaum mehr als ein Flüstern.

Melchior Koenig nickte beschämt. Erst nach geraumer Zeit wandte er sich dem Juden, der da unerbittlich vor ihm saß, erneut zu.

»Gab es denn keine Gerechten in jenen Tagen?«, wollte er wissen.

»Doch, die gab es. Da waren welche, die uns armen Juden beistanden. Manche, die ihr Leben riskiert, andere, die uns einen Blick des Mitleids geschenkt, uns ein Stück Brot zugesteckt haben. Aber diese Menschen waren zu schwach. Als die anderen die Oberhand gewonnen hatten, gab es auch für sie keine Möglichkeit mehr, das Unheil aufzuhalten.«

»Was ist mit Ruth Feitelbach geschehen? War sie die Mutter der kleinen Ella?«

Mietek Feitelbach nickte. »Ja, sie war Ellas Mutter. Die Frau meines Neffen. Was mit ihr geschehen ist, fragst du? Nun, die Schergen des Regimes haben sie nach Auschwitz, in eines ihrer gottverdammten Vernichtungslager gesteckt. Dort ist sie umgekommen. Wie so viele von uns.«

Koenig schaute an Mietek Feitelbach vorbei. Sein Blick fiel auf die unglaublich hohen Regale, in denen Tausende von Bücher ohne erkennbare Ordnung aufgereiht waren. Die Werke der großen Meister waren ebenso vertreten wie die unbekannter Autoren, sie allesamt Zeugnisse menschlichen Bemühens. Wie hatte es dem alten Mann nur gelingen können, diese Schätze vor dem gierigen Feuer der Barbaren zu schützen?

Melchior Koenig spürte die Kälte, die sich auf den Raum gesenkt hatte, und es schauderte ihn. Ob er Oskar Schindler kenne, fragte er letztendlich den Alten.

»Ja, natürlich«, antwortete dieser ungerührt, so als würde ihn die Frage nicht überraschen.

»Was ist das für ein Mensch?«

Mietek Feitelbach zuckte mit den Schultern. »Das weiß ich nicht. Ich habe die Fähigkeit verloren, die Menschen nach Gut und Böse zu unterscheiden. Vielleicht ist das auch gar nicht möglich ... Oskar Schindler jedenfalls hat Dinge getan, die ihn zu einem der Gerechten in dieser düsteren Welt gemacht haben. Zu einem Heiligen für euch Christen, aber auch für uns Juden. Er hat Hunderten von armseligen Kreaturen das Leben gerettet ... Und doch, was für ein Mensch steckt in diesem Heiligen? Wer kann das sagen?«

Koenig wusste nicht, was er darauf antworten sollte, und schwieg.

Der dünne, glasklare Klang der Türglocke beendete die Stille. Als er sich zur Eingangstür umblickte, nahm er einen Schatten wahr, der den Raum zu verdunkeln schien. Ein riesenhafter Mann, der den Türrahmen gänzlich ausfüllte, war in Mieteks Reich getreten. Vor sich her schob er ganz zart ein Kind, ein Mädchen, mit dicken schwarzen Zöpfen und einem erschreckend alten Gesicht.

Das Mädchen beachtete Koenig nicht, sondern eilte sofort auf Mietek zu und schlang seine dünnen Arme um den Alten.

»Großvater«, flüsterte es und drückte sich ganz fest an ihn.

Melchior Koenig hatte sich erhoben und sah überrascht auf das Mädchen und den alten Mann. Er kam sich klein und unbedeutend vor und wandte sich dem Mann zu, der vor ihm stehen geblieben war. Ihre Augen trafen sich und keiner wandte den Blick ab. Es war, als versuchten sie beide, in der Seele des anderen zu lesen. Sie stellten Fragen und rangen um Antworten.

»Das ist meine kleine Ella«, hörte er nach einer langen Pause Mietek sagen. »Und das ist …«

Doch da hob Melchior Koenig die Hand, sodass Mietek verstummte. Noch einmal schaute der Polizist auf die drei Menschen, die nun seltsam verloren in dem Raum standen und ihn musterten. Dann nickte er ihnen zu und ging zur Tür. Dabei hinkte er ganz leicht.

Als er diese hinter sich zugezogen hatte, konnte man von drinnen noch den dünnen Klang der Glocke hören.

EPILOG

In diesem Frühjahr des Jahres 1948 verbreiteten sich die Gerüchte über die Einführung einer neuen Währung im Hunger leidenden Deutschland mit großer Geschwindigkeit. Die Anspannung unter den Menschen war mit Händen zu greifen und die wirtschaftliche Lage verschlechterte sich zusehends. Selbst der Schwarzmarkt kam in diesen Wochen und Monaten des Bangens zum Erliegen.

Am Freitag, dem 18. Juni des Jahres, hatte das Warten schließlich ein Ende. Per Rundfunk erfuhren die Bewohner der Westzonen, dass sie am Sonntag die neue Deutsche Mark erhalten würden.

Bereits am Tag nach der Währungsreform offenbarte sich Erstaunliches: Die Schaufenster der Geschäfte waren wieder mit offensichtlich zurückgehaltenen Gütern gefüllt, und man konnte nahezu alles kaufen, wenn man genug Geld der neuen Währung zur Verfügung hatte …

Das öffentliche Interesse an einer Aufklärung der drei Morde an der Donau und des scheußlichen Verbrechens in der Nürnberger Straße war nahezu versiegt. Zu schnelllebig war die Zeit und zu viel hatten die Menschen mit sich selbst und dem Vergessen zu tun. Der Blick der meisten war in die Zukunft gerichtet, und man war bemüht, das Vergangene möglichst schnell ad acta zu legen.

So war es auch nicht verwunderlich, dass Melchior Koenigs vorgesetzte Dienststelle kein großes Aufheben machte, als dieser die beiden Fälle nach einigen Wochen als ungelöst zurückgab. Es wurde vermutet, dass die Morde an den drei SS-Leuten mit großer Wahrscheinlichkeit mit deren Verwicklung in dubiose Schwarzmarktgeschäfte zu tun gehabt hatten. Der Kreis der möglichen Täter schien dabei so groß, dass ein eindeutiger Fahndungserfolg als wenig wahrscheinlich erachtet wurde.

Auch seitens der amerikanischen Militärregierung gab man sich mit dieser Betrachtung zufrieden, da allein schon die Enttarnung von kriminellen Geschäftemachern aus den eigenen Reihen als Teilerfolg verbucht wurde.

Oskar Schindler verbrachte nach dem blutigen Vorfall vor seiner Wohnungstür noch mehr als ein Jahr in Regensburg. Er musste aber in dieser Zeit wohl erkannt haben, dass es für ihn unmöglich geworden war, ein neues Leben in Deutschland zu beginnen. Dies vornehmlich auch, weil im Zusammenhang mit den Mordermittlungen öffentlich bekannt geworden war, wie groß seine Unterstützung für die Juden gewesen war. Dies wurde ihm von vielen Seiten verübelt. Und wie es den Anschein hatte, musste er sich deswegen sogar um seine körperliche Unversehrtheit Sorgen machen.

Ende August 1949 begannen er und seine Frau, letzte Vorbereitungen für eine Auswanderung nach Argentinien zu treffen. Wenig später verließen sie Deutschland und bereits am 3. November machte ihr Schiff in Buenos Aires fest.

Neben Oskar und seiner Frau Emilie befand sich auch Oskars damalige Geliebte, Gisa, an Bord des Schiffes.

Melchior Koenig vermied es in der Folgezeit, sich zu den Vorkommnissen und den Umständen der Morde öffentlich zu äußern. Er widersprach auch nie der offiziellen Version, dass eine Auseinandersetzung unter Schwarzmarkthändlern Auslöser für die Morde gewesen war.

Am Ende des Sommers heiratete er sein Fräulein Anni. Unter den wenigen Gästen, die an der Hochzeitsfeier teilnahmen, war auch Mietek Feitelbach.

Die Rubine, die Koenig dem Jungen am Ufer der Donau abgenommen hatte, blieben über viele Jahre hinweg in seinem Besitz. Sie verschafften ihm eine Ahnung der eigenen Verführbarkeit.

Die Spuren von Paul Gemsa, dem Jungen aus Schlesien, verloren sich im Lauf des Sommers und erst Jahre später tauchte dieser wieder in Regensburg auf.

Was wird kommen? Was wird die Zukunft bringen?

Ich weiß es nicht, ich ahne nichts. Wenn eine Spinne von einem festen Punkt sich in ihre Konsequenzen hinabstürzt, so sieht sie stets einen leeren Raum vor sich, in dem sie nirgends Fuß fassen kann, wie sehr sie auch zappelt. So geht es mir; vor mir stets ein leerer Raum; was mich vorwärtstreibt, ist eine Konsequenz, die hinter mir liegt. Dieses Leben ist verkehrt und grauenhaft, nicht auszuhalten.

Kierkegaard

(gefunden in: Friedrich Dürrenmatt, *Der Auftrag*, Zürich 1986)

ZWEITES BUCH

12

Er lauschte den Geräuschen, die um ihn herum waren, dem geheimnisvollen Rauschen der Blätter, dem Gesang der Vögel, aber es klang nicht mehr, wie er das von früher gewohnt war. Damals, als er durch die Wälder einer längst verlorenen Heimat gestreift war. Es war eine bedrohliche Melodie geworden, die er nun hörte, ganz anders als der unbeschreiblich süße Klang der Kindheit, den er noch im Ohr hatte.

Und doch, auch jetzt fühlte er sich nicht alt. Es war ihm, als seien die Jahre, die seit jener Zeit der Jugend vergangen waren, auf eine überschaubare Spanne zusammengeschrumpft. Noch gehörte er nicht zum alten Eisen.

Er wusste, er musste sich zusammennehmen, durfte die Dinge nicht von ihrem Ende her betrachten. Noch hatte er einige gute Jahre vor sich und seine Kraft war ungebrochen.

Bis zum Parkplatz war es höchstens ein halber Kilometer. Seine Schritte waren fest und gelegentlich knackte ein Zweig, wenn er darauf trat. Die Sonne blendete ihn. Sie stand schon tief und glitzerte durch die Äste, das Laub und die Nadeln der Bäume.

Er verfluchte sich, dass er sich auf dieses Gespräch eingelassen hatte. Natürlich würde es nichts ändern. Sein Entschluss stand fest. Schon seit er mit ihr telefoniert hatte. Ihre Stimme. Das erste Mal, dass sie wieder mit ihm gesprochen hatte. Nach all den Jahren …

Dabei waren sie sich immer nahe gewesen.

Über ihm schrie etwas. Ein Vogel flog aufgeschreckt davon. Zweige wippten. Dann war es wieder still. Er fühlte sich plötzlich allein. Schon seit geraumer Zeit hatte ihn kein Jogger oder Radfahrer mehr überholt, war ihm kein Spaziergänger mehr entgegengekommen. Als er sich umsah, bemerkte er nichts, nur den Weg, den er gegangen war. Er war überrascht, wie weit er bereits gegangen war. Der Weg hinter ihm lag im Schatten. Er beschleunigte seine Schritte.

Morgen würde er vor die Presse treten. Würde den Journalisten, der ganzen gierigen Meute, den Knochen hinwerfen. Wie sie sich darauf stürzen würden ... Sein Gesicht verzog sich unwillkürlich zu einem schiefen Grinsen. Rasch schritt er weiter.

Vor ihm, im gleißenden Licht der Sonne, konnte er den Parkplatz erahnen. Die Sonnenstrahlen trafen mittlerweile fast waagerecht auf seine Augen und er musste blinzeln. Ein Schwarm Mücken tanzte vor ihm und ließ die Luft vibrieren. Er nahm die rechte Hand hoch, um die Augen zu schützen, aber es half nichts. Selbst auf die geringe Entfernung war er sich nicht sicher, ob dort vorne ein Fahrzeug geparkt hatte.

Erst als er den Parkplatz erreicht hatte, sah er, dass er völlig leer war. Einen Moment lang fühlte er leise Unruhe in sich aufkommen und blickte auf seine Armbanduhr. Er hatte sich etwas verspätet, warum also ...?

Verärgert setzte er sich auf die verwitterte Bank, die er im Schatten zweier alter Fichten entdeckte. Das Sitzen tat ihm gut. Seine Jahre konnte er doch nicht völlig verleugnen. Nach einer Weile kramte er in seiner Hosentasche und zog ein Handy heraus, das er voll Verachtung fixierte. Fast widerwillig tippte er eine Nummer. Wartete.

»Hallo«, meldete sich eine Stimme. Die Verbindung war schlecht und er musste sich anstrengen, trotz der Nebengeräusche etwas zu verstehen.

»Ich bin es.«

»Ja?«

In dem Augenblick glaubte er, ein kurzes Rascheln hinter sich zu hören und ganz verwundert wollte er sich dorthin wenden, wo er das Geräusch wahrgenommen hatte. Doch dazu kam er nicht mehr. Er spürte nur noch, wie sich etwas um seinen Hals legte und ihm die Luft abschnürte. Eine verzweifelte Sekunde lang versuchte er, sich dagegen aufzulehnen, doch vergebens. Ein heiseres Krächzen entrang sich seiner Kehle und das Handy, das er krampfhaft in der nach oben gerissenen Hand gehalten hatte, fiel scheppernd zu Boden. Blut trat in seine blassen Augen und Sekunden später sackte sein kräftiger Körper in sich zusammen.

Er merkte nicht mehr, wie kurz darauf jemand das Handy aufhob, die Verbindung unterbrach und es schwer atmend in den düsteren Wald hineinschleuderte. So weit es ging.

13

Als sich die beiden Polizisten dem Domplatz näherten, war es halb acht, vielleicht auch ein paar Minuten später. Es war noch hell und die Straßen waren voll von Menschen, die gut gelaunt ins Zentrum zu den Eisdielen und Lokalen strömten. Noch immer war die Hitze, die den ganzen Tag über geherrscht hatte, zu spüren, wurde von den Häuserwänden, dem Kopfsteinpflaster der Straßen und dem Asphalt zurückgeworfen und hatte sich wie eine zweite Haut um die Körper der Passanten gelegt.

Trotz der drückenden Schwüle und der schweißtreibenden Luft, die das Atmen schwer machte, schien eine ungeheure Leichtigkeit über der Stadt zu liegen, die sich mit dem Flimmern in der Luft, den Geräuschen und den Gerüchen des Sommers vermischte. Es war, als habe ein Hauch von südländischer Trunkenheit die Menschen erfasst.

Eine Gruppe junger Frauen überquerte die Straße, eine davon drehte sich zu den beiden Polizisten um und lächelte. Ihr Mund war blutrot geschminkt. Sie nickte in Richtung der beiden Männer, warf den Kopf zurück, dass die Haare flogen, zögerte kurz und stimmte wieder in das frivole Lachen der anderen ein.

Angelo Hartmann schaute den Frauen hinterher. Ihre kurzen Röcke wippten in einem Rhythmus von glühender Verheißung und naiver Unschuld. Seine rechte Hand, die auf dem Holster seiner Dienstwaffe ruhte, zuckte. Am liebsten hätte er sich im Schritt gekratzt, um seine

Männlichkeit in einer Geste machohafter Derbheit zu zeigen.

Gerade noch rechtzeitig fiel ihm ein, dass er auf Streife war.

»Ich wette, die stehen auf Uniformen«, grinste Andreas Wolter. Angelo Hartmann erwiderte nichts. Er schaute noch immer hinter den Frauen her. In Gedanken zählte er langsam bis drei. Da drehte sich die eine, die mit den blutroten Lippen, einen Moment lang um. Sie sah, dass er ihr hinterherblickte, und winkte ihm ganz leicht zu.

Er grinste zufrieden, nahm die Uniformmütze ab und strich mit einer Hand durch das geölte Haar. Er schwitzte.

Das Funkgerät, das Wolter mit sich trug, rauschte plötzlich, dann ertönte eine schwer verständliche Männerstimme: »Drei zwo vier, bitte melden.«

Wolter führte das Mikrofon an den Mund. »Hier drei zwo vier, was gibt's?«

»Schlägerei im Babylon. Eine Gruppe Jugendlicher. Wahrscheinlich unter Strom. Könnt ihr mal nachschauen? Meldet euch, wenn ihr Verstärkung braucht.«

»Okay, Zentrale. Wir übernehmen.«

Angelo Hartmann setzte die Mütze wieder auf und rückte sie zurecht. »Na denn«, sagte er.

Das Babylon befand sich ganz in der Nähe, in einer Seitenstraße. Eine Dönerbude, die sich gerade bei Jugendlichen großer Beliebtheit erfreute.

Vor dem Lokal hatte sich bereits eine Menschenmenge versammelt, als die beiden Polizisten ankamen. Es waren fast nur Jugendliche. Kaum jemand dabei, der älter als 16 oder 17 gewesen wäre.

»Was ist passiert?«, fragte Wolter in die Runde.

»Ich hab angerufen«, informierte ein Mädchen mit Pferdeschwanz die Polizisten und hielt ihnen dabei ihr Handy vor die Nase. Ihre Augen waren groß und erschrocken. Ein schlaksiger Junge mit Pickeln ergriff das Wort.

»Die waren vermummt«, gab er an. »Mindestens zehn Mann. Haben alles kurz und klein gehauen mit ihren Baseballschlägern.«

»Jemand verletzt?«

Der Junge nickte. Deutete mit dem Kinn ins Innere des Lokals. »Der Türke hinterm Tresen hat was abgekriegt.« Und dann fügte er noch etwas hinzu, was Wolter nicht verstand.

»Scheiß Nazis«, fluchte jemand aus der Gruppe der Jugendlichen. Einige von den Jungen und Mädchen nickten zustimmend.

Wolter und Hartmann gingen die paar Schritte zur Tür, die ins Innere der Bude führte, und öffneten sie. Der Raum war größer, als es von außen den Anschein hatte. Die meisten Kunden waren wohl nach draußen geflüchtet, denn nur drei Mädchen waren noch zu sehen, die um einen älteren Mann herumstanden. Der Mann lag am Boden. Er blutete am Kopf und versuchte gerade, sich aufzurichten. Sein Blick war glasig und er stöhnte.

Wie es schien, hatte jemand auch bei der Inneneinrichtung ganze Arbeit geleistet. Der Boden war übersät mit Glasscherben und zerbrochenen Flaschen. Einige der am Boden befestigten Stühle waren aus der Verankerung gerissen. Ein durchdringender Gestank nach abgestandenem Fett, Knoblauch und Bier sowie nach Erbrochenem empfing die Polizisten.

»Na endlich!«, schrie ein Mädchen. Sie kniete auf dem

Boden und sah aus, als würde sie gleich anfangen zu weinen.

»Ich hab einen Krankenwagen gerufen«, beruhigte Wolter das Mädchen. »Der wird gleich kommen.«

Angelo Hartmann beugte sich zu dem blutenden Mann hinunter. »Ist alles in Ordnung?«

»Nichts ist in Ordnung«, brachte der mit krächzender Stimme hervor.

»Wo bleibt denn der verdammte Krankenwagen?«, fragte das kniende Mädchen ungeduldig.

In dieser Sekunde war das Martinshorn eines Einsatzfahrzeugs zu vernehmen und wenig später bremste der Wagen vor dem Lokal. Rasselnd wurde eine Trage herausgezogen.

»Das ist das dritte Mal in diesem Monat«, stellte Britta Merz fest. »Und schon wieder eine Dönerbude, die sie auseinandergenommen haben.«

»Vielleicht gibt es einfach zu viele davon?«

»Blödsinn.«

»Auf jeden Fall zu viele Kids, die sich von dem Zeug ernähren.«

»Was schlägst du denn vor? Deutsche Hausmannskost etwa, die vor Fett trieft?«

Rockinger grinste, klopfte auf seinen Bauchansatz. »Warum nicht?«

Britta Merz verdrehte leicht die Augen und beschloss, nicht näher darauf einzugehen. »Wie geht's dem Opfer?«

Rockinger zuckte mit den Schultern. »Scheint nur eine leichte Gehirnerschütterung zu sein, nichts Gravierendes, aber …«

»Was ist, wenn sie das nächste Mal jemanden totschlagen?«

»Ein Wunder, dass das noch nicht passiert ist.«

»Und niemand, der verwertbare Angaben machen könnte?«

»Nichts Konkretes. Die Typen kommen aus dem Nichts, schlagen zu und verschwinden wieder. Das ist bestens organisiert.«

»Du meinst, da steckt jemand dahinter?«

»Keine Ahnung. Aber könnte doch sein, oder?«

Britta Merz musste in diesem Moment aus irgendwelchen Gründen, die ihr selbst nicht ganz klar waren, an ihre Tochter denken. Was wusste sie eigentlich von ihr? Von ihren Freunden? Von ihrem Leben? Mit wem verbrachte Jessy ihre Zeit, während sie sich hier mit Gewaltverbrechen aller Art herumschlagen musste? Nur zu gut wusste sie, welchen Gefahren und Verführungen Kinder und Heranwachsende ausgesetzt waren. Viel war es nicht, das sie mit Gewissheit von ihrer Tochter sagen konnte.

Es war schließlich nicht immer leicht, Kinder großzuziehen. Sie seufzte und Rockinger schaute sie belustigt an.

»Was ist jetzt mit Zeugen?«, fragte Britta leicht verärgert.

Rockinger zuckte nur mit den Achseln. »Es waren anscheinend eine ganze Menge von Leuten dort. Die meisten noch sehr jung. Aber da ist es, wie es meistens ist. Niemand, der so recht was bemerkt hat.«

Beide schwiegen. »Irgendetwas stinkt zum Himmel«, fuhr Rockinger schließlich fort. »Als wäre die ganze Stadt verrückt.«

»Wie meinst du das?«

»Es gibt einfach zu viele solcher Zwischenfälle in letzter Zeit. Es ist wie eine Art Krieg, der im Untergrund geführt wird. Alle schauen zu und keiner weiß so recht, wer da kämpft und worum es überhaupt geht.«

»Weißt du es?«

»Verdammt noch mal, nein!«

Bichlmaier stand mit dem Rücken zum Fenster und blickte in die graue Dunkelheit des Zimmers, das vor ihm lag, sah zu, wie die Nacht das Zimmer füllte. Er wollte trotzdem kein Licht anmachen. So erhellte lediglich die Straßenbeleuchtung den Raum ein wenig, und es schien ihm, als seien während der letzten Stunde tiefe Schatten hereingekrochen, Gespenster, die ihn nun umschwebten.

Manche Menschen glauben ja, dass die Seelen der Verstorbenen in ihre ehemaligen Behausungen zurückkehren, um so auf ewig bei den Lebenden zu sein. Eine absurde Vorstellung, wie Bichlmaier fand, wenn man nur vernünftig darüber nachdachte.

Doch auch er wusste, dass manchmal, wenn sich unsere Gedanken selbstständig machten, wenn man sie losließ, eine Welt zum Vorschein kam, die uns zutiefst erschrecken und im Innersten erschüttern kann.

Vielleicht waren es nur die eigenen Überlegungen, die man im Verlauf eines Lebens angestellt hatte, die um einen herum waren, die einen verfolgten und gelegentlich im Halbdunkel des Alleinseins zum Vorschein kamen.

Seine Wohnung lag im dritten Stock und von draußen waren die Geräusche des Lebens wie durch einen Schleier zu hören. Das Geraune der Stadt. Der gedämpfte Lärm des Verkehrs, das Kreischen von Bremsen, ein gelegentliches Hupen, das Rattern der Straßenbahnen, ein Gewirr von

Stimmen … Undeutlich, kaum wahrnehmbar … Irgendwo in der Wohnung tropfte ein Wasserhahn. Die Dichtung war kaputt und hätte schon längst ausgewechselt werden müssen. Dazu war in Abständen aus der Küche das Brummen des Kühlschranks zu hören.

Der Kommissar sah müde aus. Er war erst vor wenigen Tagen wieder zurückgekehrt nach Regensburg, hierher in seine Wohnung in der Nähe des Jakobstors. Zurück in die vertraute Umgebung. Mehr als neun Monate war er weg gewesen.

Während der Wintermonate und zu Beginn des Frühjahrs war es ihm nicht gut gegangen. Jetzt war es wieder Sommer geworden und Bichlmaier empfand es als ein Wunder, dass er ihn erleben durfte. Die Monate im Süden, am Meer, hatten ihm gutgetan. Lange hatte es gedauert, bis eine Besserung seines Gesundheitszustands eingetreten war. Dann aber, als die Sonne den Winter vertrieben hatte, war er in die Wasser des Ozeans eingetaucht und wie neu geboren aus den Fluten gestiegen, hatte gemerkt, wie die Kraft allmählich in seinen Körper zurückgekehrt war, wie ihn die gnädigen Elemente der Natur verjüngt hatten. Seither ging es ihm gut. Der Krebs hatte sich nicht wieder gemeldet. Wie es schien, war der Feind tatsächlich aus seinem Körper gewichen.

Es war kurz nach zehn Uhr, als er das Grübeln aufgab. Er riss sich los und trat weg vom Fenster. Vielleicht sollte er etwas essen oder trinken oder sich einfach ins Bett legen. Er war sich nicht ganz schlüssig.

Das Merkwürdige war, dass er in diesem Augenblick trotz seiner tiefen Einsamkeit so etwas wie Zufriedenheit empfand.

Als der Wecker klingelte, war sie längst wach. Natürlich hatte sie ohnehin nicht geschlafen, hatte nur vor sich hingedämmert. Ihr erster Gedanke war wie an jedem Morgen: Mama ist tot.

Nach all den Jahren hatte sie gelernt, mit ihren Erinnerungen zu leben. Und schließlich waren selbst diese im Lauf der Zeit verblasst und manchmal hatte sie Mühe, sich das Bild der Mutter ins Gedächtnis zu rufen. In solchen Momenten griff sie voll Panik in die Schublade ihres Nachtkästchens, wo sie das Foto aufbewahrte. Das einzige Foto, das sie von ihrer Mutter hatte. Eine verblichene Schwarz-Weiß-Aufnahme, auf der sie noch ganz jung gewesen war. Die Mutter lachte darauf und schaute sie ganz fest an.

An diesem Morgen brauchte sie das Foto nicht. Die Vergangenheit war wieder näher gerückt.

Es war finster im Zimmer. Sie richtete sich auf und auch heute fühlte sie die Leere, die sie immer empfand. Doch auch das hatte sie gelernt: mit dem immerwährenden heutigen Tag zu leben.

Sie ging im Dunkeln zur Küche. Dort knipste sie die Tischlampe an. Als Erstes füllte sie die Kaffeemaschine und schaltete sie ein. Anschließend holte sie die Zeitung aus dem Briefkasten, setzte sich damit an den Tisch und wartete, bis das Wasser durchgelaufen war.

Warum er sie angerufen hatte? Irgendetwas war passiert. Sie konnte sich noch genau an die eigenartigen Geräusche erinnern, die sie im Hintergrund gehört hatte. Und dann hatte er einfach die Verbindung unterbrochen, ohne dass er noch etwas gesagt hätte.

Einen Moment lang fühlte sie sich ratlos.

14

Bichlmaier konnte das Blaulicht der Einsatzfahrzeuge erst sehen, nachdem er den grob geschotterten Weg etwa 100 Meter entlanggefahren war. Der Parkplatz lag abseits der Bundesstraße, versteckt in einer größeren Lichtung, und wurde wohl hauptsächlich von Freizeitsportlern, Joggern, Radfahrern oder Wanderern genutzt. Verschiedene Waldwege, aber auch unbefestigte Forstwege führten in den Wald hinein und verloren sich nach wenigen Metern im Dunkel der Kiefern und Tannen.

Er stellte seinen Wagen unter einem wuchtigen Hinweisschild aus Holz ab, auf dem ›Waldlehrpfad‹ stand, ganz am Rande des Parkplatzes.

Eine Weile noch blieb er im Auto sitzen und betrachtete das hektische Treiben, das sich vor ihm abspielte.

Wie er aus der Entfernung erkennen konnte, waren schon zahlreiche Kollegen eingetroffen. Eine ganze Reihe uniformierter Polizisten war damit beschäftigt, den Tatort abzusichern und eine Absperrung zu errichten. Zwischen den Bäumen gingen weiß gekleidete Techniker der Spurensicherung ihrer Arbeit nach und auch Motsch, der Gerichtsmediziner, lief geschäftig zwischen den Einsatzfahrzeugen herum. Es herrschte eine gespenstische Stille und er kam sich in seinem Auto wie ein Außerirdischer vor, der in einer anderen Welt gelandet war.

Er fühlte eine sonderbare Kälte in seinem Körper hochsteigen und legte seine Arme um sich. Er spannte seine Muskulatur an, so fest er konnte, blieb dabei aber regungslos sitzen. Der Augenblick, vor dem er sich die letzten Tage und Wochen gefürchtet hatte, war da. Sein erster Einsatz seit fast einem Jahr. Es war weniger die Erkenntnis, was in den kommenden Minuten nun vor ihm lag, als vielmehr die Angst vor der neuen Situation in seinem Leben. Er war zurückgekehrt in eine Welt, von der er vor seinem Aufenthalt im Süden bereits Abschied genommen hatte. Seine Unsicherheit überraschte ihn selbst.

Bichlmaier stieg aus und schritt zur Absperrung. Auf dem Weg dorthin warf er einen kurzen Blick nach oben. Über den Baumkronen stand ein fahler Mond, kaum noch zu erkennen. In Kürze würde die Sonne herauskommen. Was würde der neue Tag bringen?

Eine junge Polizistin in Uniform erwartete ihn an der Absperrung. Sie wirkte müde und versuchte, ein Gähnen zu unterdrücken. Bichlmaier fragte sich, ob er auch so zerschlagen aussah wie die junge Frau.

»Wer hat den Toten gefunden?«

»Ein Jogger. Er sitzt dort drüben.« Sie zeigte auf eines der Fahrzeuge, das in einiger Entfernung am Waldrand abgestellt war.

»Was tut der denn so früh im Wald?«

Die Polizistin zuckte mit den Schultern und unterdrückte ein weiteres Gähnen. »Er sagt, er ist immer so früh auf den Beinen.«

»Na gut, wir werden sehen. Er soll sich auf jeden Fall noch zur Verfügung halten.« Bichlmaier blieb vor dem rotweißen Plastikband stehen, das den abgesperrten Bereich markierte. Etwa 20, vielleicht auch 30 Meter entfernt, hinter einer Holzbank, arbeiteten Techniker der Spurensicherung. Wie es schien, war dort die Fundstelle der Leiche. Nach etwa fünf Minuten schaute einer der Männer auf und winkte ihm kurz zu. Schließlich kam er auf ihn zu und reichte ihm die Hand.

»Na«, sagte er. »Wieder zurück?«

Bichlmaier nickte.

»Die Leiche liegt dort hinten. Stranguliert. Kein schöner Anblick.« Er hob das Plastikband hoch. Bichlmaier bückte sich und kroch hindurch. Dann folgte er dem Mann. Etwa einen Meter hinter der Holzbank war ein breiter Graben. Der Tote lag auf dem Rücken, der Kopf vor dem Hintergrund des wuchernden Grases seltsam verdreht.

Bichlmaier trat näher heran, um etwas erkennen zu können. Der Körper eines älteren Mannes hob sich vom Grasgrün ab. Sicher 70 Jahre alt, vielleicht auch etwas darüber. Das Gesicht war angeschwollen und, wie ihm im Dämmerlicht des Morgens schien, dunkel verfärbt. Der Mund war weit geöffnet, die Zunge, die ebenfalls stark angeschwollen war, stand unnatürlich weit aus der Mundhöhle. Die blutunterlaufenen Augen starrten an den Männern vorbei ins dunkle Grün der Baumwipfel und kurz verspürte Bichlmaier den Drang, sich umzudrehen und dem Blick des Toten zu folgen. Dabei hatte er das Gefühl, den Mann zu kennen, ihn schon einmal gesehen zu haben. Er versuchte sich vorzustellen, was geschehen war.

»Der Gute ist erwürgt worden«, ließ sich jemand hinter Bichlmaier vernehmen. »Mit einer Stahlschlinge oder etwas Ähnlichem.«

Die hohe, schneidende Stimme von Motsch. Arrogant wie eh und je, selbst am frühen Morgen. Bichlmaier drehte sich um.

»Wie geht's Marianne?«, fragte der Pathologe süffisant.

Was für ein Arschloch, dachte Bichlmaier. Immer dieselbe blöde Frage. Was sollte er darauf antworten?

»Gut«, brummte er ungehalten. »Wir leben jetzt getrennt. Weißt du doch.«

»Ts, ts, ts«, machte Motsch und Bichlmaier wandte sich wieder der Leiche zu. Manchmal sind die Toten angenehmer als die Lebenden, schoss es ihm durch den Kopf. »Hatte der Tote Papiere und Ausweis bei sich?«, fragte er.

»Nein«, antwortete der Mann von der Spurensicherung, der ihn zum Tatort geführt hatte. Es klang ganz erstaunt.

»Kennst du ihn denn nicht?«

Bichlmaier studierte die Züge des Toten. Ein kräftiges slawisches Gesicht mit hoch angesetzten Wangenknochen. Die grauen Haare kurz geschnitten. Weit auseinanderstehende Augen. Ein gepflegtes Gesicht. Wieder hatte er das Gefühl, das Opfer zu kennen.

»Das ist Paul Gemsa«, informierte ihn Motsch selbstgefällig. »Der Stadtrat …«

Bichlmaier nickte. Jetzt wusste er, warum ihm der Tote so bekannt vorgekommen war. »Er ist verheiratet, nicht wahr? Wir müssen seine Familie verständigen.«

Noch einmal schaute er auf die Leiche hinunter. »Warum ist sein Hemd so nass?«

»Der Jogger hat ihn angepinkelt. Er hat ihn zuerst gar nicht wahrgenommen. Erst als er fertig war … Das hat ihn ganz schön mitgenommen.«

Bichlmaier sah hinüber, dorthin, wo der junge Mann noch immer in seinem Auto saß. Eigenartiger Typ, dachte er, aber er wollte nicht vorschnell urteilen. Manchmal tat er sich etwas schwer, die Menschen mit ihrem Fitnesswahn zu verstehen. Wie sie liefen und liefen und dabei doch nicht vom Fleck kamen. Versuchten sie, vor sich selbst davonzulaufen? Wie Hamster in einem Laufrad kamen sie ihm vor. Vor allem die jungen.

Von der Bundesstraße her war das schwache Rauschen einiger weniger Autos zu vernehmen. Offensichtlich hatte der morgendliche Berufsverkehr noch nicht eingesetzt. Unten im Graben zuckten noch einmal die Blitzlichter des Fotografen auf. Ein grelles, obszönes Licht, ohne Scham vor dem Tod. Bichlmaier wandte sich zu Motsch um.

»Wie lange liegt er schon hier?«

»Noch nicht lange. Vielleicht zwölf Stunden, vielleicht auch etwas länger, aber höchstens einen Tag.«

Bichlmaier nickte. Er wusste, dass Motsch zu diesem Zeitpunkt nicht mehr sagen konnte. Er würde die Leiche mit in die Pathologie nehmen, sie dort untersuchen und im Anschluss einen Bericht verfassen, der auf jedes noch so geringfügige Detail eingehen würde. Das würde jedoch dauern.

»Wie ist der Mann überhaupt hierhergekommen?«, fragte er. Eine rhetorische Frage, auf die es gegenwärtig noch keine Antwort gab. Sowohl Motsch als auch der Kollege von der Spurensicherung zuckten mit den Schultern.

»Wir müssen uns darum kümmern. Ich bin sicher, dass wir hier irgendwo in der Nähe sein Auto finden.« Er blickte sich suchend um. Direkt neben der Zufahrt zum Parkplatz sah er, eingerahmt von einer niedrigen Baumgruppe, ein weiteres Hinweisschild, das wohl von der Forstverwaltung aufgestellt worden war. Selbst aus der Entfernung war zu erkennen, dass ein Lageplan des Waldgebiets darauf abgebildet war. Na also, dachte er.

Er winkte die junge Polizistin zu sich, mit der er zuvor gesprochen hatte, und ging mit ihr zu der Karte. Es gab im näheren Umfeld drei weitere Parkplätze, von denen aus Wege zu ihrem gegenwärtigen Standort führten.

»Sucht die drei Parkplätze ab«, ordnete er an. »Vielleicht findet sich dort irgendwo sein Auto.«

Die junge Frau nickte. Sie sah mittlerweile ganz munter aus.

Der Jogger hieß Kai Lorenz. Er trug kurze Hosen, ein Sweatshirt und Sportschuhe. Er wirkte aber nicht besonders sportlich oder gar durchtrainiert. Ein Theologiestudent. Allerdings nur fürs Lehrfach, wie er sagte. Religion und Geschichte. Bichlmaier fragte sich, warum er das so betonte.

»Was wolltest du denn hier um 5 Uhr morgens? Kannst du mir das erklären?«

»Na, was wohl?«, antwortete er gereizt. »Ich wollte eine Runde laufen.«

»So früh?«

»Ja. Ist doch nicht verboten, oder?«

»Kommst du öfter hierher zum Laufen?«

Der junge Mann nickte, starrte dabei aber an Bichlmaier vorbei in den Wald. Etwas stimmte nicht. »Warum lügst du mich an?«

Der Kopf des jungen Mannes fuhr zurück. »Was …«

»Mit wem hast du dich getroffen? Mit deiner Freundin?«

»Aber nein!« Der Student betonte diese beiden Worte so voll Empörung, dass Bichlmaier ihn erstaunt anschaute. Ob er schwul ist, schoss es ihm durch den Kopf.

»Bist du homosexuell? Ist es das?«

Der junge Mann sah plötzlich ganz betreten drein. »Das geht Sie doch nichts an.«

»Ist mir auch egal, mein Junge. Ist ja kein Verbrechen mehr. Die Zeiten haben sich zum Glück geändert. Alles, was mich interessiert, ist, was du gesehen hast. Hast du etwas gesehen? Wie lange hast du hier gewartet?«

Kai Lorenz schüttelte den Kopf. »Nicht lange, glauben Sie mir. Und gesehen habe ich nichts.«

»Ein anderes Auto oder einen Jogger?«

»Nein, niemand ist gekommen oder gegangen. Die ganze Zeit nicht.«

»Und dein Freund?«

»Der hat mich versetzt.«

»Hm, hast du ihn denn nicht angerufen?«

»Ich hab seine Nummer nicht. Er hat immer mich angerufen, wenn wir uns treffen wollten.«

»Wie heißt denn dein Freund?«

»Thomas … mehr weiß ich nicht.«

»Hm.« Bichlmaier runzelte die Stirn. »Wie habt ihr euch kennengelernt? Über eine Anzeige?«

Der junge Mann nickte.

»Verstehe. Und die Leiche?«

»Ich bin rüber zur Bank. Dann hab ich mich draufgestellt und gepinkelt.«

»Du bist dazu auf die Bank gestiegen?«

Der junge Mann grinste verschämt. »Ja. Einfach so. War ja niemand da.«

»Und dann?«

»Dann hab ich den Mann gesehen. Er hat mich angestarrt und ich bin fürchterlich erschrocken. Hab mich beinahe selbst angepinkelt … Ich hab sofort die Polizei gerufen.«

»Weißt du, wer der Tote ist?«

»Nein. Ich bin gleich weggelaufen. Ich hab ihn nur einen Moment lang gesehen. Eigentlich gar nicht so richtig …«

»Na schön«, sagte Bichlmaier. Er hatte keine weiteren Fragen. »Wir werden deine Angaben überprüfen.«

Er nickte dem jungen Mann noch kurz zu und beobachtete, wie dieser wenig später mit seinem Auto davonbrauste. Hinter dem Fahrzeug stieg eine gewaltige Staubwolke auf. Als ob der Teufel hinter ihm her wäre.

Dann wurde es mit einem Schlag hell. Eine rote Sonne kam über den Baumwipfeln hervor und tauchte den Parkplatz in ein unwirkliches Licht. Wenige Minuten später traf ein Leichenwagen ein. Zwei schwarz gekleidete Männer schoben die Leiche des toten Stadtrats in einen Plastiksack und hoben diesen ins Auto.

Nachdem sie abgefahren waren, zog Stille im Wald ein. Die Geräusche verstummten. Selbst das Gezwitscher der Vögel war für ein paar Sekunden nicht zu hören. Es war, als nähme die Natur Anteil am Tod des alten Mannes.

Bichlmaier ging zurück zu seinem Auto und setzte sich auf den Fahrersitz. Er musste nachdenken. Der junge Mann ging ihm nicht aus dem Sinn. Natürlich war es wichtig, diesen Thomas zu finden. Ob es eine Verbindung zu dem Getöteten gab?

Gedankenverloren stierte er in die Dunkelheit des Waldes. Eine ganze Reihe von Mordmotiven ging ihm durch den Sinn. War es eine Beziehungstat, ein politisch motivierter Mord? Ging es um finanzielle Belange? Oder war es gar eine Tat, die lediglich aus reiner Willkür verübt worden war? Im Grunde war alles möglich und es war ihm klar, dass sie ganz am Anfang ihrer Ermittlungen standen. Noch gab es kein erkennbares Motiv. Keine Zeugen. Kaum verwertbare Spuren.

Er versuchte sich vorzustellen, dass der Täter, den sie suchten, eine Frau wäre. Doch dies schien ihm absurd. Auch wenn der Getötete schon recht alt gewesen war, so war doch eine enorme physische Kraft notwendig, um jemanden auf diese Weise zu töten.

Zu viel für eine Frau?

Sie würden in das Leben des Toten eindringen müssen, um ihn kennenzulernen, würden Berührungspunkte mit anderen Menschen finden müssen. Eine mühselige Arbeit. Sicher war nur, dass der Mord nicht der Anfang gewesen war, sondern der Endpunkt einer Entwicklung, die ihre Wurzeln irgendwo in der Vergangenheit hatte. Wer war dieser Paul Gemsa? Wo kam er her?

»Herr Kommissar«, rief da die Polizistin von vorhin. »Kommen Sie, wir haben etwas gefunden.«

Er stieg aus dem Wagen und lief zurück zu der Bank, wo die Männer und Frauen der Spurensicherung zusammenstanden. »Was ist es?«

»Ein Handy. Lag hier im Unterholz.«

»Und?«

»Der Akku ist leer.«

»Na gut«, sagte Bichlmaier. »Ab ins Präsidium damit.«

Immer wieder musste sie an ihn denken. Obwohl alles schon so weit zurücklag. So viele Jahre. Er hatte sie immer wieder um Verzeihung gebeten, in den Wochen und Monaten danach, aber sie hatte seit dem Vorfall nicht mehr mit ihm gesprochen. Es war zu schlimm gewesen, was er getan hatte.

Er war dann fortgegangen und erst Jahre später wieder nach Regensburg zurückgekehrt. Da hatte sich ihr Leben aber bereits verändert …

Natürlich hatte es bereits zuvor eine Veränderung in ihrem Leben gegeben. Noch ehe sie ihn kennengelernt hatte. Das war damals gewesen, als der Krieg zu Ende gegangen war. Damals … Es war ein Frühlingstag gewesen und die Menschen in den Straßen des Lagers hatten gejubelt und eine seltsame Aufgeregtheit hatte die Menge erfasst. Wie gut sie sich noch an diesen Tag erinnern konnte. Da waren so viele Dinge gewesen, die sie vergessen hatte, aber an diesen Tag konnte sie sich mit aller Deutlichkeit erinnern.

›Wir müssen uns nie wieder verstecken‹, hatte ihr Vater damals zu ihr gesagt, sie ganz fest umarmt und sie hatte gespürt, dass er geweint hatte.

›Versprichst du mir das?‹, hatte sie ihn gefragt und er war in die Hocke gegangen, hatte sich vor sie hingekniet und genickt.

›Ja, meine kleine Sonne‹, hatte er erwidert, ›ich verspreche es dir.‹

›Aber wie lange?‹

›Wie lange?‹ Da hatte er sie angelacht. ›Für immer. Hitler ist tot.‹ Dann hatte er sich erhoben, ihr riesenhafter Vater, und sie auf seine Schultern gesetzt.

Für immer. Für immer? Wie lange das wohl ist, hatte sie gedacht, als sie auf die Menschen geblickt hatte, die gefeiert, geschrien und gesungen hatten …

Die zweite große Veränderung in ihrem Leben war erst sehr viel später gekommen. Das war gewesen, als sie beschlossen hatte, aus ihrem Versteck zu kriechen. Als die Einsamkeit zu groß geworden war und die Zeit der Trauer und der Bitterkeit sich aufgezehrt hatte. Als sie es nicht mehr ertragen konnte, den Geschichten der Erwachsenen über das Leid, den Tod und die Grausamkeiten und die Qualen in den Lagern zu lauschen.

Das war aber lange nach seinem Verschwinden gewesen …

15

Der Duft frisch gebrühten Kaffees lag in der Luft, als Bichlmaier ins Präsidium zurückkam. Dazu roch es nach Schweiß und Sonne, nach Urin und billigem Rasierwasser. Überall surrten Ventilatoren und standen die Türen zu den Büroräumen offen, um die Luftzirkulation zu erhöhen, doch war der Effekt gleich null. Die Hitze hing im gesamten Stockwerk, hatte sich über alles und jeden gelegt.

Er nahm den Aufzug zu seinem Zimmer im dritten Stock und hatte sofort das Gefühl, sich in einer Sauna zu befinden. Der Schweiß lief ihm den Rücken hinunter und er war froh, als sich die Türen wieder öffneten.

Er ging den Korridor entlang zu seinem Büro. Die Fenster in dem kleinen Raum waren geschlossen und er riss sie so weit es ging auf, blieb eine Weile stehen und beobachtete den Verkehr auf den Straßen. Die Fahrzeuge standen hier im Zentrum Stoßstange an Stoßstange und quälten sich durch den Asphaltdschungel. Selbst die Blätter der wenigen Bäume entlang der Fahrwege wirkten grau und wie ausgedörrt. Es war erst kurz nach neun Uhr und doch zeigte das Thermometer vor dem Fenster bereits 28 Grad an. Kein Wölkchen am Himmel. Ein Ende der Hitzeperiode war nicht abzusehen.

Bichlmaier fühlte seine Anspannung. Sein Instinkt verriet ihm, dass die nächsten Tage und Wochen anstrengend werden würden. Das war kein gewöhnlicher Mordfall, bei dem sie mit bloßer Polizeiroutine zu einem Ergebnis kommen würden. Warum er das so sah, konnte er allerdings nicht sagen, es war lediglich ein Bauchgefühl.

Auf der Fahrt vom Tatort zum Präsidium hatte er das Stoffdach seines alten Saab-Cabrios geöffnet, sodass der Fahrtwind an seinen Haaren gezogen und sein Gesicht gefühllos hatte werden lassen, er war kaum mehr in der Lage gewesen, zu atmen. Selbst jetzt spürte er noch ein Prickeln auf der Haut. Er strich sich über sein Gesicht und fühlte die Kühle der Wangen und die harten Stoppeln darauf. Es kratzte hörbar. Die Bundesstraße war bis zur Innenstadt nahezu frei gewesen und er war schneller gefahren als gewohnt.

Ständig hatte er während der wenigen Kilometer die starren Augen des Toten vor sich gesehen und sich gefragt, warum er ihn nicht gleich erkannt hatte. Auch hierauf hatte er keine Antwort gewusst, doch war es wohl so, dass die Qualen des Todeskampfes die Gesichtszüge des Mannes extrem entstellt hatten. Außerdem hatte er sich noch nie besonders für die lokale Politik und die Vertreter der einzelnen Parteien und Gruppierungen interessiert, und schließlich war er ja auch lange weg gewesen …

Bichlmaier hatte das gesamte Team in den Konferenzraum zur Morgenbesprechung beordert. Es war kurz vor Mittag und für eine morgendliche Besprechung eigentlich schon zu spät. Aber da war keiner, der sich deswegen Gedanken gemacht hätte.

Rockinger hatte ohnehin einen auswärtigen Termin und würde erst gegen Abend ins Präsidium zurückkehren. Britta Merz und Franz Haimerl rutschten unruhig auf ihren Stühlen herum. Ihre beiden Gesichter glänzten vor Schweiß und beide fächelten sich mit ihren Notizblöcken Luft zu.

Der Mann, der neben Britta Merz und Franz Haimerl Platz genommen hatte, war jünger als die Kollegen, noch keine 30, und er schien der Einzige im Raum zu sein, dem die Schwüle nichts anhaben konnte. Keine Schweißflecke unter den Achseln, die dunklen Haare akkurat gescheitelt. Dabei sah er mit seinem abweisenden, verschlossenen Gesicht mürrisch und unzufrieden aus.

Bichlmaier nickte ihm kurz zu, als er eintrat. Der neue Mann. Fast noch ein Junge. Er war als Ersatz für Meier Zwo gekommen und sollte nach dem Willen von Hallmann, dem Leitenden Kriminaldirektor, die Kernmannschaft unterstützen. Irgendwie war der Typ Bichlmaier jedoch von Anfang an unangenehm gewesen, und er war sich nicht sicher, ob er ihn auf Dauer im Team haben wollte. Er fühlte sich unsicher in seiner Gegenwart, was wohl daran lag, dass ihn der junge Spund bislang weitgehend ignoriert hatte. Das war keiner, der voll Bewunderung zu ihm hochschaute.

Sein Blick ging zu den beiden anderen, den vertrauten Gesichtern. So sehen wir uns nach der langen Zeit wieder, dachte er. Für ihn war es eine Rückkehr aus dem düsteren Reich des Todes, während sie wohl kaum einen Gedanken darauf verwendeten, was dieser Tag für ihn bedeutete.

»Paul Gemsa, der Stadtrat, ist heute Morgen kurz nach vier auf einem Parkplatz in der Nähe der B 34 von einem Jogger tot aufgefunden worden. Wie es aussieht, ist er erwürgt worden.«

»Wer hat ihn gefunden? Ein Jogger? Um diese Uhrzeit?«

»Richtig, ein Jogger … oder besser gesagt, ein Junge, der dort auf seinen Freier gewartet hat. Er hat uns sofort informiert …«

»Was ist mit dem Jogger?«, fragte Haimerl fast ungläubig. Wie es schien, hatte er nicht so recht zugehört.

»Ein Stricher«, meinte Bichlmaier. »Muss noch vernommen werden. Aktuell besteht jedoch kein Tatverdacht.«

»War der Stadtrat vielleicht auch schwul?«

Bichlmaier zuckte mit den Schultern. »Keine Ahnung. Vielleicht.« Zu gerne hätte er gewusst, ob der alte Mann überhaupt noch so etwas wie ein Sexualleben gehabt hatte. Ob er nicht schon zu alt dafür gewesen war. Etwas betreten dachte er an seine eigene Situation. Wie lange, fragte er sich im Geheimen, war es bei ihm her, seit er mit einer Frau geschlafen hatte. Seit der Trennung von Marianne und dem Ausbruch der Krankheit … Eine verdammt lange Zeit. Zu lang.

»Ist der Fundort mit dem Tatort identisch?«, unterbrach die Stimme des Neuen seine trüben Gedanken. Eine klare und präzise Stimme, ziemlich arrogant. Der junge Mann hatte sich dabei leicht nach vorne gelehnt und betrachtete Bichlmaier intensiv. Sofort hatte der den Eindruck, dass der andere seine Gedanken lesen konnte, was ihm verdammt unangenehm war. Einen Moment lang musste er nachdenken, bis ihm der Name des neuen Kollegen einfiel. Hallmann hatte ihn vor zwei Tagen vorgestellt. Seitdem war er ihm nicht mehr über den Weg gelaufen. Thomas Bergström hatte Hallmann gesagt. Er erinnerte sich nunmehr vage. Auf jeden Fall ein nordischer Name. Wie aus einem Schwedenkrimi. Er nickte widerstrebend.

»Es sieht so aus. Der endgültige Bericht der Spusi liegt aber noch nicht vor.«

»Was wollte der Mann denn auf einem gottverlassenen Parkplatz, noch dazu ohne Auto?«, wunderte sich Haimerl.

»Gute Frage.«

»Könnte es sein, dass er mit einem Taxi gekommen ist? Oder dass er sich von jemandem abholen lassen wollte?«

Bichlmaier nickte. Natürlich, sie würden auch das überprüfen müssen.

»Hatte er denn überhaupt ein Handy bei sich«, hakte Haimerl nach, »... um jemanden anrufen zu können?«

»Wir haben eines in der Nähe des Tatorts gefunden. Wir wissen aber noch nicht, ob es Gemsa gehört hat. Wird gerade im Labor gecheckt.«

»Gibt es Zeugen, die ihm vor der Tat begegnet sind? Wanderer oder andere Jogger vielleicht?«, führte der Neue den Fragenkatalog weiter aus.

»Wir werden versuchen, all das festzustellen«, sagte Bichlmaier leicht genervt. »Noch wissen wir so gut wie nichts.«

»Paul Gemsa war ein wohlhabender Mann«, warf Britta ein, die bislang geschwiegen hatte. »Er soll einer der reichsten Männer in der Stadt gewesen sein. Ganz sicher hinterlässt er ein riesiges Vermögen.«

»Ja«, nickte Bichlmaier. »Davon habe ich gehört. Womit hat er denn sein Vermögen gemacht?«

»Ursprünglich mit Waffengeschäften und später mit

Immobilien. Und mit Bankgeschäften. Genaues ist allerdings nicht bekannt … Soweit ich weiß, ist er als Flüchtling nach dem Krieg in die Stadt gekommen.«

»Du solltest dir seinen Lebenslauf vornehmen. Da gibt es ganz sicher genügend Material. Vielleicht finden sich dunkle Punkte, an denen wir ansetzen können.«

Britta nickte. Sie liebte diese Art der Arbeit, bei der Hartnäckigkeit und Genauigkeit gefragt waren. Da konnte sie eintauchen in Facetten eines ihr unbekannten Lebens und darüber die Welt um sich herum vergessen.

»Gemsa war ein Hardliner, einer, der für Ordnung gesorgt hat«, wandte sich Bergström an Britta. Er sah, als er das sagte, an Bichlmaier vorbei.

»Viele mochten ihn nicht, wegen seiner politischen Einstellung … Ein scharfer Hund, der fortwährend nach Recht und Ordnung rief …«

Haimerl richtete sich in seinem Stuhl auf. »War er nicht auch ein hohes Tier bei einem dieser Vertriebenenverbände?«, fragte er.

Britta und der Neue nickten gleichzeitig. »Bei den Schlesiern«, bestätigte Britta. Bichlmaier sah, dass sie lächelte. Sie mag ihn, dachte er ganz erstaunt.

Er merkte, wie das Gespräch an ihm vorbeiplätscherte und zog sich in sich zurück, betrachtete den Neuen dabei voll Misstrauen. Was wohl hinter dem glatten, jungen Gesicht steckte? Hinter den abweisenden Augen? Nun, es würde sich zeigen.

»Wir müssen auch beim BND anfragen«, sagte er unvermittelt. »Vielleicht haben die etwas über Gemsa.«

Es klang skeptisch. Die anderen musterten ihn ganz erstaunt. Er wandte sich an Haimerl. »Schick ihnen doch eine Anfrage. Möglichst sofort.«

Haimerl gähnte, schälte sich aus dem Stuhl, zupfte an den Hosenbeinen, die an seiner Haut klebten, und machte sich auf den Weg zu seinem PC. Sein Gesicht zeigte, dass er das Ganze für höchst überflüssig erachtete. Besonders bei der Hitze. Er wirkte mürrisch, was aber niemanden zu kümmern schien.

Britta und Thomas Bergström grinsten einander an.

Die folgenden Stunden verbrachte Bichlmaier mit Routinearbeiten am Schreibtisch. Gegen vier Uhr trat Hallmann zu ihm ins Zimmer. Trotz der schwülen Hitze trug er ein Sakko, hatte jedoch auf eine Krawatte verzichtet. Er stellte sich ans offene Fenster und zündete sich umständlich seine Pfeife an.

»Tja, schön, dass du wieder zurück bist«, begann Hallmann. »Du warst lange weg.«

»Ja«, nickte Bichlmaier. »Verdammt lange.«

Es war auch nach Bichlmaiers Rückkehr offensichtlich geworden, dass sich ihr Verhältnis nicht normalisiert hatte. Noch immer stand etwas zwischen ihnen, das die frühere Vertrautheit unmöglich machte. Dieser Riss war da, seit sie sich damals beide um den Posten des Leitenden beworben hatten. Die meisten Kollegen hatten auf Bichlmaier gesetzt, aber es war anders gekommen, Hallmann hatte das Rennen gemacht ... Das war aber vor seiner Krankheit gewesen.

»Siehst gut aus. Was hast du denn die ganze Zeit über gemacht?«

»Nicht viel. Ich bin sehr oft zum Schwimmen gegangen, im Meer. Und ich hab viel gelesen. Marianne hat mir Rom gezeigt und die Berge um Frascati. Tja, und ich hab Wein getrunken und Spaghetti gegessen und den jungen

Italienerinnen nachgeschaut … Vor allem habe ich mir Zeit für mich selbst genommen.«

»Das klingt ja furchtbar«, meinte Hallmann, wobei er etwas wehmütig aus dem Fenster schaute.

»War es auch. Am Schluss hab ich richtig Heimweh gehabt.«

»Und Marianne?«

»Bleibt in Rom bei ihrem Vater«, antwortete Bichlmaier kurz.

»Na dann«, sagte Hallmann. Er zögerte und fummelte an seiner Pfeife herum. »Die Stadt hat sich verändert, während du weg warst«, fügte er schließlich hinzu. »Das wirst du bald merken.«

Eine Weile schwieg er und auch Bichlmaier war sich unsicher, was er sagen sollte. Hallmann starrte zur Decke, durch die Rauchschwaden hindurch, als würde er dort oben die Lösung seiner Probleme und wohl auch die der Stadt vermuten.

»Die Gewalt im Stadtgebiet hat in den letzten Monaten zugenommen. Eine Menge Tätlichkeiten, die wir nicht so recht in den Griff bekommen. Überwiegend Ausländer sind die Opfer, Türken, Russlanddeutsche und vielfach auch Farbige. Meistens Studenten von der Uni. Aber auch Gaststätten von Ausländern werden zerlegt.«

Bichlmaier nickte. Konnte nicht ganz einschätzen, was Hallmann von ihm wollte. Warum erzählte er ihm das? »Siehst du denn da einen Zusammenhang mit dem Mord an dem Stadtrat?«

Hallmann zuckte mit den Schultern. »Kann sein, aber da gibt es nichts Konkretes.«

»Ja, und habt ihr denn überhaupt keine Hinweise, wer hinter den Übergriffen stehen könnte?«

»Schon, es gab einige Hinweise, aber bislang ist alles irgendwie im Sand verlaufen.«

»Wie reagiert die Presse? Gibt es von dieser Seite keine Vermutungen?«

Hallmann winkte ab. »Da wird über alles Mögliche spekuliert. Aber die fischen auch nur im Trüben.« Er drückte die Tabakglut tiefer in den Kopf der Pfeife und fegte anschließend einige Tabakkrümel von seiner Hose. »Es wird gemutmaßt, dass die rechte Szene dahintersteckt. Es gibt einige Zeugenaussagen, die in diese Richtung deuten. Seit die Diskussion um die Erinnerungsstätte hochgekocht ist, gibt es immer wieder Umzüge und Veranstaltungen … Nicht nur hier in Regensburg allerdings.«

»Die Erinnerungsstätte. Ist wohl ein typisches Thema für das Sommerloch? Vielleicht ist einfach nur die verdammte Hitze schuld an allem.«

»Ja, vielleicht.«

Bichlmaier zog ein altmodisches Taschentuch aus der Hosentasche und wischte sich über die Stirn. »Was weißt du über Gemsa?«, fragte er, ohne weiter auf Hallmanns Sorgen einzugehen.

Der zog an seiner Pfeife und schaute vage in Bichlmaiers Richtung. »Gemsa? Nur wenig. Einer von den Erzkonservativen im Lande. Die graue Eminenz in seiner Partei und stinkreich. Der Mann war immer für einen Skandal gut. Hat sich aber in der Öffentlichkeit als Saubermann verkauft.«

»Skandale, sagst du. Was war da?«

»Junge Mädchen und Drogen«, antwortete Hallmann. »Wie es schien, war er auch sadistisch veranlagt. Irgendwann ist eines der Mädchen während eines Exzesses an einer Überdosis gestorben. Ein Unfall … Das Ganze wurde totgeschwiegen. Es gab keine Anzeige. Er tauchte unter, bis Gras über die Sache gewachsen war. Ist aber schon eine Ewigkeit her.«

»Wann war das?«

»Irgendwann in den 80er-Jahren.«

»Und seine Rolle in der Politik? Hat ihm der Skandal nicht geschadet?«

»Überhaupt nicht. Die Leute vergessen schnell. Außerdem ist er bald darauf als großer Gönner junger Künstler und als Kunstmäzen aufgetreten. Hat dazu mit Geld um sich geworfen und nebenbei auch noch die Vereine in der Stadt unterstützt. Das kam gut an. Später hat er sich bei der Schlesischen Landsmannschaft engagiert. Das war sein Einstieg in die Politik.«

»Und seine Frau? Er war doch verheiratet?«

Hallmann nickte. »Richtig. Er war zum zweiten Mal verheiratet. Eine ganz tragische Sache übrigens. Seine erste Frau hat versucht, sich selbst zu töten. Hat sich mit Benzin übergossen und angezündet. Niemand wusste so recht, warum. Aber auch da gab es Gerüchte.«

»Hat sie überlebt?«

»Das weiß ich gar nicht«, meinte Hallmann zögerlich. Dann klopfte er seine Pfeife geräuschvoll in Bichlmaiers Aschenbecher aus. Die Aschereste und Krümel, die er dabei großzügig auf der Schreibtischplatte verstreute, schienen ihn nicht zu stören. Mit einer Grimasse steckte er anschließend die immer noch heiße Pfeife in seine Jackentasche.

»Kannst du dir jemanden vorstellen, der Paul Gemsa so gehasst haben könnte, dass er ihn umgebracht hat?«, fragte Bichlmaier.

»Natürlich«, antwortete Hallmann. »Da gibt es viele Kandidaten.«

Bichlmaier stieg die Treppe zur Kriminaltechnik hinab. Vier Stockwerke tief bis in den Kellerbereich. Als er unten ankam, war er völlig durchgeschwitzt und dachte, dass er genauso gut den Aufzug hätte benutzen können.

Um in den Kernbereich der Labors zu gelangen, musste er durch eine Sicherheitsschleuse. Die Polizistin, die dort Dienst tat, lächelte ihn an. Hier unten war es dank der modernen Klimaanlage erstaunlich kühl. Sie hatte ihre Jacke abgelegt und Bichlmaier starrte einige Sekunden lang auf ihre Brüste. Er sah, dass sie fror. Als sie seinen Blick bemerkte, wandte sie sich ab.

In unmittelbarer Nähe des Eingangsbereichs befanden sich die Räume der Spurensicherung. Es hatte sich einiges verändert, seit er das letzte Mal hier gewesen war, und er hatte Schwierigkeiten, sich zu orientieren. Wie es schien, hatte man umgebaut und die Abteilung insgesamt vergrößert.

Der Mann, der ihm aus einem der Laborräume entgegenkam, war klein und rundlich, mit einer Stupsnase, und hatte kaum noch Haare auf dem Kopf. »Willkommen in der Unterwelt«, kicherte er und schüttelte Bichlmaiers Hand. Wolle Leyerer war seit einer halben Ewigkeit für die Spurensicherung im Dezernat für Kriminaltechnik tätig, ein ausgewiesener Experte.

»Wie geht's?«, fragte er und zog Bichlmaier dabei in eines der Zimmer.

»Gut«, erwiderte der und nickte, als wollte er sich selbst davon überzeugen, dass das auch stimmte.

»Womit wollen wir anfangen?«

»Was habt ihr über das Handy herausgefunden?«

»Nicht viel. Aber wir wissen, welche Nummer er als Letztes angerufen hat. Das war gestern gegen 17 Uhr.«

»Nun?«

»Eine Nummer hier im Festnetz.«

Bichlmaier wartete. Mach's nicht so spannend, dachte er, aber er verspürte keine Ungeduld.

»Sagt dir der Name Ella Spielmann etwas?«

Erstaunt blickte Bichlmaier auf den kleinen Mann. Ella Spielmann. Natürlich sagte ihm der Name etwas …

16

Angelo Hartmann war mächtig stolz auf die südländischen Wurzeln, die er seiner Mutter, einer rassigen, aber schnell verblühten Schönheit aus dem südlichsten Teil des italienischen Stiefels, verdankte. Als sie ihn vor knapp 30 Jahren in einem kleinen Dorf in Kalabrien, einem verarmten Küstenort, unter Schmerzen zur Welt brachte, hatte niemand geahnt, weder sie noch sein Erzeuger, ein gut aussehender deutscher Animateur aus dem nahen Robinson Club, dass aus dem kleinen Jungen mit den dunklen Augen und den schwarzen Locken einmal ein bayerischer Polizist werden würde, dem es mühelos gelang, die Herzen der Frauen und Mädchen in seiner Umgebung höherschlagen zu lassen.

Als er sieben gewesen war, hatte ihm ein betrunkener Rollerfahrer, der mit seiner Vespa ungebremst in eine Ansammlung junger Frauen gerast war, die Mutter genommen. Daraufhin hatte sein Vater Abstand genommen von dem unsteten Leben, das er bislang geführt hatte, und war mit dem Jungen nach Regensburg gezogen. Dort hatte er ihm ein Zuhause und seinen soliden deutschen Namen gegeben.

Angelo liebte das Leben und die Frauen, und nur manchmal, wenn er alleine war, überkam ihn eine leichte Traurigkeit. Da verfluchte er das strenge und schwermütige Leben in seiner neuen Heimat und etwas in ihm sehnte sich zurück nach der Leichtigkeit des Seins, von der er nur mehr eine vage Ahnung hatte.

An diesem Abend hatte er dienstfrei und er beschloss, zu Fuß in die Innenstadt zu gehen, um sich dort mit ein paar Freunden im Bischofshof zu treffen. Noch einmal warf er, ehe er die Wohnung verließ, einen Blick in den Spiegel, zufrieden mit dem, was er sah. Die dunklen Augen seiner Mutter lachten ihm entgegen. Er wusste, dass er ihre südländische Ausstrahlung geerbt hatte. Dann eilte er auf die Straße hinaus und reihte sich ein in den Strom der Menschen, die wie er auf die Innenstadt zustrebten.

Er war noch nicht lange unterwegs, als ihm an einer belebten Straßenkreuzung ein riesiger Trupp Fahnen schwingender, laut grölender Jugendlicher, unter denen sich auch eine ganze Reihe Vermummter befand, entgegenkam. Die Horde, es waren wohl an die 100 Leute, scherte sich nicht um rote Ampeln und den fließenden Verkehr oder die Fußgänger, sondern brach sich wild gestikulierend ihren Weg. Eigentlich sollten hier Polizisten in der Nähe sein, dachte Angelo, aber da war weit und breit keiner zu sehen.

In den Gesichtern der Passanten und Autofahrer spiegelten sich Abscheu und hilflose Furcht vor dem Mob.

Dessen Fratze war böse und hemmungslos, benebelt von Bierdunst und berauscht von dumpfem Schlachtgesang.

Keiner der Passanten konnte später genau sagen, wie es dazu kam, dass Angelo Hartmann mit einem Mal eingekreist war von kahl rasierten, Stiefel tragenden Marschierern. Die zogen ihn in ihre Mitte, und er wurde unfreiwilliger Teil des seelenlosen Zuges, mitgerissen wie von einer gewaltigen, todbringenden Welle, plötzlich jeglicher Bewegungsfreiheit beraubt. Verzweifelt versuchte er, sich gegen den Strom der Leiber zu stellen, doch schien gerade dies den Zorn des wilden Tieres zu entfachen. Unvermittelt wurden Bierflaschen geschwungen, ergoss sich braune, schmutzige Flüssigkeit aus zerberstendem Glas über seinen Kopf, vermischte sich mit seinem Blut und dem Geifer der entfesselten Kreaturen. Und während Angelo mitgerissen wurde und langsam zwischen den Stiefeln seiner Peiniger zu Boden sackte, entlud sich ein hasserfüllter Schrei, der tief aus dem Innersten des Monsters zu kommen schien: »Ausländer raus, Ausländer raus, Ausländer raus …!«

Eine ganze Strecke des Wegs wurde Angelos lebloser Körper noch mitgeschleift, bis der letzte Stiefel über ihn hinweggetrampelt war. Von Bier und Blut getränkt, blieb er schließlich gebrochen liegen, während das Monster unbeirrt seinen Weg fortsetzte, hin zur Fußballarena der Stadt, um dort ein wildes Sommermärchen zu feiern.

Der nächste Morgen im nahen Justizgebäude. Es war kurz vor 10 Uhr und es befanden sich etwa 20 bis 30 Journalisten im Raum. Außerdem Hallmann, Leipold, der Oberstaatsanwalt, und drei Fernsehteams mit Kameras und Scheinwerfern. Dazu Bichlmaier als der verantwortliche Ermittlungsbeamte. Er, Hallmann und Leipold saßen an einem lang gezogenen Tisch hinter den Mikrofonen der in- und ausländischen Nachrichtenagenturen. Das Medieninteresse war enorm und noch immer drängten Reporter in das Zimmer.

Die meisten der Journalisten mussten stehen, da offensichtlich nicht genug Stühle in den Tagungsraum gebracht worden waren. In dem viel zu kleinen Sitzungssaal herrschten ein fürchterliches Gedränge und eine angespannte Atmosphäre. Die Luft war schon jetzt verbraucht, und trotz geöffneter Fenster war kein Lufthauch zu spüren.

Hallmann blätterte nervös in einem dünnen Ordner, den er vor sich ausgebreitet hatte. Sein Kopf war hochrot. Bichlmaier, der neben ihm saß, lehnte sich in seinem Stuhl zurück und betrachtete die Anwesenden. Er schämte sich, ohne genau sagen zu können, warum. Er musste an den jungen Polizisten denken, der zu Tode geschlagen und getrampelt worden war. Seinetwegen waren sie hier versammelt und doch schien es ihm, als sei Angelo Hartmann in diesem Moment nur eine unwichtige Randfigur. Sein Tod war zu einem Medienereignis geworden.

Er schaute in die Gesichter der Journalisten, sah, wie sie schwitzten und begierig auf Einzelheiten warteten.

Anschließend erhob sich Leipold und eröffnete die Pressekonferenz. Er war nicht sehr groß. Ein gedrungener Mann mit einem Hang zum Rundlichen. Er war äußerst korrekt gekleidet, strahlte dabei aber eine etwas aufdringliche Eleganz aus.

»Meine Damen, meine Herren, wir sind erschüttert über das, was sich in unserer Stadt zugetragen hat. Ich kann Ihnen versichern, dass wir alles unternehmen werden, um die Hintergründe dieses … ähm … dieser verabscheuungswürdigen Tat aufzuklären.«

Er verbeugte sich leicht vor der Schar der Reporter, die ihn jedoch eher gelangweilt betrachteten. Fotos wurden gemacht, die Kameras zeichneten mit. Bichlmaier sah, wie einige der Presseleute gähnten. Erst als Leipold das Wort an Hallmann weitergab, kehrte die angespannte Aufmerksamkeit in den Gesichtern der versammelten Medienleute wieder.

»Meine Herren, stellen Sie Ihre Fragen«, begann Hallmann knapp.

Ein älterer Mann erhob sich. Bichlmaier kannte ihn. Ein Vertreter der örtlichen Presse. »Haben Sie bereits Hinweise zum Umfeld, aus dem die Täter stammen?«

Hallmann sah düster auf den Fragesteller. »Ja und nein«, antwortete er. »Wir kennen einen Großteil der jungen Leute. Eine Fangruppe, die bereits wiederholt auffällig geworden ist.«

»Inwiefern?«

»Es wurden von den Leuten in der Vergangenheit verschiedentlich Straftaten begangen, die sich bis dato allerdings immer nur gegen Sachwerte gerichtet haben. Brandstiftung an Fahrzeugen, Gewalt gegen Schaufenster etc. Das Übliche ...« Er zuckte mit den Schultern, als handelte es sich dabei um Bagatellfälle. »Es haben sich bei der gestrigen Tat allerdings auch Personen unter den Jugendlichen befunden, die nicht zu den uns bekannten Randalierern gehören. Hier laufen unsere Ermittlungen aber noch. Ergebnisse kann ich noch nicht bestätigen.«

»Stammen die Mitglieder der Fangruppe aus der Stadt?«

»Zum großen Teil ja, aber auch aus dem weiteren Umland von Regensburg.«

Bichlmaier sah, wie vor allem die jüngeren Journalisten

hastig Notizen in ihre Blöcke kritzelten. Einige der älteren saßen dagegen nur still da, ohne sich irgendwelche Aufzeichnungen zu machen. Die meisten Fragen, die im weiteren Verlauf gestellt wurden, konzentrierten sich auf die ausländerfeindlichen Aspekte der Tat. Auch Angelos familiärer Hintergrund wurde immer wieder angesprochen.

Als Nächstes erhob sich eine junge Frau, die in der ersten Reihe saß und Bichlmaier bereits aufgefallen war. Sie trug ein eng anliegendes, weit ausgeschnittenes Top und er hatte während Leipolds Begrüßungsrede gesehen, wie Hallmann ihr in den Ausschnitt gestarrt hatte.

»Woran ist der Polizist gestorben? Liegen die Ergebnisse der Obduktion schon vor?«

»Nein«, antwortete Hallmann. »Genaue Untersuchungsergebnisse gibt es noch nicht.«

Es klang, als würde er diese Tatsache in besonderem Maße bedauern. Daraufhin folgte eine lange und bedrückende Pause, in der niemand etwas sagte. Die Luft im Zimmer war sauerstoffarm und einige der Reporter richteten ihre Blicke sehnsüchtig auf die geöffneten Fenster, rutschten unruhig auf ihren Stühlen hin und her.

Was wohl in ihren Köpfen vor sich ging?

Ein junger Mann, der keinen Sitzplatz mehr ergattert hatte und in der Nähe des Ausgangs stand, meldete sich zu Wort. »Eine Frage an den Leiter der Ermittlungen«, begann er. »Herr Bichlmaier, sehen Sie zwischen dem gestrigen Vorfall und dem Mord an Paul Gemsa einen Zusammenhang?«

Die Köpfe der meisten Versammelten drehten sich sofort nach hinten zu dem Fragesteller um. Bichlmaier warf Hallmann einen überraschten Blick zu. Der tat unbeteilligt.

Bichlmaier zögerte kurz. »Das ist nicht anzunehmen«, meinte er dann. »Die Tatumstände sind doch sehr unterschiedlich ... Aber wir können natürlich auch nicht ausschließen, dass der Täter oder die Täter aus demselben Milieu kommen wie die Beteiligten im Fall Angelo Hartmann.« Er ließ die Worte im Raum stehen und nickte dem jungen Reporter zu, hatte aber den Eindruck, dass dieser mit der Antwort nicht zufrieden war.

Die nächsten Fragen richteten sich an Hallmann und Leipold, den Oberstaatsanwalt. Bichlmaier konnte sich wieder setzen. Er trank einen Schluck Wasser aus der Flasche, die vor ihm stand. Es war warm und abgestanden und schmeckte scheußlich. Er taxierte angewidert die Flasche und lehnte sich zurück. Versuchte, sich zu entspannen. Ein Gedanke begann sich dabei in seinem Kopf festzusetzen, der durch die Frage des Journalisten ausgelöst worden war. Sicher war es von geringer Wahrscheinlichkeit, dass die beiden auf den ersten Blick so unterschiedlichen Verbrechen etwas miteinander zu tun hatten, doch was, wenn dies doch der Fall sein sollte? Da war etwas, das er nicht so recht greifen konnte. Eher ratlos beschloss er, diesen Aspekt bei den weiteren Untersuchungen nicht aus den Augen zu verlieren.

Die Konferenz plätscherte in der Folge nur noch vor sich hin, und es schien, als genügten den meisten der Anwesenden die ihnen vorgelegten Informationen. Als jedoch aus dem hinteren Teil des Saals eine Frage nach eventuellen Zusammenhängen zwischen der Tat und dem geplanten Bau der Oskar-Schindler-Gedächtnisstätte gestellt wurde, erhob sich plötzlich aufgeregtes Gemurmel. Wieder war es der junge Journalist gewesen, der gefragt hatte.

Hier übernahm Leipold die Antwort, nachdem er sich

mit einem kurzen Blick mit Hallmann verständigt hatte. »Wir wissen«, verkündete er, »dass die geplante Erinnerungsstätte zu kontroversen Auseinandersetzungen in unserer Stadt und auch im Stadtrat geführt hat. Darüber zu spekulieren, ob diese Fragen zu der abscheulichen Tat von gestern geführt haben, erscheint mir zum jetzigen Zeitpunkt nicht sehr sinnvoll.«

Er schaute Zustimmung heischend in die Runde. Keiner der Anwesenden zeigte jedoch eine Reaktion. Auch das Gemurmel war sofort wieder verstummt. Und so war es wohl die bleierne, schier unerträgliche Hitze, die dafür verantwortlich war, dass keiner der Reporter weiter nachfragen wollte. Und auch der junge Mann schien Leipolds nichtssagende Antwort hinzunehmen.

»Nun denn, meine Herren«, meinte der nach einem kurzen Zögern und breitete die Arme aus, als wollte er den Versammelten den Segen erteilen. Daraufhin erhob sich erneut ein einvernehmliches Murmeln, ein Scharren von Füßen und ein Rücken von Stühlen, man sah allen Beteiligten an, dass sie froh waren, die Pressekonferenz durchgestanden zu haben.

Bichlmaier blieb noch eine ganze Weile sitzen. Er legte den Kopf nach hinten und blickte zur Decke. Erst als der Konferenzraum fast leer war, erhob er sich wortlos und ging hinaus.

Als er in sein Büro trat, bemerkte er zu seiner Verwunderung, dass der Neue auf ihn wartete. Er hatte auf der Couch Platz genommen, auf der Bichlmaier in früheren Jahren so manche Nacht verbracht hatte, wenn ihn ein Fall auf Trab gehalten hatte und er zu müde gewesen war, um nach Hause zu gehen.

»Hallo«, sagte Thomas Bergström. Er stand dabei auf und musterte Bichlmaier abwartend, der ihn wiederum fragend ansah.

»Hallo«, antwortete Bichlmaier nach einem kurzen Zögern. Es klang ziemlich steif. Er gab ihm die Hand. »Setz dich doch!«

Er wusste nicht so recht, was er sagen sollte, und kramte in den Papieren auf seinem Schreibtisch. »Scheißhitze«, brummte er dann. »Ich heiße übrigens Adolf. Wir duzen uns alle hier.«

Bergström nickte. »Thomas«, stellte er sich vor, ohne dabei zu lächeln. »Wie war denn die Pressekonferenz?«

»Ging so. Na ja …« Bichlmaier schüttelte den Kopf. »Das kann einem richtig zusetzen.« Sein Ton wurde härter. »Was es doch für verdammte Dumpfbacken gibt! Dröhnen sich die Birne voll mit Alkohol und trampeln und prügeln einen Menschen zu Tode, nur weil er nicht so beschissen aussieht wie sie mit ihren Glatzen.«

»Ist das jetzt unser Fall?«

»Was meinst du?«

»Na, die Sache mit dem Polizisten. Angelo …«

»Das ist hauptsächlich Routinearbeit. Die Kollegen vom LKA werden dies federführend übernehmen. Wir konzentrieren uns auf den Fall Gemsa. Allerdings ist es durchaus möglich, dass es dabei Überschneidungen gibt …«

Bergström warf ihm einen fragenden Blick zu.

»Unser Mörder ist eine Nebelgestalt, ein Phantom. Wir wissen nichts über ihn, über seine Herkunft, sein Leben, seine Gedanken … Er könnte also durchaus aus derselben Ecke kommen wie unsere Glatzen.«

»Wo ist da die Verbindung? Natürlich ist alles möglich. Aber ist das nicht ein bisschen wenig?«

»Sicher. Aber denk nur mal an Gemsa. Seine politische Einstellung. Vielleicht gibt es hier Ansatzpunkte, von denen wir noch nichts ahnen.«

Bergström nickte, aber er wirkte nicht überzeugt.

»Ich frage mich auch, ob diese Gedächtnisstätte in beiden Fällen tatsächlich eine Rolle spielt. Soweit ich weiß, hat sich Gemsa strikt dagegen ausgesprochen. Ich würde gerne wissen, warum er sich so sehr gegen den Bau gesperrt hat.«

Bergström zuckte mit den Schultern. »Dieser Schindler war eine sehr widersprüchliche Persönlichkeit. Bei vielen Leuten war und ist er sehr populär, von anderen wird er gehasst. Die wenigsten haben dabei bis vor einigen Jahren überhaupt von seiner Existenz gewusst. Eigentlich ist er erst durch den Film bekannt geworden. Jetzt ist es eher eine Frage der politischen Überzeugung, was man von ihm hält.«

»Warum dann überhaupt diese Erinnerungsstätte?«

»Die Idee kam von der jüdischen Gemeinde in Regensburg … Als Zeichen gegen rechts. Schindler ist eine Symbolfigur, weil er Hunderten von Juden während des Dritten Reiches das Leben gerettet hat.«

»Was heißt das konkret? Zeichen gegen rechts?«

»Es hat hier in Regensburg schon vor einiger Zeit eine Reihe von Anschlägen gegen Ausländer gegeben. Speziell gegen dunkelhäutige. Das ging vor etwa einem Jahr los. Es gab auch einige Aufmärsche von Neonazis. Und gegen diese Umtriebe sollte ein Zeichen gesetzt werden.«

»Und Gemsa?«

»Keine Ahnung. Aber es gibt Gerüchte, dass er der rechten Szene nahegestanden hat. Nichts Genaues.«

»War er denn ein Nazi?«

»Vielleicht in seinem Inneren. Er soll sehr gute Kontakte zu Holocaustleugnern gehabt haben, auch zu dieser Priesterbruderschaft in Zaitzkofen. Aber das sind alles nur vage Vermutungen.«

Bergström verstummte. Bichlmaier war überrascht, wie informiert der junge Mann war, und schämte sich fast ein bisschen wegen seiner eigenen Unwissenheit. Warum waren ihm diese Dinge nicht bekannt? Wie es schien, hatte er in dem Jahr seiner Krankheit den Bezug zum realen Leben etwas verloren. Er fragte sich aber, ob dieser Verlust nicht schon sehr viel früher begonnen hatte.

Mit dem Gesicht zum Fenster sitzt er da. Die Finger hat er ineinander verschränkt, sodass sie ganz weiß geworden sind. Seine Hände die eines Mörders. Kräftig sind sie, seine Hände. Voller Schwielen. Gut zum Zupacken …

Es sind die Hände seines Vaters.

Er kann sich aber weder an seinen Vater noch an seine Mutter erinnern. Zu lange ist es her, seit er sie verloren hat.

Er sieht zum Fenster hinaus, hinaus ins Licht, aber er nimmt es nicht wahr. Um ihn herum herrscht eine tiefe, immerwährende Dunkelheit.

17

Bichlmaier trabte die Straße entlang, spürte die Hitze unter seinen Füßen, die den Asphalt hatte weich werden lassen. Die Gegend um den Bahnhof herum wirkte trostlos, heruntergekommen und bar jeglicher menschlicher Wärme. Ein Gefühl von Verlassenheit überkam ihn. Die Menschen sprachen in diesen Tagen häufig über die Veränderung des Klimas, über eine globale Erwärmung, doch nur selten über die zunehmende Kälte in ihrem Leben. Diese Kälte hatte sich fast unmerklich eingeschlichen, hatte sich der Menschen bemächtigt und sie im Lauf der Jahre verändert.

Manchmal möchte man schreien, dachte er. Aber wenn man in die Gesichter der Menschen blickt, die um einen herum sind, sieht man nur ihre grellen, lachenden Masken. Und dann wagt man es nicht, seinen Zorn und seine Angst hinauszuschreien, und der Schrei richtet sich nach innen, bleibt ungehört.

Er bog in eine enge Seitenstraße ab. Links und rechts ragten die Gebäude nahezu fensterlos in den Himmel, sodass kaum Sonnenlicht einfiel. Es herrschte ein diffuses Zwielicht, das die Gasse noch enger erscheinen ließ.

Plötzlich trat aus einem der Häuserwinkel eine Frau auf ihn zu. Ihr Gesicht war stark geschminkt. Große, schwarz geränderte Augen lachten ihn spöttisch und doch voll Verheißung an. Bichlmaier versuchte, ihr ganz erschrocken auszuweichen, doch ihr aufreizender Körper drängte sich ihm in der Enge der Gasse entgegen, machte es ihm unmöglich, sich vorbeizuzwängen. Sie sagte etwas zu ihm, aber Bichlmaier sah in dem Moment nur, dass sich ihre Lippen bewegten. Er hörte nicht, welche Worte sie ihm zuflüsterte. Er starrte sie an und dabei regte sich unversehens eine unbeschreibliche Lust in seinem Körper, empfand er eine Begehrlichkeit, die aus einem anderen Leben zu kommen schien und alles andere ausschloss. Fast willenlos ließ er sich von ihr an der Hand nehmen und in eines der düsteren Häuser ziehen.

Hinterher wusste er nicht mehr so recht, wie er in die Wohnung der Frau gekommen und die Treppen hinter ihr hochgestiegen war, wie er sich seiner Kleider entledigt hatte und was dann passierte. Er wollte auch nicht darüber nachdenken.

Als er wieder zu sich kam, lag er neben ihr auf einem samtenen Bett, das lediglich von einem dünnen Laken bedeckt wurde. Es erschien ihm fast so, als würde er aus einem wilden Rausch erwachen.

Die Frau hatte sich halb aufgerichtet und musterte ihn von der Seite. Sie lächelte und zum ersten Mal drang er hinter ihre Fassade aus Puder und Make-up. Gleichzeitig nahm er die Feuchtigkeit auf ihrer Haut wahr und roch die Wärme ihres Atems. Eine wohlige Müdigkeit machte sich in seinem Körper breit.

»Na, das war aber dringend«, meinte sie trocken und stand auf. Er nickte und es war ihm überhaupt nicht peinlich.

»Du kannst ruhig noch liegen bleiben«, fügte sie hinzu, als sie aus dem Zimmer ging.

Erst nach einer Weile stand er auf und raffte Hose, Hemd und Wäsche zusammen, um sich anzukleiden, suchte nach seinen Schuhen, die er unter dem Fenster fand. Anschließend setzte er sich auf die Bettkante und wartete, bis sie wieder hereinkam.

Sie hatte sich in der Zwischenzeit umgezogen und das grelle Make-up abgelegt, sodass er sie im ersten Moment kaum erkannte. Er war erstaunt, wie jung sie war, und als sie an ihn herantrat, spürte er erneut eine Lust, die jedoch nicht mit der wilden, verzweifelten Begierde von vorhin zu vergleichen war.

»Wie viel …«, setzte er an, aber sie unterbrach ihn mit einer kleinen Handbewegung.

»Entscheide selbst. Lege es auf den Teller neben dem Ausgang.« Wieder lachte sie. »Wenn du willst, kannst du wiederkommen …«

Britta Merz las die umfangreichen Protokolle, die bislang im Fall Angelo Hartmann erstellt worden waren. Ein Papierberg, der sich auf ihrem Tisch stapelte. Sie saß am offenen Fenster, machte sich Notizen und lauschte dabei den Geräuschen von der Straße. Dumpf und gedämpft drangen sie zu ihr herein. Nur gelegentlich der schrille Ton einer Hupe.

Sie merkte, wie ihre Gedanken immer wieder abschweiften, während sie in den Abschriften von Verhören blätterte und die Fotos studierte, die man den Schriftsätzen beigelegt hatte. Welch verbohrte Hoffnungslosigkeit aus den Worten der Jugendlichen und aus ihren Mienen sprach, dachte sie. Dazu eine sinnlose Wut auf die Gesellschaft, für die die meisten nur Verachtung übrig hatten.

Jessy! Ob sie auch so fühlte wie diese Kerle? Sah sie auch alles so verdammt negativ? Sie wusste es nicht. Jessy war ihr im Lauf der Jahre fremd geworden. Vor allem, seit ihre Ehe mit Peter in die Brüche gegangen war. Ihre Tochter hatte es ihr nie verziehen, dass sie sich von ihm getrennt hatte. Hatte immer sie dafür verantwortlich gemacht. Obwohl er es gewesen war, der sie betrogen hatte …

Britta versuchte, die negativen Gedanken abzuschütteln, um sich auf ihre Arbeit zu konzentrieren. Dennoch blickte sie immer wieder auf die Uhr. Es war schon fast Mittag und sie verspürte einen gewaltigen Hunger. Noch eine halbe Stunde, dachte sie und quälte sich weiter durch ihre Akten.

Wenig später fiel ihr ein Foto in die Hände, das sie schon weglegen wollte, aus irgendeinem Grund aber doch genauer betrachtete. Ein junger Mann war darauf abgebildet, der ihr irgendwie bekannt vorkam. Das bislang einzige Gesicht an diesem Morgen, das ihr nicht völlig fremd war. Wo war sie ihm schon einmal begegnet? Sie saß ratlos da, zermarterte sich ihr Gehirn. Mit einem Mal kehrte die Erinnerung zurück. Es war schon eine ganze Zeit her. Da hatte sie ihn mit Jessy gesehen. Da hatte er allerdings noch keine Glatze gehabt. Natürlich! Sie war sich jetzt ziemlich sicher. Wo das allerdings gewesen war, wollte ihr nicht einfallen.

Verdammt noch mal, dachte sie plötzlich voll Panik. Was tust du nur, meine Kleine …

Als Bichlmaier aus der Haustür in den Halbschatten der Gasse trat, umfing ihn sofort wieder drückende Hitze, die sich in der engen Häuserschlucht richtiggehend aufgestaut hatte. An seinem trockenen Mund merkte er, wie durstig er geworden war. Unentschlossen blieb er stehen und sah an der glatten Mauer des Gebäudes, aus dem er gekommen war, hoch. Dann beschloss er, erst einmal zum Bahnhof zu gehen, um sich in der Bahnhofshalle ein Bier zu genehmigen. Er wollte nachdenken, wollte seine Gedanken wandern lassen. Ein Schluck Bier würde ihm guttun.

Er trank das herbe Gebräu mit hastigen Zügen. Sofort brach ihm Schweiß aus sämtlichen Poren und er fühlte, wie sein aufgeheizter Körper auf die Eiseskälte des Getränks reagierte. Er verspürte einen leichten Schwindel und einen kurzen stechenden Kopfschmerz.

Seine Gedanken gingen zurück zu dem, was er soeben erlebt hatte. Es hatte ihm gefallen und er verspürte keinerlei Bedauern. Dafür gab es auch überhaupt keinen Grund. Der Bulle und die Nutte, dachte er und lachte in sich hinein. Wie in einem schlechten Film. Was Marianne wohl dazu sagen würde? Immerhin hatte er sich richtig gut gefühlt und seine Einsamkeit eine Zeit lang vergessen.

Er sah sich um. Fast alle Stehtische in seinem Umkreis waren besetzt. Meist waren es einzelne Männer in seinem Alter, die vor sich hin stierten, ihre Biergläser fixierten, die Ellbogen aufgestützt. Wie es schien, waren auch sie allein, hatten auch sie niemanden, der ihnen half, das Leben zu ertragen. Vielleicht war ja Einsamkeit eines der großen Übel, die die Gesellschaft erfasst hatten, dachte er. Eine Krankheit, die das Leben der Menschen von innen aushöhlte.

Und vielleicht, so spann er den Gedanken weiter, waren die Jugendlichen, die Angelo, den jungen Polizisten, zu Tode geprügelt hatten, ebenfalls nur einsame, verlorene Kreaturen, denen ein notwendiges Maß an Geborgenheit fehlte. Möglicherweise waren auch sie nur Opfer einer kälter gewordenen Welt.

Aus irgendeinem Grund verwarf er den Gedanken

allerdings sofort wieder. Dachte stattdessen an die Frau von vorhin … Ob er sie wieder besuchen würde?

Er bestellte noch ein weiteres Glas Bier.

Über dem Eingangsbereich des alten Hauses, das seltsam geduckt zwischen den mächtigen Bürogebäuden des Bahnhofsgeländes seinen Platz behauptete und wie ein Relikt aus längst vergangener Zeit wirkte, war ein schlichtes Schild angebracht, auf dem ›Galerie Ella Spielmann‹ stand.

Bichlmaier suchte eine ganze Weile, ehe er neben der mächtigen Holztür eine altmodische Klingel fand, die zur Galerie gehörte. Er läutete und konnte im Inneren den dünnen Klang einer Glocke hören.

Es dauerte einige Minuten, bis die Tür geöffnet wurde und eine ältere Frau mit kurzen grauen Haaren erschien, die ihn mit großer Intensität musterte. Als sie ihn ansah, war ihm, als wollte sie in seine Seele hineinsehen. Einen Moment lang fühlte er sich, als sei er diesem Blick nicht gewachsen. Es war ein Blick voll tiefer Furcht, aber doch auch einer, in dem Klarheit und Würde lagen. Ob er der Kriminalkommissar sei, der angerufen hatte, wollte sie wissen, ehe sie die Tür freigab. Er hielt ihr seinen Dienstausweis hin, doch sie schien ihn kaum zu beachten.

»Frau Spielmann?«

Sie nickte und er trat in eine Art Vorraum, von dem aus eine breite Treppe in ein lichtes Obergeschoss führte.

»Kommen Sie«, raunte sie ihm zu und schloss die Tür hinter sich. Dann führte sie ihn in ein links neben dem Treppenaufgang befindliches Zimmer. Dieses war ungewöhnlich groß und düster.

Er war überrascht, da er einen lichtdurchfluteten Raum erwartet hatte, nicht aber ein Zimmer, das von riesigen Bücherwänden dominiert wurde und fast ohne Lichtquellen auskam.

»Die Galerie befindet sich in den oberen Stockwerken«, erklärte sie. Wie es schien, hatte sie seinen erstaunten Gesichtsausdruck bemerkt. »Hier, in diesem Raum, hat mein Großvater gelebt und auch ich ziehe mich hin und wieder hierher zurück, wenn die Welt zu laut wird. Den Zugang nach oben habe ich erst nachträglich einbauen lassen … Hier ist alles unverändert.« Sie bot ihm Platz an und setzte sich selbst so, dass ihr Gesicht im Schatten lag. Sie schwiegen.

»Ist Paul Gemsa jemals in diesem Zimmer gewesen?«, begann er schließlich und registrierte, dass die Frage sie überraschte.

»Ja«, antwortete sie nach kurzem Zögern. »Aber das ist schon viele Jahre her. Damals waren wir fast noch Kinder.«

»Und seitdem?«

»Nie mehr.«

Eine Sekunde lang dachte Bichlmaier, sie würde fortfahren, aber sie beließ es bei der schroffen Antwort.

»Haben Sie des Öfteren mit ihm telefoniert?«

»Ich telefoniere selten. Auch nicht mit Paul.«

»Er hat Sie aber kurz vor seinem Tod angerufen, nicht wahr?«

Sie nickte. »Ja, das stimmt wohl. Er kam aber nicht mehr dazu, mir mitzuteilen, was er wollte. Die Verbindung brach plötzlich ab und da habe ich aufgelegt.«

»Ist Ihnen dabei etwas aufgefallen? Etwas, das er gesagt hat? Oder ein Geräusch?«

»Nein. Ich sagte doch, er hat sich gemeldet, aber das war alles.«

Bichlmaier zog einen kleinen Notizblock mit Bleistift aus der Tasche, aber er wusste nicht so recht, was er schreiben sollte.

»Erzählen Sie mir von Paul! Wie war er, als Sie ihn kennenlernten? Damals, als Sie noch Kinder waren.«

»Das ist lange her. Mehr als 60 Jahre. Ich kann mich kaum noch erinnern …«

Er ahnte, dass sie ihm auswich, und wartete einfach ab. Nach einer Weile schien sie zu resignieren und setzte zu einer Antwort an.

»Paul war etwas älter als ich«, gab sie widerstrebend an. »Er war schon fast ein Mann. Und er war ein sehr trauriger Junge. Er hat seine Eltern sehr vermisst. Die waren in ihrer Heimat in Schlesien geblieben, weil sie schon alt waren. Zu alt, um zu fliehen. Paul hat immer Angst gehabt, dass die Russen sie töten würden … Auch um seine Schwester hat er sich Sorgen gemacht, und um ihr neugeborenes Kind. Es hat damals geheißen, die Russen würden alle deutschen Mädchen, die nicht geflohen waren, vergewaltigen. Darum ist er vielleicht so geworden, wie er als Mann war. Er hat die Russen gehasst, ein Leben lang. Die Russen und den Kommunismus.«

»Und die Juden?«

Ella Spielmann zuckte mit den Schultern. »Das weiß ich nicht.«

Bichlmaier warf ihr einen kurzen Blick zu. Wartete, dass sie weiterredete, aber sie war wieder verstummt.

»Haben Sie sich gut gekannt? Sie und Paul?«

»Damals ja, aber irgendwann ist er weggegangen aus Regensburg. Und als er zurückkam, war alles anders.«

»Inwiefern?« Bichlmaier lehnte sich nach vorne, um ihre Augen zu sehen, die mit der Dunkelheit des Raumes verschmolzen waren.

»Er hatte sich verändert«, meinte sie dann. »Es lagen ja viele Jahre dazwischen … und er hatte geheiratet.«

»Und Sie haben sich nie mehr getroffen, nachdem er wieder in die Stadt zurückgekehrt war?«

»Nie mehr«, bestätigte sie.

»Kannten Sie seine Frau?«

»Nein.«

Was war nur zwischen diesen beiden Menschen vorgefallen, rätselte Bichlmaier. Er wandte den Blick von seiner Gesprächspartnerin ab, ließ ihn suchend durch den Raum schweifen, über die Rücken der Bücher, die bis zur Decke hoch gestapelt waren. Dabei fühlte er mit einem Mal eine leichte Schwäche, was wohl von dem Bier kam, das er viel zu hastig getrunken hatte. Als er seine Augen wieder auf den Sessel richtete, in dem die alte Spielmann saß, sah er darin die andere, die Frau von vorhin, die Frau aus der Gasse, die sich nackt und schamlos in dem plüschbezogenen Sitzmöbel räkelte und ihn aus spöttischen Augen anlachte. Wieder fühlte er sich seltsam erregt.

»War Paul Gemsa homosexuell veranlagt?«, fragte er schnell, wie um sich von sich selbst abzulenken. Das Bild der lasziven Frau verschwand und an seine Stelle trat das Gesicht eines schmächtigen Jungen. Bichlmaier erinnerte sich an den Jogger, der die Leiche entdeckt hatte.

»Nein. Ganz bestimmt nicht.«

Was sie nur so sicher machte? Er sah sie an. »Hatten Sie ein Verhältnis mit ihm? Damals, als Sie beide jung waren?«

»Nein«, sagte sie und er glaubte ihr. Dennoch war er

sich sicher, dass zwischen den beiden etwas passiert war, das zu einem tiefen Bruch geführt hatte.

Bichlmaier rutschte unruhig auf seinem Stuhl hin und her. Er spürte, dass er nicht recht weiterkam. Er strich sich über die Stirn und bemerkte den Schweißfilm, der sich darauf ausgebreitet hatte. Er beschloss, das Thema zu wechseln und auf einen weiteren Aspekt einzugehen, der ihm wichtig schien. »Sie haben sich in der Öffentlichkeit für die Oskar-Schindler-Gedächtnisstätte starkgemacht. Warum?«

»Mein Vater hätte das gewollt«, antwortete sie. Und nach einem kurzen Zögern fuhr sie fort: »Und meine Mutter auch.«

»Wie war denn dieser Oskar Schindler?«

Ella Spielmann lehnte sich in ihrem Sessel nach vorne, sodass ihr Gesicht unversehens ins Licht rückte. Ihre Augen waren groß und dunkel. Er sah, dass sich ihre Hände ineinander verkrampft hatten, sie sich dennoch mühte, ihm zu antworten.

»Oskar Schindler war die Sonne, er war jemand, den man nicht beschreiben kann. Er war unser Schutzengel, unsere einzige Hoffnung, unser Leben … Es gelingt mir nicht, ihn in Worte zu fassen, Herr Kommissar.«

»Sie haben ihn also gekannt?«

»Ja«, nickte sie und Bichlmaier sah, wie die Erinnerung zu ihr zurückkam. Er erhielt eine Ahnung von der unsäglichen Angst, die ihre Augen weitete. In diesem Augenblick saß keine alte Frau vor ihm, die ihr Leben gelebt hatte, sondern ein zutiefst verschrecktes und verstörtes Kind.

»Ja, ich habe ihn gekannt. So wie man einen Gott kennt, der weit, weit weg ist, dem man trotzdem alles sagen kann, was einen bedrückt.«

»Waren Sie denn eine von den Schindler-Juden? Hat er Ihr Leben gerettet?« Bichlmaier spürte die Banalität seiner Frage angesichts des Schicksals der Frau und er schämte sich dafür, sie überhaupt gestellt zu haben; er schämte sich auch dafür, dass er nun vor ihr saß und sie im Namen eines neuen deutschen Staates verhörte, und wegen all dem wusste er nicht, ob es für sie beide überhaupt eine gemeinsame Sprache gab, derer er sich bemächtigen durfte.

»Oskar Schindler hat meinem Vater das Leben gerettet und auch mein bisschen Leben hat er nicht verkommen lassen«, erwiderte sie. »Dafür bin ich ihm dankbar.«

Bichlmaier nickte und registrierte, wie sie sich daraufhin wieder in die Dunkelheit des Zimmers zurückzog. Sein Blick folgte ihr und es schien ihm einen Moment lang, als sehe er dort in der Schwärze des Raumes einen kleinen Mann, der sich gerade mit einem großen karierten Taschentuch über die Stirn wischte und aus der Dunkelheit heraus zur Tür hinkte ... Verwirrt kniff er die Augen zusammen. Er fühlte, wie ihm übel wurde.

»Kommen Sie, Herr Kommissar«, riss ihn da die Stimme der Frau aus seiner Trunkenheit. »Ich zeige Ihnen die Bilder meines Lebens.«

Er hatte von ihrer Sammlung gehört, einer einzigartigen Kollektion des Grauens. Die Spielmann-Bilder galten als ein Zeugnis für den Horror des 20. Jahrhunderts und waren weit über die Grenzen Regensburgs hinaus bekannt geworden.

Er erhob sich, wobei er einen leichten Schwindel spürte, und Ella Spielmann führte ihn aus dem Raum, in dem vor langer Zeit ihr Großvater gelebt hatte. Aus der Dunkelheit heraus stiegen sie in den lichten Bereich der Galerie hoch.

Als er in der sonnendurchfluteten Kuppel stand und vor die einzigartigen Exponate trat, da gab er sich ganz dem magischen Spiel menschlicher Kunstfertigkeit hin, ließ sich aus der Helligkeit des Seins in die Abgründe der menschlichen Seele entführen. Jedes einzelne der Bilder war dem Thema Angst gewidmet, jedes einzelne ein Ausdruck tiefster Verstörtheit. Er spürte, wie ihn die Gemälde und Zeichnungen in sich hineinzogen und ihn teilhaben ließen an dem, was den meist unbekannten Künstlern begegnet war.

›Wer Augen hat zu sehen, der sehe …‹, stand auf einem schlichten Blatt in der Mitte des Raums.

Als Adolf Bichlmaier seine Fahrt durch die Geisterbahn des Lebens beendet und er anschließend den Raum durchmessen hatte, nahm ihn die Frau an die Hand und führte ihn zu einer unscheinbaren Tür, die er gar nicht bemerkt hatte.

In dem Raum, in den er nun trat, war nur ein einziges Bild zu sehen. Es war klein und düster, über die Jahre wohl mehrfach gefaltet, eher eine Skizze.

»Was ist das?«, fragte er ganz erstaunt.

»Damals im Lager konnten wir nicht über das sprechen, was uns solche Angst bereitet hat. In den dunklen Nächten, wenn wir wach gelegen sind. Da haben wir versucht, zu zeichnen, wovor wir uns gefürchtet haben. Das Böse.«

Bichlmaier nickte, als würde er verstehen.

»Ich habe mein ganzes Leben lang versucht, dieses Bild loszuwerden. Aber ich trage es noch immer bei mir.«

»Warum?«, fragte Bichlmaier.

»Weil das Böse noch immer unter uns ist.«

Auf dem Rückweg zu seinem Auto eilte er wieder durch die enge Gasse, in der ihn die Frau angesprochen hatte. Er blieb vor dem Gebäude mit der glatten Mauer, die bis in den Himmel zu reichen schien, stehen, schaute an der fensterlosen Front empor. Doch er wartete vergeblich …

18

Am nächsten Tag hatte sich das Wetter geändert. Über Nacht hatte es abgekühlt, auch wenn es nach wie vor unerträglich schwül war. Eine Regenfront, die aus dem Westen gekommen war, hatte sich aufgebaut. Dunkel und drohend stand sie über der Stadt und die Menschen warteten nun sehnsüchtig, dass es endlich regnete.

Britta Merz trat in die Küche. Sie hatte fast die ganze Nacht wach gelegen. Mehrere Male war sie aufgestanden, hatte sich ans Fenster gestellt und beobachtet, wie der kräftige Wind dunkle Wolken herangeschoben hatte. Das Bild des Jungen mit der Glatze hatte sie dabei verfolgt. Erst gegen Morgen war sie in einen unruhigen Schlaf gefallen. Zum Glück musste sie heute nicht zum Dienst.

Auf dem Tisch lag die Zeitung. Sie war noch aufgeschlagen. Britta ging hin, es interessierte sie, zu sehen, was Jessy gelesen hatte. Ein groß aufgemachter Artikel über fast die gesamte Seite. Sie starrte auf die Fotografie neben dem mehrspaltigen Text. Ein aalglattes Gesicht mit fettem, nach hinten gekämmtem Haar. Dr. Simon Richter, einer der jungen Stadträte. Sie konnte diese ehrgeizigen Karrieristen nicht ausstehen.

Neben der Zeitung die Reste von Jessys Frühstück. Mit ihren 17 Jahren hielt sie es nicht für nötig, Ordnung zu schaffen. Britta seufzte. Sie wusste, dass bei der Erziehung ihrer Tochter vieles schiefgelaufen war. Was ja wohl auch an ihr selbst lag … Sie dachte an Peter, Jessys Vater, der sich um sein Mädchen so gut wie nicht kümmerte. Und doch verehrte ihn Jessy, bewunderte ihn auf eine Weise, die Britta zuwider war. Verdammt, dachte sie. Alles bleibt nur an mir hängen … Was für ein Scheißleben.

Gedankenverloren räumte sie das gebrauchte Geschirr weg, setzte Kaffee auf und stellte ihre Lieblingstasse auf den Tisch. Der Kaffee würde ihr guttun. Dennoch wurde sie ihrer inneren Unruhe nicht so recht Herr. Die Gedanken der Nacht wirkten nach. Britta warf einen Blick auf die Kaffeemaschine, die vor sich hinblubberte, dann ging sie zu Jessys Zimmer. Die Tür stand offen. Wie immer. Früher war sie ab und zu hineingehuscht und hatte Jessys Handy überprüft oder ihre E-Mails. Nur zur Sicherheit. Als Mutter musste man einfach Bescheid wissen. Aber es war nie etwas gewesen und hinterher hatte sie sich immer geschämt.

Auch jetzt verfluchte sie ihren Hang, anderen zu misstrauen. Sogar ihrer eigenen Tochter. Vielleicht kam das daher, dass sie Polizistin war. Sie war sich aber nicht sicher. Energisch schob sie die Tür weiter auf. Dieselbe Unordnung wie immer. Im ganzen Raum lagen Kleidungsstücke verstreut. Sie war drauf und dran, Hand anzulegen, um die gröbste Unordnung zu beseitigen, ließ es aber doch sein.

Auch auf dem Schreibtisch herrschte ein unbeschreibliches Chaos. Dennoch stach ihr die weiß-blaue Hochglanzbroschüre sofort ins Auge. Parteienwerbung. Was zum Teufel ist das?, dachte sie. Seit wann interessierte sich ihre Jessy für Politik? Sie griff nach dem Pamphlet. Unter dem Logo der Partei wieder das arrogante Gesicht des Dr. Simon Richter. Quer über dem Foto eine handschriftliche Widmung. ›Von Simon für Jessy.‹ Was zum Teufel …

»Was tust du da, Mama? Warum schnüffelst du in meinen Sachen?«

Jessy! Ihre Stimme voll Empörung. Die Augen blitzten.

Sofort fühlte sich Britta schuldig. Sie hatte mit Jessy nicht gerechnet. Wo kam sie denn gerade jetzt her? Es gab aber nichts zu erklären. Warum sollte sie denn nicht im Zimmer ihrer Tochter sein? Außerdem, so sagte sie sich, Angriff ist die beste Verteidigung.

»Was ist das?« Sie hielt die Broschüre hoch.

»Nichts. Gib her!«

»Interessierst du dich für Politik?« Ihre Stimme hatte amüsiert klingen sollen, aber sie konnte ihre Besorgnis nicht ganz unterdrücken. Immer wieder hatte sie den Jungen mit der Glatze vor Augen. Was hatte Jessy mit diesen Möchtegern-Nazis gemein, die auf den Straßen lärmten und hinter irgendwelchen anonymen Rattenfängern herliefen? Und jetzt diese Widmung. Von dem jungen Schnösel. Gerade in ihm sah sie einen dieser Rattenfänger. Elegant verpackt im Nadelstreifenanzug. Einer, dem die Schlagzeilen gehörten …

»Warum klingst du so komisch?«

Jessys Stimme war ungewöhnlich sanft. Britta zuckte mit den Schultern. »Ich bin nur müde.«

»Was ist los, Mama?«

»Nichts.«

Eine Weile schwiegen sie beide. Dann konnte Britta nicht mehr an sich halten. Sie ging in die Diele und kam mit dem Foto des Jungen wieder. Sie hatte es im Büro eingesteckt.

»Wer ist das?« Sie hielt ihrer Tochter das Bild unter die Nase und wartete. Jessy blickte sie ganz verständnislos an, so als wüsste sie nicht, warum sich ihre Mutter so aufregte.

»Das ist Steppke. Eigentlich heißt er Stefan Mutzke, aber die meisten sagen Steppke zu ihm.«

»Woher kennst du ihn?«

Jessy überlegte. »Von einer Party bei Dr. Richter. Da waren eine ganze Menge Jungs dabei, unter anderem auch Steppke … allerdings ohne Glatze.«

»Was tust du denn bei diesem Dr. Richter?«

»Wir mischen die alten Säcke im Stadtrat auf.« Jessy lachte. Es klang hysterisch.

Es war gar nicht so einfach gewesen, mit Paul Gemsas Frau in Verbindung zu treten … Seiner zweiten Frau, hatte Bichlmaier sofort gedacht. Wie es sich herausstellte, verbrachte sie gerade eine längere Zeit bei ihrer Schwester, die in Amerika lebte. Irgendwo in der Nähe von Seattle. Er hatte Bergström noch am Tag, als sie Paul Gemsa gefunden hatten, damit beauftragt, die schlechte Nachricht per Telefon zu übermitteln. Er selbst hasste es, wenn er englisch sprechen sollte.

»Die Frau war nicht besonders betroffen von der Nachricht«, hatte sich Bergström hinterher gewundert. »Die weint ihrem Mann keine Träne nach.«

»Und wann kommt sie zurück nach Regensburg?«

»Irgendwann in den nächsten Tagen«, hatte Bergström darauf etwas irritiert gemeint. »Sie sagt, seit sie und ihr Mann getrennt lebten, hätten sie kaum noch Kontakt …«

Vor einer knappen Stunde hatte Renate Gemsa dann angerufen. Sie sei jetzt wieder zu Hause.

»Gut«, hatte Bichlmaier gebrummt. »Wir kommen vorbei.«

Dann hatte er aufgelegt, ohne eine Reaktion abzuwarten.

Das Haus, in dem Gemsas Witwe lebte, war noch ziemlich neu. Es strahlte Wohlstand aus, ohne protzig zu wirken. Zusammen mit Bergström ging er durch einen kleinen Vorgarten zur Haustür. Er läutete. Die Frau, die die Tür öffnete, war jünger, als er erwartet hatte. Noch keine 60, schätzte er. Damit musste sie deutlich jünger sein als der Ermordete. Sie duftete nach einem diskreten Parfum.

Bichlmaier stellte sich und Bergström vor, reichte ihr die Hand und sprach sein Beileid aus. Sie hob die Schultern, zeigte aber keine weitere Gefühlsregung.

»Danke.« Ihre Stimme war kalt und geschäftsmäßig und passte zu ihren Augen, die die beiden Polizeibeamten kühl musterten. »Was kann ich für Sie tun, meine Herren?«

Sie bot ihnen Platz an und sie setzten sich. Bichlmaier betrachtete ihre Hände. Es fiel ihm auf, dass sie keinen Ehering trug.

»Sie sagten, Sie lebten getrennt …«

»Ja. Unsere Ehe hat sich als ein Missverständnis herausgestellt, und da haben wir einvernehmlich die Konsequenzen gezogen. Schon vor geraumer Zeit.«

Bichlmaier nickte. Er sah, dass Bergström einen Notizblock hervorgeholt hatte und etwas notierte.

»Wie lange waren Sie denn verheiratet?«

Sie musste nicht nachdenken. »13 Jahre«, antwortete sie schnell. Sie wirkte dabei ernst und angespannt. Es waren wohl keine glücklichen Jahre gewesen.

»Handelte es sich dabei um Ihre erste Ehe?«

»Nein. Mein erster Mann ist bei einem Verkehrsunfall ums Leben gekommen.«

»Ihr jetziger Mann war auch schon einmal verheiratet. Hatte er noch Kontakt zu seiner ersten Frau?«

Einen Augenblick zögerte sie. »Keine Ahnung. Vielleicht. Wir haben nie darüber gesprochen. Ich weiß nur, dass sie irgendwo in einem teuren Sanatorium lebt … Seit sie einen Suizidversuch unternommen hatte. Der ist aber schon sehr lange her.«

Bichlmaier schaute sich im Zimmer um. Ein riesiges Wohnzimmer mit erlesenem Mobiliar. Alles vom Feinsten, dachte er.

Bergström hob die Augen von seinem Notizblock. »Können Sie sich einen Grund vorstellen, warum Ihr Mann getötet wurde?«, fragte er.

Renate Gemsa wandte den Blick zu Bergström. Bevor sie ihm antwortete, griff sie nach einem Zigarettenetui und zündete sich eine ihrer extralangen, dünnen Zigaretten an. Danach schlug sie die Beine provozierend übereinander, wobei ihr Rock ein gehöriges Stück nach oben rutschte. Sie fragte, ob es ihn stören würde, wenn sie rauchte. Ohne jedoch auf seine Antwort zu warten, blies sie ein paar Rauchringe zur Decke hoch.

»Nicht nur einen«, meinte sie schließlich. Zum ersten Mal lächelte sie. »Mein Mann hatte sehr viele Feinde. Er war immerhin Politiker und er hatte Geld …«

»Haben Sie und Ihr Mann Kinder? Oder gibt es Kinder aus erster Ehe?«

Sie durchschaute ihn sofort. »Sie wollen wissen, wer erbt.«

Bergström nickte und konzentrierte sich wieder auf seinen Notizblock. Er vermied es, zu Bichlmaier hinüberzusehen.

»Es wird sich zeigen, wer erbt. Und was Ihre Frage nach Kindern angeht – unsere Ehe ist natürlich kinderlos geblieben. Allein schon aus biologischen Gründen, wie Sie sich denken können … Ist vielleicht ganz gut so.«

Bichlmaier, der sich zurückgelehnt hatte, dachte über den letzten Satz der Frau nach. Was sie wohl damit meinte? Ob es ihr dabei um das Erbe ging? Aber noch ehe er dazukam nachzuhaken, hatte Bergström bereits seine nächste Frage gestellt.

»Hatte Ihr Mann Geschwister?«

»Soweit ich weiß, hatte er einen Bruder. Der ist aber nach dem Krieg verschollen. Er hat auch nie über ihn gesprochen. Es gab wohl auch eine Schwester, die kurz nach dem Krieg ums Leben gekommen ist. Aber auch darüber weiß ich eigentlich nichts …«

Das Gespräch stockte. Die Frau drückte ihre Zigarette aus und blickte auf die beiden Polizisten. Sie schien amüsiert.

»Hatte Ihr Mann besondere sexuelle Vorlieben?«

Bichlmaiers Frage traf sie unvorbereitet und es war

deutlich zu sehen, dass sie verärgert war. »Das geht Sie nichts an. Worauf wollen Sie denn hinaus?«

Bichlmaier lächelte entschuldigend, als sei es ihm unangenehm, solch private Fragen stellen zu müssen. »Hat er Sie geschlagen? Ich meine ... hat es ihn erregt, wenn er Sie geschlagen hat?«

»Nein, natürlich nicht!« Sie zündete eine neue Zigarette an und nahm ein paar hastige Züge. »Ich würde gern wissen, warum Sie das interessiert.«

»Tja«, sagte Bichlmaier. »Da gab es einen Vorfall in den 80er-Jahren, bei dem ein Mädchen ums Leben gekommen ist. Das war aber wohl vor Ihrer Zeit?«

»Davon weiß ich nichts.«

Bichlmaier sah, dass sie ehrlich verblüfft war.

»Ein Mädchen starb und es war die Rede von Drogen und Sexspielen, von Gewalt ...«

»Davon weiß ich nichts«, wiederholte sie. Sie runzelte die Stirn. »Das ist Unsinn. Paul war in dieser Hinsicht völlig normal ... In jeder Hinsicht.« Wieder sah sie verärgert und auch verwirrt aus. »Das sind bösartige Unterstellungen.«

Bichlmaier nickte. »Vielleicht ...« Dann starrte er eine Weile aus dem Fenster. Ließ ihr Zeit, noch etwas hinzuzufügen, aber sie schwieg.

»Der Leichnam Ihres Mannes wird in den nächsten Tagen freigegeben werden. Werden Sie sich darum kümmern?«

»Na ja«, entgegnete sie widerwillig. »Ich habe bereits Kontakt zu einem Beerdigungsinstitut aufgenommen, das sich all dieser Dinge annehmen wird. Ich selbst hasse diese Formalitäten. Mein Mann wird hier in Regensburg begraben werden. Es wird ohnehin ein öffentliches Ereignis. Der OB hat sich schon gemeldet ...«

Bichlmaier wartete kurz, ehe er seine nächste Frage stellte. »Was haben Sie von den politischen Ansichten Ihres Mannes gehalten?«

Erneut wirkte sie empört. »Darüber möchte ich keine Auskunft geben.«

»Sind Sie selbst politisch aktiv?«

»Nein.«

»Haben Sie mit Ihrem Mann über Politik gesprochen?«

»Natürlich. Er hat gesprochen und ich musste mir alles anhören …« Sie schnaubte vor Verachtung. Von der Kühle und der Distanz, die sie am Anfang des Gesprächs gezeigt hatte, war nicht viel geblieben.

»Es war immer wieder dasselbe. Er hat den Niedergang unserer Gesellschaft beklagt. Vor allem die Linken waren ihm ein Dorn im Auge. Er hat die Kommunisten gehasst und die Sozis … und die Studenten und die Ausländer, besonders die Schwarzen. Für ihn waren die Deutschen drauf und dran, moralisch zu verrotten.«

»Hat er je den Namen Ella Spielmann erwähnt?«

»Natürlich. Ich glaube, er hat sie auch gehasst. Sie war so eine Art Intimfeindin.«

»Weswegen?«

»Weil sie den Bau dieser Gedenkstätte unterstützt hat. Soweit ich weiß, kannte er sie aber von früher.«

»Warum wollte er denn unbedingt dieses Bauwerk verhindern?«

»Keine Ahnung. Das lag wohl an diesem Schindler. Den konnte er auch nicht ausstehen.«

»Warum, können Sie wohl nicht sagen?«

»Nein … Im Grunde genommen konnte er niemanden ausstehen.«

Bichlmaier schwieg und beobachtete Bergström, der auf seinen Block starrte und eifrig Notizen machte. »Haben Sie noch etwas, das uns vielleicht weiterhelfen könnte?«

Sie schüttelte vehement den Kopf.

»In diesem Fall haben wir vorläufig keine weiteren Fragen. Halten Sie sich aber bitte zu unserer Verfügung.«

An der Tür wandte er sich noch einmal zu ihr um. Er strich sich über die Nase, als würde er besonders intensiv nachdenken. »Hat Ihr Mann oft von der Vergangenheit gesprochen? Vom Krieg und von der Zeit danach?«

Sie sah ihn verständnislos an. Ohne auf seine Frage einzugehen, schloss sie die Tür.

Simon Richter wusste, dass seine Zeit bald kommen würde. Er hatte lange darauf hingearbeitet. Jetzt schien ihm plötzlich alles in den Schoß zu fallen. Welch ein Segen, dass jemand den alten Gemsa auf so unschöne Art und Weise ins Jenseits befördert hatte, dachte er bei sich. Es konnte nicht besser laufen.

Er war zu Fuß unterwegs, obwohl es nach einem ordentlichen Gewitter aussah. Aber schließlich war er Politiker. Da war es nun mal notwendig, den Kontakt mit den Menschen zu suchen. Sich unters Volk zu mischen. Gerade in der jetzigen Phase war es wichtig, Präsenz zu zeigen.

Er grüßte in alle Richtungen, registrierte, wie ihn die Passanten anstarrten, erkannten, zurückgrüßten. Natürlich kam er nicht bei allen gut an. Für viele war er so etwas wie ein rotes Tuch. Aber das war ihm völlig egal. Er hatte ein Ziel, und dieses Ziel galt es zu erreichen.

Da gab es einige in der Partei, die ihm Machtstreben vorwarfen und Nähe zum Rechtsradikalismus. Zum großen Teil waren das ältere Parteimitglieder, die sich um ihre Pfründe sorgten. Die ihn, den jungen Spund, mit Skepsis betrachteten. Was für ein Unsinn! Letzten Endes waren ihm politische Richtungen völlig egal. Was er wollte, war Erfolg. Und Erfolg würde er haben.

Wieder dachte er an Paul Gemsa. Der alte Mann hatte ihn gemocht, hatte ihm Möglichkeiten geboten, voranzukommen. Er hatte in ihm einen Sohn gesehen, jemanden, der so dachte wie er. Was für ein Idiot. Es war ein Leichtes gewesen, ihn in diesem Glauben zu bestärken. So hatte es dem Alten gefallen, als er zu Hause die Hakenkreuzfahne aufgehängt hatte und die Reichskriegsflagge. Dazu ein Bierchen unterm Hakenkreuz. Richtig gelacht hatte er, als er davon hörte …

Die Polizei tappte noch immer im Dunkeln, wusste nicht, wer den alten Mann erdrosselt hatte. Dabei war alles so offensichtlich. Er hatte es gleich gewusst. Gleich, als er davon gehört hatte. Was er nicht so recht verstanden hatte, war, warum man den alten Mann umgebracht hatte.

Am Anfang hatte er vorgehabt, der Polizei zu sagen, was er wusste. Doch dann war ihm klar geworden, welche Möglichkeiten sich ihm durch sein Wissen boten. Er musste seine Karten nur geschickt ausspielen. Er lächelte. Es war ein gutes Gefühl, den Schwachpunkt bei anderen Menschen zu entdecken, ihre Hilflosigkeit zu spüren, ihre Ohnmacht.

Simon Richter fühlte die ersten Tropfen. Er blickte nach oben. Bis zum Dom würde er es noch schaffen. Dort konnte er sich unterstellen, warten, bis der Regen vorbei war. Zur Not konnte er auch jemanden bitten, ihn abzuholen. Man würde es als eine Ehre betrachten.

Er hatte sich schon lange nicht mehr so gut gefühlt wie

in diesem Augenblick. Er beschleunigte seine Schritte, schaute sich um. Jetzt waren nur noch vereinzelt Menschen unterwegs. Nur noch wenige Meter bis zum Dom. Er schaute hoch zur Turmuhr.

Es war kurz nach 4 Uhr und er hatte noch genau 30 Stunden zu leben …

19

Um halb fünf regnete es bereits wie aus Kübeln.

Die Menschen in der Stadt schienen aufzuatmen, aber nur ganz allmählich löste sich der Druck, der auf jedem Einzelnen von ihnen während der langen Hitzewelle gelastet hatte.

Bichlmaier stand reglos am geöffneten Fenster seines Büros und blickte zu den dunklen Wolken hinauf, die tief über den Häusern hingen, langsam darüber hinwegzogen und sich dabei immer wieder zu mächtigen Gebilden auftürmten.

Sein Gesicht und seine Hemdbrust waren feucht von den Tropfen, die auf die Fensterbänke platschten und als feiner Wasserstaub zurückgeworfen wurden. Er schien jedoch nichts davon zu bemerken.

Ein Hauch von Melancholie hatte ihn erfasst, ohne dass er sagen konnte, warum das so war. Ihn durchströmte eine Sehnsucht nach Geborgenheit und gleichzeitig das Gefühl großer Vereinsamung, so wie er dies bei seinem Gang durch das öde Bahnhofsgelände empfunden hatte. Er wusste, dass er aufpassen musste, um nicht in eines der dunklen Löcher zu fallen, die ihm so vertraut waren.

Seine Gedanken wanderten und er dachte an die namenlose Frau, mit der er vor wenigen Stunden geschlafen hatte. Ihr aufreizender Körper stand unvermittelt vor seinen Augen und er wünschte, er könnte jetzt, in dieser Sekunde, eindringen in ihr warmes, feuchtes Fleisch, immer und immer wieder, und so mit dem Leben verschmelzen.

»Nachricht von Sam.«

Hallmann war eingetreten, ohne vorher angeklopft zu haben. Bichlmaier hatte ihn nicht gehört und wandte sich nun erschrocken um. Der Kriminaldirektor schwenkte triumphierend einen Bogen Papier.

»Du hast recht gehabt mit Gemsa«, grinste er und hielt Bichlmaier das Papier, ein Fax, unter die Nase. »Da gibt es tatsächlich eine Akte über unseren sauberen Herrn Stadtrat. Das hier ist soeben aus Pullach eingetroffen.«

Bichlmaier nahm das Fax an sich. Er erinnerte sich, dass er Haimerl den Auftrag gegeben hatte, eine Anfrage an den BND zu richten. Dabei wusste er gar nicht mehr, warum er das getan hatte. Es war ihm in diesem Moment aber auch egal.

»Was steht drin?«

»Nur, dass sie etwas über Gemsa haben. Genaueres können sie dir aber nur mitteilen, wenn du nach München kommst.«

»Sind die denn völlig übergeschnappt?«

Hallmann hob die Schultern. »Na, du kennst doch die Kollegen. Seitdem der Kalte Krieg vorüber ist, machen die doch aus jedem Furz ein Staatsgeheimnis.« Er grinste wieder, schien die Situation zu genießen. »Zur Not kannst du auch mit dem entsprechenden Sachbearbeiter telefonieren«, meinte er dann. »Hier ist die Durchwahl …«

Bichlmaier grunzte angewidert. Plötzlich spürte er, dass sein Hemd und sein Gesicht ganz nass waren. Am liebsten hätte er Hallmann in den Hintern getreten …

Er hatte sein Hemd ausgezogen und war in einen alten Pullover geschlüpft, den er vor ewigen Zeiten in seinem Büro liegen gelassen hatte. Die Wolle auf der nackten Haut kratzte und er fühlte sich unwohl. Dazu war ihm der Pullover viel zu groß und schlabberte an ihm herum.

Der Mann vom Bundesnachrichtendienst meldete sich mit sächsischem Zungenschlag. Zumindest kam es Bichlmaier so vor. Welche Ironie, dachte er. Der hat wohl einen Karrieresprung gemacht. Von der Stasi zum BND. Aber vielleicht war ja dieser Sprung gar nicht so groß gewesen. Die arrogante Stimme, die in sein Ohr drang, schien aus weiter Ferne zu kommen.

»Was habt ihr über Paul Gemsa in den Akten?«, fragte Bichlmaier ganz ohne Umschweife. Der Mann antwortete nur widerwillig.

»Aber mein Gutester, ich bitte Sie. Das kann ich Ihnen doch nicht am Telefon …«

Bichlmaier studierte seine Uhr. »Rufen Sie mich hier in der Dienststelle zurück, wenn Ihnen das sicherer erscheint. Verlangen Sie Kommissar Bichlmaier.«

»Na, ich weiß nicht.«

»Jetzt blasen Sie sich doch nicht so auf. Wir ermitteln hier in einem Mordfall und ich erwarte in den nächsten Minuten Ihren Rückruf.« Er knallte den Hörer auf die

Gabel und lehnte sich zurück. Nach exakt drei Minuten läutete das Telefon und Bichlmaier nickte zufrieden.

Der Mann aus Pullach wirkte noch immer etwas zugeknöpft, erklärte sich aber zumindest bereit, Bichlmaier die wesentlichen Informationen zu übermitteln. Na also, dachte der.

»Warum hat sich der BND denn nun mit Gemsa beschäftigt?«, wiederholte er die Frage von vorhin.

»Ihr Mann hat in den 80er-Jahren mit uns zusammengearbeitet. Nicht offiziell, aber es bestanden Kontakte …«

»Welcher Art?«

»Herr Gemsa ist bereits in den 60er- und 70er-Jahren im Waffengeschäft tätig gewesen und da haben sich natürlich die Interessen überschnitten. Wir wollten erfahren, an welche Kunden er verkaufte, und er bekam wohl so manchen Tipp von unserer Seite. Sie verstehen? Eine Hand wäscht die andere.«

»Ja, wir wissen, dass Gemsa Waffenhändler gewesen ist, nur …«

»Zuerst ja. Später eher Waffenlobbyist.«

»Was ist denn da der Unterschied?«

»Gemsa verkaufte nicht mehr direkt. Er stellte vielmehr Kontakte zwischen der Waffenindustrie und potenziellen Kunden im In- und Ausland her.«

»Worum ging es dabei?«

»Um Verkäufe von Hubschraubern, Airbusflugzeugen oder auch von Spürpanzern. Alles im großen Stil.«

Wie wird jemand Waffenhändler oder auch Waffenlobbyist, dachte Bichlmaier etwas verwirrt. Aber ehe er den Gedanken weiterverfolgen konnte, fuhr die Stimme aus dem fernen Pullach fort.

»Er hat auch Kontakte zwischen der Bayerischen

Staatskanzlei und großen Wirtschaftsunternehmen wie Thyssen hergestellt. Da ging es um wirklich ganz große Aufträge.«

»Wie kam denn Gemsa dazu? Woher hatte er die Verbindungen?«

»Das steht natürlich nicht in meinen Akten, aber es scheint, als sei er ein Verkaufsgenie gewesen, dem die Aufträge zugeflogen sind.«

»Gab es in geschäftlichen Dingen jemals Skandale, die an die Öffentlichkeit gedrungen sind?«

»Nein. In geschäftlichen Dingen war Gemsa absolut sauber. Er hat sogar seine Steuern bezahlt.«

»Und im privaten Bereich?«

»Da gab es in den 80er-Jahren einen Vorfall, der allerdings unter den Teppich gekehrt wurde … Übrigens auch mithilfe der Politik.«

»Was meinen Sie damit?«

»Wie ich schon gesagt habe: Gemsa hatte beste Kontakte. Auch zur Politik. Sein damaliger Mentor war die Nummer eins der bayerischen Politik … Sie verstehen?«

Bichlmaier nickte in den Hörer.

»Gemsas Feste mit der Prominenz waren damals legendär.«

»Was ist passiert?«

»Ein Mädchen ist bei einem seiner feuchtfröhlichen Feste ums Leben gekommen. Es wurde nie geklärt, was damals genau passiert ist. Offiziell starb sie an einer Überdosis.«

»Und inoffiziell?«

»Da wurde viel gemunkelt. Aber selbst die Medien hielten sich damals mit Spekulationen erstaunlich zurück.«

»Was also …?«

Bichlmaier konnte richtiggehend sehen, wie sich der Mann im fernen Pullach wand. Doch nach einem Moment des Zögerns rückte er dann doch mit seinen Informationen heraus.

»Das Mädchen ist nach einem ihrer Folterspiele erstickt. Sie war bis obenhin zugedröhnt und musste sich erbrechen. Von den Männern hat das keiner so richtig bemerkt … Die haben geglaubt, das gehört mit zu dem Spiel, und als sie ihr schließlich den Knebel entfernten, war es bereits zu spät.«

»Gibt es Namen? Wer stand damals auf der Gästeliste?«

»Keine Ahnung. Die Namen sind geschwärzt. Da komm selbst ich nicht ran.«

Erstaunlich, dachte Bichlmaier. Er ahnte aber, dass ihm der Kollege gesagt hatte, was er wusste. Hier weiterzubohren, würde nicht sehr viel bringen. Er beschloss, das Thema vorerst nicht weiterzuverfolgen.

»Wie lange war Gemsa denn als Waffenlobbyist aktiv?«

»Das endete mit dem Vorfall. Er musste damals Regensburg verlassen und als er wieder zurückkam, hat er die Branche gewechselt und sich vorwiegend politisch engagiert. Im kommunalen Bereich. Für uns war er von diesem Zeitpunkt an nicht mehr von Bedeutung.«

»Er wurde also seit dieser Zeit nicht mehr beobachtet?«

»Richtig. Er hatte für uns seine Bedeutung verloren …« Der Mann zögerte, fuhr aber doch fort. »Dazu kam, dass sein Förderer 1988 verstarb … Ganz in der Nähe von Regensburg übrigens.«

»Wer war denn dieser Förderer?«

»Der damalige Ministerpräsident. Strauß persönlich hat seine Hand über ihn gehalten.«

»Ich verstehe«, sagte Bichlmaier. »Starb der nicht während einer Hirschjagd in den fürstlichen Wäldern?«

»Richtig.«

Vielleicht gehörte auch Paul Gemsa damals zu der Jagdgesellschaft, ging es ihm kurz durch den Kopf, doch verwarf er den Gedanken sofort wieder.

Der Mann am anderen Ende der Leitung war verstummt und Bichlmaier begriff, dass er ihm wohl alles gesagt hatte, was über Gemsa in den Akten stand. Vielleicht aber wollte er ihm einfach nicht mehr mitteilen.

Eine Frage hatte der Kommissar zu Gemsas Biografie jedoch immer noch. Etwas, das ihm wichtig erschien. Offensichtlich hatten die Beobachtungen des BND frühestens gegen Ende der 60er-Jahre eingesetzt. Was aber war mit den Jahren davor? Was war in der Zeit unmittelbar nach 1945 passiert? Wo und wann hatte Gemsas Aufstieg zum einflussreichen Waffenhändler und -lobbyisten begonnen?

»Tut mir leid«, antwortete der Kollege aus Pullach, als Bichlmaier danach fragte. »Gemsa ist aus der Dunkelheit gekommen und erst durch Zufall in unser Fadenkreuz geraten. Was davor war …«

»Okay«, entgegnete Bichlmaier. »Danke für die Hilfe. Tut mir leid, wenn ich vorhin unfreundlich gewesen bin.«

Der Mann lachte nur. »Lass gut sein, mein Bester …«

Bichlmaier legte den Hörer auf und lehnte sich in seinem Sessel zurück. Eine Weile blieb er so sitzen und dachte über das nach, was er gerade gehört hatte. Dann nahm er einen Bogen Papier und schrieb die wesentlichen Fakten fein säuberlich auf.

Er saß über seine Aufzeichnungen gebeugt, als Britta an seine Zimmertür klopfte.

»Störe ich?«, fragte sie.

»Überhaupt nicht.«

Sie trat ein und nahm auf der Couch in der Zimmerecke Platz. »Ich hab was für dich«, sagte sie.

»Ja?«

»Gemsas erste Frau …«

»Was ist mit ihr?«

»Wir wissen jetzt, wo sie sich befindet. Es gibt da eine Spezialklinik südlich von München, in der Unfallopfer, die extrem geschädigt wurden und auf dauerhafte Hilfe angewiesen sind, betreut werden. Es scheint eine Einrichtung zu sein, die sich neben der rein körperlichen Rehabilitation vor allem um die psychischen Belange der Patienten kümmert.«

»Wie habt ihr sie gefunden?«

»Das war ganz einfach. Ich habe Kontakt mit ihrem früheren Hausarzt aufgenommen. Ein alter Mann, der längst nicht mehr praktiziert. Der wusste Bescheid.«

Bichlmaier lehnte sich zurück und verschränkte die Hände im Nacken. »Hat er eine Andeutung gemacht, was damals passiert ist?«

Britta schüttelte den Kopf. »Nein. Er hat sich auf seine ärztliche Schweigepflicht berufen, aber mich ermutigt, als ich ihm mitteilte, wir würden Kontakt mit seiner ehemaligen Patientin aufnehmen.«

»Hm, ich denke, wir sollten versuchen, mit ihr zu sprechen. Ich habe schon die ganze Zeit über diesen Selbstmordversuch von Gemsas Frau nachgedacht. Ich frage mich, was es bedeutet, wenn ein Mensch auf diese Weise sein Leben beenden will. Warum wählt jemand den Tod durch Feuer, diese extrem qualvolle Methode? Warum hat sie nicht einfach nur Tabletten genommen oder sich vor einen Zug geworfen?«

Brittas Antwort kam prompt. »Vielleicht war die Frau krank, vielleicht litt sie unter Depressionen und suchte nur nach einem Ausweg, ganz egal, wie der ausgesehen hat.«

Bichlmaier nickte. »Gut möglich. Was aber, wenn mehr dahintersteckt, wenn sie es ganz bewusst so gemacht hat? Wenn sie damit ein Zeichen setzen wollte?«

»Du meinst, sie wollte auf sich aufmerksam machen? Ein Hilfeschrei?«

Bichlmaier nickte. »Jeder Selbstmord ist ein Hilfeschrei. Das letzte Aufbäumen, bevor man akzeptiert, dass man allein ist …« Er bereute sofort seine Worte, fürchtete, etwas Unpassendes gesagt, zu viel von seinen eigenen Ängsten preisgegeben zu haben. Doch Britta schien nichts dabei zu finden.

»Könnte es sein, dass sie sich die Schmerzen zugefügt hat, um sich selbst zu bestrafen? So wie die Jugendlichen, die sich die Arme aufritzen.«

»Ja. Kann sein. Aber die wenigsten tun das, um sich zu bestrafen.«

»Sondern …?«

»Um sich zu erleichtern. Es ist eine Wohltat für sie, zu der auch der Schmerz gehört. Eine Art Ventil.«

»Wofür hat aber dann Gemsas Frau ein Ventil gebraucht?«

Bichlmaier zuckte mit den Schultern. »Vielleicht müssen wir gerade das herausfinden.«

Britta zog die Stirn kraus. »Siehst du denn überhaupt einen Zusammenhang mit dem Mord an ihrem Mann? Ist der Gedanke nicht eher absurd?«

»Ich weiß«, räumte er ein. »Es ist auch nur ein Gefühl. Aber du weißt, dass ich mich manchmal in solch unbedeutende Details verbeiße …«

»Denkst du, er hat sie misshandelt?«

»Gut möglich. Wie es scheint, hatte er sadistische Neigungen, die sich gegen Frauen richteten. Auch seine zweite Frau hat ganz eigenartig reagiert, als wir sie danach gefragt haben.«

»Es läuft mir kalt den Rücken hinunter, wenn ich mir vorstelle, dass er sie vielleicht so weit getrieben hat, dass …«

Bichlmaier blickte zur Decke. Eine Spinne hatte begonnen, sich an ihrem Faden herabzulassen. Knapp über Brittas Kopf hielt sie inne. Er beobachtete das Geschehen fasziniert: Was würde geschehen? In diesem Augenblick beugte sich Britta nach vorne und die Spinne schwebte wie von Geisterhand bewegt zurück zu ihrem Ausgangspunkt.

Bichlmaier stand auf. Er brauchte einen Kaffee. »Ich werde auf jeden Fall versuchen, mit der Frau zu sprechen. Wenn möglich, schon morgen.« Er ging zur Tür. Dort drehte er sich noch einmal um. Es wurde ihm plötzlich bewusst, wie unhöflich es war, Britta einfach sitzen zu lassen.

»Willst du auch einen Kaffee?«, fragte er sie. »Ich komme gleich wieder.«

Sie nickte.

»Was hältst du eigentlich von Bergström?«

Er wusste nicht, warum er sie danach fragte. Sie lachte.

»Ich mag ihn. Er ist ganz in Ordnung. Und mindestens so attraktiv wie du.«

Jetzt musste auch er lachen.

Im Haus ist es ruhig. Nur das Ticken eines alten Regulators aus dem Wohnzimmer ist zu hören. Die Geräusche von der Straße sind gedämpft, kaum wahrzunehmen. Nur wenn man sich bemüht, ist ein undeutliches, undefinierbares Summen zu hören, wie das immerwährende Rauschen des Meeres, das gegen die Ufer einer unbelebten Insel schlägt. Ihm ist es einerlei. Die Geräusche der Welt erreichen ihn ohnehin nicht. Er sitzt einfach nur an seinem Tisch und malt Farben in seine Bilder. Es ist ein Malbuch, wie es Kinder gerne verwenden, das vor ihm liegt. Neben ihm noch ein ganzer Stoß dieser Bücher. Darin sind die Umrisse von Tieren, von Märchengestalten und von toten, leblosen Dingen eingezeichnet. Immer wieder dieselben Motive. Er malt die Formen und Figuren aus. Mit größter Sorgfalt. Schon seit Stunden sitzt er da und malt. Mit seinen kräftigen, schwieligen Händen, die erstaunlich präzise arbeiten. Seine hellblauen Augen sind dabei mit Hingabe auf seine Motive gerichtet und doch wirken sie erschreckend leer.

Als es dunkel wird im Zimmer, erhebt er sich. Wenig später tritt er hinaus ins Halbdunkel der spärlich beleuchteten Straßen, wo er sogleich mit den hin und her eilenden Gestalten verschmilzt. Er trabt die Straßen entlang, den Kopf gesenkt, sodass sein Blick nur gelegentlich die Menschen, die ihm begegnen, streift.

Seine rechte Hand hat er in die Hosentasche gesteckt, wo sie einen länglichen schwarzen Gegenstand umschließt. Es ist ein Rasiermesser, wie es Friseure gerne verwenden.

Der Regen hat seit einigen Stunden nachgelassen, doch in den Unebenheiten der Straßen hat sich Wasser gesammelt. Er kümmert sich nicht darum, geht unbeirrbar seinen Weg.

Die Bebauung wird allmählich dichter und er nähert sich der Lichtglocke der Stadt. Auch hier wirkt jedoch alles wie ausgestorben, und selbst in der Innenstadt sind nur wenige Menschen unterwegs.

Der Mann tritt vor eines der alten Bürgerhäuser, die das Bild der Innenstadt bestimmen. Er bleibt kurz stehen, mustert die Fassade, die erleuchteten Fenster, und zieht sich daraufhin in den Schatten des Fußgängerwegs zurück. Dort ist eine kleine Bank. Er nimmt Platz und wartet.

Erst als es kurz vor 10 Uhr ist, erhebt er sich.

20

In seiner Wohnung in der Nähe des Franziskanerplatzes öffnete Simon Richter die Fenster des Schlafzimmers. Draußen war es ebenso still wie drinnen. Es hatte schon seit geraumer Zeit aufgehört zu regnen. Nur ganz leise war ein monotones Tropfen zu vernehmen. Regenwasser, das von den Blättern der Bäume auf feuchten, aufgeweichten Boden fiel.

Ein paar Atemzüge lang stand er am offenen Fenster

und sog tief die frische Luft der hereinbrechenden Nacht in seine Lungen. Noch immer fühlte er sich prächtig und eine erwartungsvolle Euphorie hatte ihn erfasst. Die Sitzung des Ortsverbandes war zu seiner Zufriedenheit verlaufen. Man würde nicht umhinkönnen, ihn als Kandidaten für die Wahlen zum Kreisvorstand zu nominieren. Da hatte der alte Gemsa noch gute Vorarbeit geleistet, dachte er. Und dann? Was würde dann kommen? Die Chancen standen gut. Als Kreisvorsitzendem würden ihm sämtliche Wege offenstehen. Über diese Schiene könnte er es in den Landtag, vielleicht bis in den Bundestag schaffen. Er holte erneut tief Luft und schloss die Augen. Du kannst es schaffen, flüsterte er, ohne dass sich seine Lippen dabei bewegten.

Dann öffnete er die Augen und blickte auf seine Armbanduhr. Jetzt konnte er sich ein bisschen entspannen. Er hatte es sich verdient … Der Junge würde bald kommen. Sollte er sich auch nur eine Minute verspäten, würde er es zu spüren bekommen. Er wusste, was er mit ihm anstellen würde. Der Gedanke erregte ihn, und er griff mit einer Hand in seine Hose und umschloss den Schaft seines steifen Glieds. Er stöhnte und drückte etwas fester zu. Kurz darauf schloss er die Fenster wieder und zog die dicken Vorhänge vor. Alles war vorbereitet.

Der Junge verspätete sich um fünf Minuten. Er wusste, was ihn dafür erwartete. Es war Teil des Deals.

Simon Richter ließ ihn herein, schloss die Wohnungstür und führte ihn in die Küche. Auf dem kleinen Designertisch in der Ecke hatte er zwei Lines vorbereitet. Das würde den Genuss noch erhöhen. Er beobachtete den Jungen, als dieser sich das weiße Pulver in die Nase zog. Der Junge war schlank und nicht sehr groß. Höchstens 17 Jahre alt.

Dann bediente auch er sich.

Die Glocken vom Dom waren in der Ferne zu hören. Vier Schläge für die volle Stunde und weitere zehn für die Uhrzeit.

»Du warst zu spät«, sagte er. »Ich muss dich bestrafen.«

Der Junge nickte. Die Wirkung des Kokains würde gleich einsetzen und alles wäre leichter zu ertragen.

Sie gingen ins Schlafzimmer. Richter ließ sich in einen der wuchtigen Ledersessel fallen. Das kalte Material fühlte sich gut an. »Zieh dich aus!«, befahl er dem Jungen. »Und dreh dich um! Ich will dein Gesicht nicht sehen.«

Er beobachtete ihn von hinten, während dieser sich seiner Kleidung entledigte. Sah ihm zu, wie er aus seiner Hose schlüpfte, die Unterwäsche ablegte und schließlich nackt dastand, den Kopf gesenkt.

»Ich werde dir eine Lehre erteilen.«

»Ja.«

Er trat hinter den Jungen. »Zieh das hier über!« Er reichte ihm eine Gummimaske. Der Junge stand da und wusste nicht, was er damit tun sollte. Richter riss sie ihm aus der Hand.

»Du dummer Idiot«, fauchte er. Grob zog er ihm die Maske über den Kopf. Sie war sehr eng gearbeitet und hatte nur eine winzige Öffnung, durch die der Junge kaum atmen konnte. Augen, Ohren und Nase waren bedeckt mit undurchdringlichem Latex. Richter hörte das erstickte Wimmern des Jungen unter dem Gummi, er spürte die Panik, die sein Opfer erfasst hatte.

Er merkte, wie seine Erregung wuchs.

Ehe es sich der Junge versah, hatte Richter ihn, der jegliche Orientierung verloren hatte, an die soliden, hoch aufragenden Pfosten seines Eisenbettes gezerrt und angekettet. Mit gespreizten Armen hing er da, den Kopf in verzweifelter Anstrengung, Luft zum Atmen zu bekommen, in den Nacken geworfen.

Simon Richter genoss den Anblick, das Zucken des gequälten Körpers. Das Keuchen. Er ließ sich Zeit. Langsam entkleidete auch er sich, wobei er sein Opfer nicht aus den Augen ließ. Er spürte, wie die Wirkung des Kokains immer mehr zunahm. Fühlte sich hervorragend. Er liebte dieses Spiel von Macht und totaler Unterwerfung. Das Hinauszögern bis zu einem Ende, das wie ein gewaltiger Fangschuss das Opfer erlöste.

Er blickte auf seine Erektion hinab.

Zitternd trat er hinter den Jungen. Er presste sein steifes, feuchtes Glied gegen die Pobacken des Jungen, bereit, einzudringen, als die Erregung zu groß wurde und er sich nicht mehr beherrschen konnte. Beschämt beobachtete er, wie es sich zuckend über dem Hinterteil des Jungen entlud. Das Sperma tropfte auf den teuren Teppich.

Von sinnloser Wut erfasst, schlug Richter auf den Jungen ein, den Zeugen seines Versagens. Wieder und wieder.

So kam es, dass er das leise Klicken der Wohnungstür nicht vernahm, nicht bemerkte, wie ein dunkler Schatten in die Diele hineinhuschte und die Tür hinter sich ganz leise wieder schloss.

Erst als Richter aufgehört hatte, auf sein Opfer einzuprügeln, spürte er, dass etwas nicht stimmte. Er wandte sich um, aber als er schreien wollte, war es bereits zu spät.

Mit einer einzigen Bewegung war das Rasiermesser durch seinen Hals gefahren, hatte Muskeln, Sehnen und Blutbahnen durchtrennt und die Luftröhre gekappt. So drang nur ein eigenartiges Gurgeln aus der Halsöffnung, während Simon Richter zu Boden sank. Erst als er dort lag, begann Blut aus der tödlichen Wunde zu spritzen.

Der Mann mit dem Rasiermesser bückte sich hinab zu Simon Richter, wobei er darauf achtete, nicht in die größer werdende Blutlache zu treten, und mit einem weiteren schnellen Schnitt trennte er den bereits erschlafften Penis vom Körper des Mannes.

Ehe er das Zimmer verließ, wandte er sich dem Jungen zu, der noch immer keuchend am Bettgestell hing. Fast zärtlich drehte er seinen Kopf zu sich herum, hob die Maske leicht an, schnitt mit dem blutbefleckten Messer durch den Gummi und vergrößerte das Loch, durch das der Junge atmete. Gierig füllte dieser daraufhin seine Lungen mit Sauerstoff, noch immer unfähig, zu sehen oder zu hören, was um ihn herum passierte.

Er spürte nur noch, wie jemand mit rauen, schwieligen Händen einige Male ganz leicht über seinen Rücken streichelte.

Der Tag hatte durchaus erfolgreich begonnen. Eine Funkstreife war zufällig auf das bislang vermisste Auto von Paul Gemsa gestoßen. Anders als Bichlmaier es vermutet hatte, war es nicht auf einem der Parkplätze in der Nähe des Tatorts abgestellt gewesen, auch nicht in der näheren oder weiteren Umgebung, sondern hatte sich zur Reparatur in einer Werkstatt befunden. Aus unerfindlichen Gründen hatte niemand in der Firma registriert, dass der prominente Besitzer des Fahrzeugs ermordet worden war, und so hatte der Wagen, ein teurer Mercedes, zur Abholung auf einem der Firmenparkplätze bereitgestanden.

Es blieb damit nach wie vor die Frage, wie Gemsa am Tag seiner Ermordung an den späteren Tatort gelangt war.

Bichlmaier seufzte. Er hatte sich von dieser Spur mehr versprochen, hatte gehofft, im Fahrzeug Hinweise zu finden, die ihnen weiterhelfen würden. Obwohl er nicht allzu viel davon erwartete, wies er Haimerl an, sich um den Mercedes zu kümmern und dafür zu sorgen, dass er kriminaltechnisch untersucht wurde. Sicher ist sicher, dachte er.

Er fühlte sich müde und ausgelaugt, regelrecht antriebslos. Dazu hatte er das Gefühl, dass sie sich mit ihren Untersuchungen im Kreise drehten. Vielleicht würde ja das Gespräch mit Gemsas erster Frau neue Hinweise bringen, etwas, wo sie einhaken konnten. Eher lustlos beschloss er, Kontakt mit dem Sanatorium aufzunehmen, in dem die Frau untergekommen war.

Er wollte gerade nach dem Hörer greifen und erschrak richtiggehend, als das Telefon in exakt demselben Augenblick klingelte. Ein schlechtes Zeichen, ging es ihm durch den Kopf, womit er durchaus recht hatte.

Jemand hatte die Leiche von Simon Richter gefunden. Wie es schien, befand sie sich in einem schrecklichen Zustand. Verdammt, dachte Bichlmaier. Noch ein toter Politiker.

Wieder war die Spurensicherung bereits vor Ort, als er und Bergström eintrafen. Auf einem Stuhl vor der Wohnungstür saß eine ältere Frau, die völlig verstört in die Luft starrte. Der junge Mann neben ihr war lediglich in eine Decke gehüllt, die er krampfhaft vor seiner Brust festhielt. Auf der Decke war das Wort ›Polizei‹ aufgedruckt.

»Frau Bilicyn hat die Leiche entdeckt«, wurde Bichlmaier von dem jungen Polizisten, der vor der Wohnungstür postiert war, informiert. Er war ganz käsig im Gesicht und Bichlmaier fürchtete, dass er sich gleich übergeben würde.

»Und das ist … ähm … Herr Kovacevic.«

Bichlmaier nickte. Er blickte auf die drei armseligen Gestalten und ahnte, dass das, was ihn in der Wohnung des Politikers erwartete, nicht besonders angenehm sein würde. Nach wie vor empfand er den Anblick von Menschen, die gewaltsam ums Leben gekommen waren, als äußerst belastend. Er wies Bergström an, die Personalien der Zeugen aufzunehmen. Vielleicht, so dachte er, konnte er ihm so die Konfrontation mit dem Toten ersparen.

Der Tatort wurde durch starke Scheinwerfer ausgeleuchtet und wirkte gespenstisch, fast unheimlich. Die Männer und Frauen, die sich in ihren weißen Schutzanzügen um jedes noch so kleine Detail kümmerten, arbeiteten schweigend. Etwas abseits stand Wolle Leyerer, der gerade einem der Techniker Anweisungen gab. Auch Motsch war bereits zugegen, aber er schien nicht in der Stimmung, seine üblichen Kommentare abzugeben.

»Wenigstens musste er nicht leiden«, meinte er an Bichlmaier gewandt. »Die Wirkung war unmittelbar tödlich. Ein schneller Tod. Er hat nicht einmal den Schnitt gespürt … Aber geblutet hat er wie ein Schwein.«

Bichlmaier sah, dass die weißen Gummihandschuhe des Pathologen und auch sein Anzug blutverschmiert waren. In seinem Gesicht konnte man Spuren von getrocknetem Blut erkennen.

Bichlmaier betrachtete den Toten. Er war nackt. Überall waren riesige Lachen von Blut. Er versuchte, sich auf das Gesicht des Toten zu konzentrieren. Anders als im Fall von Paul Gemsa hatte der Tod die Gesichtszüge des Opfers nicht wesentlich verändert. Er sah so aus, wie man ihn von Bildern aus der Zeitung kannte. Der Kopf war allerdings etwas abgewinkelt, wirkte unnatürlich in seiner Stellung. Bichlmaier beugte sich vor und erkannte, dass dies durch den tiefen Schnitt am Hals bedingt war. Offensichtlich war die Muskulatur auf dieser Seite völlig durchtrennt worden.

»Warum ist er unbekleidet?«

»Er hatte wohl gerade Sex mit dem Jungen, als der Mörder zuschlug.« Motsch deutete mit dem Kinn vage nach draußen, dorthin, wo der Junge in seine Decke gehüllt dasaß.

»Als wir hereinkamen, hing der junge Mann festgeschnallt an den Bettpfosten. Halbtot vor Angst …«

»Da haben wir ja zumindest einen Zeugen.«

»Freu dich nicht zu früh. Der Junge konnte nichts sehen und kaum etwas hören.«

Bichlmaier richtete sich wieder auf. »Warum denn?«

»Er trug eine dieser schicken Latexmasken, die die Atmung erschweren. Wird unter SM-Freaks gerne verwendet.«

»Tatsächlich?«

Motsch zuckte die Schultern. »Die lieben es, wenn sich ihr Opfer windet. Wie es scheint, fuhr Richter darauf ab. Wahrscheinlich hat er nur dann einen hochgekriegt, wenn er quälen konnte.«

»Hat schon jemand mit dem Jungen gesprochen?«

»Nein. Der war völlig fertig, als wir ihn aus seiner Stellung befreit haben. Hing dort die ganze Nacht neben dem Toten. Ich habe ihm ein Beruhigungsmittel gespritzt. Du solltest ihm noch etwas Zeit geben.«

Bichlmaier nickte. Er blickte nach draußen, wo Bergström noch immer die Personalien aufnahm. Er winkte ihn herein, konnte ihm den Anblick des Toten wohl doch nicht ersparen. Aber schließlich war der Kollege ja Polizist.

»Schaut euch das noch an«, fuhr Motsch fort, nachdem Bergström herübergekommen war. Er deutete auf die blutverschmierte Leiche. Zuerst wusste Bichlmaier nicht, was er meinte, und auch Bergström wirkte ganz verwundert, doch dann sahen sie beide, worauf Motsch hinauswollte.

»Ach du Scheiße«, stöhnte Bichlmaier. »Der Mörder hat ihm den Schwanz abgeschnitten.«

Motsch nickte, nahm eine Plastiktüte, bückte sich und hob etwas auf. »Hier ist das gute Stück«, sagte er. Nachdem er den beiden Polizisten den blutigen Klumpen Fleisch präsentiert hatte, steckte er ihn in die Tüte. Sowohl Bichlmaier als auch Bergström wandten sich angeekelt ab.

»Hat er ihn zuerst entmannt und anschließend getötet oder …?«

»Nein. Die Kastration erfolgte post mortem.«

Bichlmaier ging in die Hocke. Er spürte, wie ihn nicht zum ersten Mal in den letzten Stunden die Übelkeit anfiel. »Sag mir deine Meinung«, bat er Motsch. »Warum hat der Täter das getan? Warum diese Brutalität?«

»Das, mein Lieber«, antwortete der nun doch etwas süffisant, »das herauszufinden, ist definitiv deine Aufgabe.« Damit trat er von der Leiche weg und streifte bedächtig die Gummihandschuhe ab. »Übrigens scheint euer Mörder trotz allem ein weiches Herz zu haben.«

Bichlmaier betrachtete den Gerichtsmediziner verwundert, woraufhin Motsch einen der Techniker zu sich rief und bat, Bichlmaier die Gummimaske zu zeigen.

»Ohne diesen Schnitt wäre der Junge womöglich erstickt.« Damit klopfte er Bichlmaier, der nachdenklich auf die Maske starrte, auf die Schultern. »Ihr könnt ihn jetzt wegtragen«, rief er dann in den Hausflur, wo bereits zwei Männer mit einem Plastiksarg warteten. »Wenn es dir recht ist, natürlich … Ich bin hier fertig. Die Pathologie ist schon informiert, dass wir ihn bringen.«

Bichlmaier nickte. Sein Blick folgte Motsch, nachdem dieser sich verabschiedet hatte. Von hinten betrachtet, wirkte er sehr müde.

»Die Frau im Flur, was hat sie gesagt?«, fragte er Bergström. Der war bleich im Gesicht, aber ansonsten völlig ungerührt, was Bichlmaier erstaunte.

»Sie putzt bei Richter. Kommt zweimal die Woche. Als sie heute Morgen die Wohnung betrat, war alles wie sonst. Nur die Schlafzimmertür war leicht geöffnet. Da hat sie den Jungen wimmern gehört. Als sie nachschauen wollte, wo die Geräusche herkamen, ist sie beinahe über die Leiche gestolpert. Sie hat sofort von der Wohnung des Nachbarn aus die Polizei gerufen.«

»Gut«, sagte Bichlmaier. »Sie kann nach Hause gehen. Wir werden ihre Aussage in den nächsten Tagen protokollieren. Da besteht keine Eile.«

»Und der Junge?«

»Besorgt ihm frische Kleidung und gebt ihm etwas Anständiges zu essen. Anschließend möchte ich mit ihm im Präsidium sprechen.«

Bergström nickte und machte sich auf den Weg. Bichlmaier schaute auch ihm hinterher. Ob er sich geirrt hatte, als er ihm anfangs mit Vorbehalten begegnet war? Offensichtlich steckte mehr in seinem neuen Kollegen, als er gedacht hatte.

Die Techniker der Spurensicherung hatten in der Zwischenzeit ihre Arbeit abgeschlossen. Nur Wolle Leyerer saß noch in der Küche. Er hatte unter den Küchenbeständen des Getöteten eine Espressokanne und Kaffeepulver gefunden und Kaffee gekocht.

Bichlmaier setzte sich zu ihm. »Was denkst du? Was ist hier passiert? Kannst du mir beschreiben, was abgelaufen ist?«

»Ganz einfach«, meinte Leyerer. »Richter hat sich über den Jungen hergemacht. Dabei hat ihn der Mörder überrascht.«

»Du meinst, eins hat mit dem anderen nichts zu tun?«

Leyerer wirkte ratlos. »Es gibt kein offensichtliches Motiv, aber die Tatsache, dass der Mörder sein Opfer verstümmelt hat, spricht für einen sehr emotionalen Hintergrund. Man kann wohl davon ausgehen, dass Richter kein Zufallsopfer ist.«

»Was wissen wir über den Mörder?«

»Er handelt äußerst zielgerichtet und lässt sich auch durch Unvorhergesehenes nicht aus dem Konzept bringen …«

»… und er zeigt Gefühle.«

»Wie meinst du das?« Leyerer schaute ihn fragend an.

»Der Junge hat ausgesagt, dass ihn Richters Mörder gestreichelt hat, nachdem er das Loch in der Maske vergrößert hatte.«

»Du gehst von einem Mann als Mörder aus. Könnte es auch eine Frau gewesen sein?«

»Warum nicht? Und doch …«

Bichlmaier musste plötzlich an die Frauen denken, die ihm in den letzten Tagen begegnet waren. An Ella Spielmann, die ihm die Bilder ihres Lebens gezeigt hatte. Bilder des Grauens waren es gewesen. An Gemsas zweite Frau mit ihrer enormen Kälte, und an die Frau vom Bahnhof, in deren weichen Armen er sich geborgen gefühlt hatte. Ob eine von ihnen fähig wäre, eine Tat zu begehen, wie sie hier verübt worden war? Er wusste keine Antwort darauf.

»Der Mörder hat Spuren hinterlassen«, unterbrach Leyerer seine Gedanken. »Wir haben eine Reihe von Fingerabdrücken gefunden.«

»Ja?«

»Wir werden sie mit denen vergleichen, die wir auf Gemsas Handy gefunden haben. Vielleicht gibt es Hinweise …«

»Natürlich«, brummte Bichlmaier. »Gute Idee.«

Wenig später, als Wolle Leyerer gegangen war, war der Kommissar allein in der Wohnung. Er ging noch einmal durch die Zimmer und versuchte, sich einen Eindruck von der Persönlichkeit des toten Politikers zu machen. Aber da war nichts Auffälliges.

21

Sie träumte, dass sie durch ein unendlich weites Kornfeld lief, das bis zum Horizont reichte.

Wie sie da zwischen den Ähren und Halmen hindurchglitt, ohne etwas von ihnen zu spüren! Ihre langen schwarzen Haare flogen im Wind und von irgendwoher hörte sie das helle Lachen ihrer Mutter. Sie war glücklich und sie rannte mit dem Wind um die Wette. Der Himmel über ihr war von einem unbeschreiblich tiefen Blau und es war herrlich warm. Ach, wie schön es war, zu leben.

Erstaunlicherweise konnte sie sich mit einem Mal selbst beobachten, und bald schien es ihr, als würde sie dem Mädchen mit den schwarzen Haaren hinterherlaufen. Das Mädchen jauchzte und hüpfte und wandte den Kopf, als würde es nach ihr Ausschau halten. Sie sah, wie es lachte. Aber es lachte nur für sich. Das Lachen galt nicht ihr. Das machte sie traurig. Und als sie sich umwandte, da war alles um sie herum ganz still und über allem war auch das Lachen der Mutter verstummt.

Sie merkte, dass es kälter geworden war, und ein dunkler Schatten legte sich über das Bild. Sie sah nach oben und da erkannte sie einen riesigen Vogel mit kalten Augen und gewaltigen Schwingen, der aus der Höhe des Himmels herabstieß.

Erschrocken blickte sie wieder nach vorne, aber das Mädchen mit den schwarzen Haaren war auf einmal nicht mehr da, und nur sie selbst lief und lief, und der grausame Schatten kam immer näher.

Sie wollte schreien, rufen nach der Mutter, aber sie fand sich ganz allein und das Dunkle war über ihr. Da warf sie sich mit letzter Kraft nach vorne und die undurchdringlichen Halme des Kornfeldes teilten sich. Sie stürzte weinend in den kalten Staub eines Lagerplatzes, den sie nur zu gut kannte.

Ganz deutlich spürte sie, wie sie hinsank, und ein gewaltiger Riss ging durch ihren Körper, sodass sie nicht mehr wusste, ob sie wachte oder träumte.

Verwirrt nahm sie die Baracken vor sich wahr, die

Frauen, die in der Kälte zitterten, hörte das Bellen der Hunde, die scharfen Kommandos der Männer, sog den Geruch der Angst in sich auf.

Und wieder sah sie sich dabei selbst zu. Sah aus weiter Ferne, wie sie da in der Reihe der Frauen und Kinder stand. Bleich und frierend in ihrem dünnen Hemd.

Doch gleich lösten sich die Gesichter der Menschen vor ihr auf, und ein anderes Bild erschien. Mit einem Mal befand sie sich an einem Fluss, über dem kalter Nebel stand, und jenseits des Wassers erkannte sie ihren Vater, hoch aufgerichtet, ein riesiges, mit Blut beschmiertes Messer in der Hand, mit dem er immer wieder zustieß.

Da wollte sie schreien, ihm in die Arme fallen, aber sie merkte nur noch, wie sie fiel und fiel …

Die Träume wechselten und doch waren die Bilder immer die gleichen. Es waren die Bilder ihres Lebens.

Und jedes Mal, wenn sie aus dem Zwischenreich des Träumens zurückkehrte, da wusste sie, dass diese Szenarien nie wieder Wirklichkeit werden durften.

Viele Jahre lang hatte sie geglaubt, was ihr Vater einst versprochen hatte. Niemals mehr würde sie sich verstecken müssen, hatte er zu ihr gesagt. Hitler war tot.

Doch ihre Angst war schon vor langer Zeit zurückgekehrt.

»Diese verdammte Erinnerungsstätte«, schimpfte der Mann, der vor Bichlmaier saß. »Seitdem uns die jüdische Gemeinde das Ei ins Nest gelegt hat, läuft alles verkehrt. Diese Diskussion macht die Leute verrückt. Und jetzt das! Der dritte Mord innerhalb von ein paar Tagen.«

»Sie meinen …«

»Natürlich. Das ganze Gerede hat das Klima in der

Stadt vergiftet. Warum glauben Sie denn, dass diese braunen Hohlköpfe, diese Möchtegern-Nazis, wieder aus ihren Höhlen kriechen?«

»Warum denn?«

»Weil die Hälfte der Regensburger ihnen in diesem einen Punkt recht gibt. Die wollen die Gedenkstätte auch nicht.« Er atmete hörbar aus. Sein Blick ging an Bichlmaier vorbei, irgendwohin ins Nichts. Als sich der Kommissar umwandte und dem Blick seines Gesprächspartners folgte, sah er, dass über der Eingangstür ein Foto des Bundespräsidenten hing. Es war eine Schwarz-Weiß-Aufnahme. Ein gütiger Ausdruck lag über Horst Köhlers Gesicht und seine Augen fixierten eine unsichtbare Kamera. Sie wirkten ein bisschen hilflos.

»Das muss nicht heißen, dass das alles Nazis oder Rechtsradikale sind, die so denken«, fuhr der Mann fort. »Nur …«

»Warum sind diese Leute denn gegen die Gedenkstätte?«

»Ganz einfach. Die wollen nicht ständig an damals erinnert werden. Verstehen Sie, das war nicht ihr Krieg. Die meisten von ihnen sind einfach viel zu jung dafür.«

Die Gnade der späten Geburt, dachte Bichlmaier. Er konnte sich an den Satz erinnern, den Helmut Kohl einmal geäußert hatte. In diesem Moment stand das Gesicht von Ella Spielmann vor ihm. Was würde sie über diese Aussage denken? Er konnte es sich sehr gut vorstellen.

Der Mann hatte sich in Rage geredet. Sein Gesicht war hochrot. Bichlmaier hatte ihn vor dem Gespräch nicht gekannt. Er war jemand, der im Hintergrund die Fäden zog. Der persönliche Referent des OB, wie es geheißen hatte. Dessen Büro hatte den Kommissar an ihn verwiesen.

»Und die anderen, die nicht dagegen sind? Was ist mit ihnen?«

»Die setzen sich ganz vehement dafür ein. Für die ist dieser Schindler ein Held. Sie wollen das Andenken an ihn hochhalten. Als eine Art Warnung.«

»Denken Sie ebenfalls, dass Schindler ein Held war?«

»Ach, was weiß ich denn?« Der Mann schüttelte unwillig den Kopf und schaute drohend. »Ein Mann, der vor dem Krieg für die deutsche Abwehr gearbeitet, der die Freundschaft mit einem psychopathischen KZ-Wärter gepflegt hat? Ein Mann, der ein Vermögen ergaunert hat? Das ihm allerdings auch wieder verloren ging ... Ich weiß es nicht.«

»Und all die Menschen, die er vor dem Tod bewahrt hat?«

»Na gut. Vielleicht war er ja ein Held. So wie im Film. Ein Held und ein Hurenbock.« Er lachte, aber es war ein freudloses Lachen.

»Welche Rolle spielten denn Gemsa und Richter in dieser Auseinandersetzung?«

Die Antwort kam rasch und bestimmt. »Beide waren strikt gegen den Bau der Gedächtnisstätte. Die lagen da auf einer Linie.«

»Aus denselben Gründen?«

»Keine Ahnung.« Der Mann betrachtete Bichlmaier mittlerweile mit unverhohlenem Widerwillen. Wie es schien, ging der ihm mit seinen Fragen auf die Nerven. »Gemsas Ansichten waren abwegig«, fügte er dann doch hinzu. »Überall sah er Zerfall, den Verlust von Disziplin ... Der Gedanke, dass Deutschland ein Einwanderungsland geworden ist, war für ihn schrecklich. Die junge Generation, vor allem die Studenten und die Ausländer, waren ihm ein Gräuel. Das waren in seinen Augen alles Kriminelle und Schmarotzer. Und sein Hass auf die Gedenkstätte passte in dieses verdrehte Bild.«

»Und Richter?«

»Der war nur an seiner Karriere interessiert.«

»Haben sich die beiden gemocht?«

Der Mann trommelte mit seinen kräftigen Fingern auf die Sessellehne. »Gemsa hat Richter politisch gefördert. Niemand in der Partei konnte sich erklären, warum er das tat, aber der alte Mann hatte einen Narren an dem jungen Spund gefressen.«

»Und Richter?«, wiederholte Bichlmaier.

»Der hat davon profitiert.«

»Hat Richter an Gemsas Parolen geglaubt?«

»Schon möglich. Hauptsächlich aber hat er an sich selbst geglaubt.«

Bichlmaier starrte auf die Schreibtischplatte. Solide deutsche Eiche, dachte er. Dazu völlig blank und makellos. Nicht ein einziges Schriftstück, das darauf liegt. Nur ein Handy.

»Haben denn die beiden überhaupt in Ihre Partei gepasst?«

Der Mann vor ihm fuhr zusammen und schaute ihn ganz empört an. »Wie meinen Sie das?«

»Nun, wegen der konservativen Einstellung der beiden. Diese Nähe zum Rechtsradikalismus …?«

Sein Gegenüber zuckte die Schultern und entspannte sich etwas. »Wir sind eine Volkspartei, verstehen Sie? Da ist Platz für sehr viele Meinungen.«

Bichlmaier nickte, lächelte etwas. »Hatten die beiden Beziehungen zur rechten Szene?«

Der Mann schaute zur Decke hoch, wand sich. Offensichtlich war er nicht sicher, wie offen er sich äußern sollte.

»Es gibt da einen Verein, der sich ›KS Regensburg‹ nennt«, meinte er dann. »›Kameradschaft Regensburg‹. Man hat beide, Gemsa und Richter, des Öfteren im Vereinslokal der Gruppe gesehen. Ob das etwas zu sagen hat, das weiß ich nicht.«

»Was ist das für eine Gruppe?«

»Offiziell eine Fangruppe der Spielvereinigung. Im Grunde aber sind das gewaltbereite Hooligans, unter denen sich auch eine ganze Reihe von Leuten aus der rechten Szene tummeln.«

Bichlmaier dachte an den jungen Polizisten, der vor wenigen Tagen brutal niedergetrampelt worden war. Ob die Täter in diesen Kreisen zu finden waren? Auch an Simon Richter musste er denken. Wie passte er nur in dieses Bild rechter Schläger?

»Wieso glauben Sie eigentlich, dass ein Zusammenhang zwischen den Morden und der politischen Auseinandersetzung besteht?«

Der Mann winkte ab. »Intuition. Das ist nur so ein Gefühl.«

Als Bichlmaier das Rathaus verließ, hatte er den Eindruck, nicht viel Neues erfahren zu haben. Das Gespräch war nicht sonderlich ergiebig gewesen. Noch immer war ihm Paul Gemsa ein Rätsel und auch die Person von Simon Richter war blass geblieben, obwohl sich einige Konturen deutlicher herauskristallisiert hatten.

Vielleicht, dachte er, sollte er dieser seltsamen Kameradschaft einen Besuch abstatten. Er entschied sich jedoch dafür, dies nicht sofort in Angriff zu nehmen. Wahrscheinlich machte es ohnehin mehr Sinn, wenn er erst am Abend im Vereinsheim der Kameraden vorbeischaute.

Er beschloss stattdessen, einen kleinen Spaziergang zu machen, durch die Straßen zu schlendern, um den Kopf wieder etwas frei zu bekommen.

Ohne dass es ihm anfangs so richtig bewusst wurde, führten ihn seine Schritte aus der belebten Innenstadt in die Bahnhofsgegend. Dort waren wesentlich weniger Menschen unterwegs. Die enge Gasse, in der ihn die Frau angesprochen hatte, lag ebenso leer und verlassen da wie damals. Er näherte sich dieses Mal allerdings aus der anderen Richtung und hatte Mühe, die Fassade des Hauses zu finden, in das sie ihn an jenem Tag gezogen hatte. So ging er die kleine Straße bis zu ihrem Ende und drehte dort um, um die wenigen Meter zurückzulaufen. Er kam sich dabei schrecklich albern vor und hoffte, dass ihn niemand beobachtete.

Ob er der Frau wieder begegnen würde? Oder ging sie gerade ihrem Gewerbe nach? Beglückte sie vielleicht einen anderen einsamen Mann, der sich nach Liebe sehnte? Wie ein streunender Kater schlich Bichlmaier um das Haus mit der fensterlosen Front, doch seine Hoffnung erfüllte sich nicht. Niemand, der aus dem Haus herauskam und ihn hineinzog.

Gerade als er sich ganz resigniert auf den Weg machen wollte, trat ein Mann an ihm vorbei auf die Haustüre zu und sperrte auf. Er schien es eilig zu haben und achtete nicht auf Bichlmaier, der die Gelegenheit nutzte und hinter ihm in das Gebäude schlüpfte. Er wartete eine ganze Weile und stolperte dann die Treppen hoch, bis er vor einer Wohnungstür stand, die ihm bekannt vorkam. Er klingelte, aber nichts geschah.

Er stand dort und lauschte den Geräuschen aus den verschiedenen Stockwerken. Von dem Mann, der ihm die

Tür geöffnet hatte, war nichts mehr zu hören. Missmutig setzte er sich auf die oberste Treppenstufe und lehnte sich gegen die Wand. Er wusste nicht so recht, was er tun sollte …

Offensichtlich war er eingenickt. Als er erwachte, verspürte er großen Durst. Er erhob sich und sah, dass die Tür zur Wohnung der Frau nun offen stand und gelbes Licht zu ihm herausdrang. Zögerlich folgte er dem Lichtschein.

»Komm nur, mein liebesbedürftiger Polizist. Hast du Sehnsucht nach mir bekommen? Ich bin bereit für dich, das ist meine Bestimmung.« Sie saß mit angewinkelten Beinen in einem alten Sessel und lächelte ihm entgegen.

»Woher weißt du, dass ich ein Polizist bin?«, fragte er.

»Das steht in deinem Gesicht geschrieben«, lachte sie. »Außerdem habe ich bei deinem ersten Besuch den Polizeiausweis in deiner Jacke gefunden.«

Er nickte.

»Willst du etwas zu trinken oder steht dir eher der Sinn danach, gleich über mich herzufallen, so wie beim letzten Mal? Oder bist du gar auf Liebe aus?«

»Ich will keine Liebe. Es ist nur, dass ich ziemlich einsam bin und jemanden …« Er war selbst erstaunt, dass er sich nicht schämte, als er das sagte, und es ihm keine Mühe bereitete, seine Seele vor ihr auszubreiten.

Im nächsten Moment zog sie ihn in ihre weichen Arme, und wie beim ersten Mal vergaß er seine Einsamkeit und er glaubte, eine Ahnung davon zu bekommen, wie schön das Leben sein konnte.

Später, als sie ganz entspannt nebeneinanderlagen, fragte er sie nach ihrem Namen.

»Du kannst mich nennen, wie du willst«, antwortete sie ihm. »Das gehört zu unserem Geschäft. Meinen richtigen Namen aber, den Namen, den mir meine Eltern gegeben haben, den kann man nicht kaufen … Auch du nicht, Polizist.«

Obwohl er wusste, dass es ihm verboten war, während der laufenden Ermittlungen über einen Fall zu sprechen, begann er plötzlich, ihr von den rätselhaften Morden an Gemsa und an Richter zu erzählen. Er berichtete ihr von dem Morgen, als er in den Wald nahe der Autobahn gerufen worden war, zu dem Parkplatz, an dessen Rand sie den Leichnam des Politikers gefunden hatten. Er beschrieb den Jungen, der dort vergeblich auf seinen Freier gewartet hatte, die Stimmung, als die Sonne hinter den Bäumen hervorgekommen war, und die Gedanken, die ihm damals durch den Kopf gegangen waren.

Die Frau hörte ihm zu, ohne ihn auch nur ein einziges Mal zu unterbrechen. Dabei merkte er, wie sich die Dinge und Abläufe in seinem Kopf zu ordnen begannen. Er sprach weiter und noch einmal kamen ihm die bizarren Details der Mordtat an Simon Richter in den Sinn. Er ließ nichts aus, ging auf jede Kleinigkeit ein.

»Denkst du denn, es war ein und derselbe Mörder, der die beiden Männer umgebracht hat?«, fragte sie, als er eine Pause machte.

»Ich weiß es noch nicht«, antwortete er ihr. »Aber wir werden das bald herausgefunden haben. Das ist eine Sache der Techniker, der Spurensicherung …«

»Aber, was denkst du? Wenn du dich nicht auf deine Techniker verlässt, was sagt da deine Erfahrung, dein Gefühl?«

Bichlmaier lachte leise und wandte den Kopf zur Seite,

sodass er sie ansehen konnte. Sie hatte sich aufgestützt und blickte ihn voll Interesse an.

»Du hast recht.« Er nickte düster. »Manchmal sollte man sich auf sein Gefühl verlassen. Das haben wir Polizisten verlernt. Wir vertrauen zu sehr auf die Wissenschaft und die Technik … Tief in meinem Inneren denke ich ja, dass die beiden Morde in einem Zusammenhang stehen, den wir nur nicht erkennen. Eine Kausalität, die durch Raum und Zeit bedingt ist.«

»Siehst du«, verkündete sie und räkelte sich zufrieden.

»Wenn es nicht derselbe Mörder ist, werden wir die Fälle ohnehin nicht so schnell aufklären … Es gibt zwischen den beiden Morden so viele Unterschiede.«

»Das macht doch nichts. Du musst nur herausfinden, worin sie sich gleichen.«

Bichlmaier kratzte sich am Kinn. »Warum folgte der zweite Mord so kurz nach dem ersten? Und warum ging der Täter bei Richter so viel grausamer vor als bei Gemsa?«

Die Frau schnitt eine Grimasse, antwortete aber nichts.

»Warum wurde Richter ausgerechnet jetzt ermordet?«

»Vielleicht wusste er ja, wer den ersten Mord begangen hat.«

»Hm, könnte sein. Dann muss er aber den Mörder selbst gewarnt haben. Und warum hat er sich nicht bei der Polizei gemeldet?«

»Er hat versucht, ihn zu erpressen.«

»Guter Gedanke.« Er drehte sich zu ihr um. Sie lag auf dem Rücken und hatte den Blick nach oben zur Decke gerichtet.

»Du wärst eine gute Polizistin«, meinte er.

Sie verzog das Gesicht ein wenig. »Ich bin aber auch eine gute Nutte, oder?«

Ob das eine das andere ausschließt?, schoss es ihm durch den Kopf, aber er entgegnete nichts darauf. Seine Lippen näherten sich ihren Brüsten und berührten sie leicht.

»Und Gemsa? Der alte Mann? Warum wurde er getötet?«

Die Frau schloss die Augen. Mit ihrer rechten Hand begann sie ganz leicht, sein Glied zu massieren und er spürte, wie ihn die sanfte Berührung erregte.

»Wenn du eine Antwort auf diese Frage haben willst, musst du die Frauen befragen, die in seinem Leben wichtig waren«, flüsterte sie ihm ins Ohr.

Weises Orakel, dachte der Kommissar. Wie recht du hast. Er stöhnte lustvoll …

Als Bichlmaier ins Dezernat zurückkam, war es später Nachmittag. Die Wolken, die den ganzen Tag über der Stadt gelegen hatten, hatten sich fast gänzlich verzogen und eine milde Wärme ließ darauf schließen, dass der morgige Tag wieder sommerlich heiß werden würde.

Kaum hatte er sich hingesetzt, kam Wolle Leyerer mit zwei dampfenden Pappbechern herein. »Kaffee?«, fragte er grinsend.

Bichlmaier nickte.

»Du siehst müde aus, richtig erschöpft. Was ist los, Alter?«

Halt die Klappe, dachte Bichlmaier, aber er verzog nur leicht das Gesicht. »Was hast du für mich?«

Leyerer schlürfte die belebende Flüssigkeit aus seinem Becher. Wie es schien, war er bester Laune. »Du hast Glück, mein Alter. Wir haben die Spuren, die der Täter an den beiden Tatorten hinterlassen hat, verglichen. DNA und Fingerabdrücke sind identisch … Ein und derselbe Täter. Ganz eindeutig.«

»Das wusste ich ohnehin schon«, gab Bichlmaier zurück.

Leyerer musterte ihn verständnislos.

»Manchmal muss man sich einfach nur auf sein Gefühl verlassen«, klärte Bichlmaier ihn auf.

22

»Simon Richter ist tot«, sagte Britta. Sie blickte dabei ihre Tochter an. Sie wollte sehen, wie sie reagierte. Jessy nickte nur.

»Weiß ich schon. Stand doch dick und fett in der Zeitung.« Sie wandte sich ab.

»Na und?«

»Was?«

»Hast du das von dem Jungen gelesen? Mit dem er Sex hatte?«

»Ja.« Abermals nickte Jessy widerwillig. »Das ist eklig und krank«, sagte sie. »So etwas konnte man doch nicht wissen, oder?«

»Nein.«

»Wenn wir in der Gruppe zusammen waren, war er

ganz anders. Da wurde nie über solch widerwärtige Sachen geredet. Er war nett und freundlich und jeder durfte sagen, was er dachte.«

»Worüber habt ihr gesprochen?«

»Über alles Mögliche. Aber besonders über Politik. Er wollte die Partei mit neuen Leuten aufmischen. Mit jungen, nicht mit den alten Säcken, die sich nur wichtig machen. Wir sollten ihm dabei helfen …«

»Wie denn?«

»Er wollte, dass wir in die Partei eintreten. Dass wir richtige Parteimitglieder werden.«

»Warum denn das?«

»Als Parteimitglieder hätten wir ihm unsere Stimmen geben können. Wenn es um Positionen in der Partei ging.«

»Aber viele von euch waren doch minderjährig.«

»Das war ihm egal. Wir sollten einfach nur Stimmung für ihn machen. Und unsere Votierungen hätten auch gezählt.«

»Und das Geld. Allein die Mitgliedsbeiträge …«

»Wenn jemand kein Geld hatte, hat Simon es ihm gegeben. Da war er immer sehr großzügig.«

»Habt ihr manchmal auch über Paul Gemsa gesprochen?«

»Ja, manchmal. Er war der Einzige in der Partei, der zu Simon gehalten hat.«

Britta Merz betrachtete das Gesicht ihrer Tochter. Wie unbedarft sie noch ist, dachte sie. In diesem Moment war nichts von dem aufmüpfigen Mädchen zu erkennen, mit dem sie so oft Kämpfe ausfocht.

»Und dieser Junge, Steppke, war der auch bei euch dabei?«

»Ja, aber nur gelegentlich. Eigentlich kam er nur, wenn Simon eine Party schmiss.«

»Du hast mir nie von solchen Partys erzählt.«

»Aber, Mama!«

»Gab es die häufiger?«

»Ein- oder zweimal im Monat vielleicht. Echt geile Events …«

Sie sagte es ganz traurig. Britta dachte sofort an Jessys Vater. Der hatte auch so schauen können.

»Waren da welche von diesen Glatzen dabei?«

Jessy schüttelte den Kopf und verneinte. »Nur einmal, da hat einer an der Tür geläutet. Da war ich gerade auf dem Klo. Aber Simon hat ihn weggeschickt. Damals war er richtig sauer.«

Eine Weile schwiegen beide.

»Scheiße«, schimpfte Jessy plötzlich. »Warum ist er bloß umgebracht worden?«

Das Vereinslokal der obskuren Regensburger Kameradschaft lag ein ganzes Stück außerhalb des Stadtzentrums in der Nähe der Autobahn. Bichlmaier hatte beschlossen, sich nicht allein in die Höhle des Löwen zu wagen, und Bergström zur Verstärkung mitgenommen. Der hätte schon seit einigen Stunden Dienstschluss gehabt und war entsprechend mürrisch zu seinem Chef ins Auto gestiegen.

»Was ist los mit dir?«, fragte ihn Bichlmaier ungerührt. »Jemand, der zu Hause auf dich wartet?«

»Nein, nur eine versiffte Küche und die dreckige Wäsche der letzten Woche.«

»Hast du denn keine Haushälterin?«

Bergström sah düster aus dem Fenster. »Machst du Witze? Bei dem Gehalt?«

Bichlmaier zuckte mit den Schultern und dann schwiegen sie, während sie durch die allmählich dunkler werdenden Straßen glitten. Die Temperaturen waren angenehm, und als sie das Zentrum verlassen hatten, herrschte kaum noch Verkehr. Sie fuhren mit geöffnetem Dach und spürten die warme Luft im Gesicht. Fast wie in Rom, ging es Bichlmaier durch den Kopf, und flüchtig stieg eine blasse Erinnerung in ihm hoch.

Es dauerte ein ganzes Stück, bis sie schließlich in einiger Entfernung der Gastwirtschaft einen Parkplatz fanden. Bichlmaier parkte sein Auto bewusst abseits. Eigentlich lächerlich, dachte er dabei. Was sollte dem alten Schrotthaufen schon passieren? Vielleicht wäre es aber doch besser gewesen, eines der Dienstfahrzeuge zu nehmen.

Als sie ausgestiegen waren, richtete er seinen Blick auf das Lokal, das sich, nur spärlich beleuchtet, in etwa 100 Metern Entfernung zwischen hohen Kastanien duckte. Er verharrte fast bewegungslos, und es schien ihm dabei, als sähe er dort vorne auf dem tief herabgezogenen Dach dunkle Schatten, die sich unruhig hin und her bewegten. Mit einem Mal erhoben sie sich, standen ein paar Sekunden wie drohend in der Luft und schossen dann auf ihn zu. Riesige Vögel mit harten Augen und gewaltigen Schwingen. Ehe sie ihn jedoch erreichten, schraubten sie sich hoch in den dunklen Nachthimmel und verschmolzen mit dem Grau der frühen Dämmerung. Schaudernd wandte sich Bichlmaier ab. Er warf einen Blick auf Bergström. Doch der hatte offensichtlich von alldem nichts bemerkt, war schon vorausgegangen.

Bichlmaier folgte seinem Kollegen zögerlich, und während sie sich dem Gebäude näherten, kam ihnen der dumpfe, peitschende Klang einer von wummernden

Bässen getragenen Musik entgegen, die aus den geöffneten Fenstern dröhnte. Schrilles, hasserfülltes Gekreische überlagerte den dunklen Beat.

Als Bichlmaier und Bergström die Tür zum Lokal öffneten, schwappte ihnen ein schaler Dunst von Bier, Zigarettenrauch und abgestandenem Fett entgegen. Sie traten ein. Nach und nach erstarben die Gespräche der Männer am Tresen und an den Tischen, und die Blicke der Anwesenden richteten sich auf die beiden Polizisten. Mit einem Mal herrschte eine bedrohliche Stille im Lokal. Nur die Musik dröhnte in unverminderter Lautstärke weiter durch den verqualmten Raum. Hart und grell. Bichlmaier versuchte zu verstehen, was der Sänger von sich gab, konnte aber kaum die einzelnen Worte unterscheiden. Erst als der Refrain erklang, glaubte er herauszuhören, wovon dieser handelte: Hass, zielloser, wilder Hass war die Botschaft, die da unerbittlich aus den Lautsprechern dröhnte.

Der Mann hinter dem Tresen schaute ihnen feindselig entgegen.

»Geschlossene Gesellschaft«, knurrte er, als sich Bichlmaier auf einem der Hocker niederließ. »Verschwindet!« Er hatte ein vernarbtes Gesicht, das durch seinen kahl rasierten Kopf zusätzlich an Brutalität gewann.

»Wir sind von der Polizei«, sagte Bichlmaier. Er musste gegen die Musik anbrüllen.

Der Glatzköpfige lachte verächtlich. »Habt ihr gehört, Jungs?«, rief er durch den Raum. »Die Herren sind Bullen.« Der Satz erntete ein Hohngelächter. »Verpisst euch!«

Bichlmaier dachte nicht im Traum daran, sich einschüchtern zu lassen. Demonstrativ stützte er sich auf den Tresen und fixierte den Mann, der am Zapfhahn hantierte. Etwas verwundert nahm er dabei aus den Augenwinkeln wahr, dass sich Bergström plötzlich entfernte und ihn allein ließ. Ein Anfängerfehler, ging es ihm durch den Kopf.

Ehe er jedoch weiter darüber nachdenken konnte, kam ein breitschultriger Junge, ebenfalls kahl rasiert und am Kopf tätowiert, auf ihn zu und blieb vor ihm stehen. Er hatte eine Flasche Bier in der Hand, die er mit einem Schmatzen an die Lippen setzte. Er trank mit gierigen Zügen, hörte dabei aber nicht auf, Bichlmaier aus kleinen, wässrigen Augen anzustarren.

»Was willst du, Opa?«, stieß er schlussendlich hervor und ein Schwall seines üblen Atems traf Bichlmaier, der angeekelt zurückzuckte. Er wandte sich ab, versuchte, den anderen zu ignorieren, und konzentrierte sich wieder auf den Glatzkopf hinter dem Tresen. »Wir untersuchen den Mord an Simon Richter. Er soll des Öfteren hier gewesen sein …?«

Was dann geschah, hatten weder er noch Bergström vorhersehen können. Schlagartig schien alles aus dem Ruder zu laufen und in einer Gewaltorgie zu explodieren. Kaum hatte Bichlmaier den Namen von Richter ausgesprochen, spürte er, wie sein Kopf mit brutaler Gewalt zurückgerissen wurde, sodass er völlig sein Gleichgewicht verlor und von seinem Hocker gestürzt wäre, wenn ihn nicht harte, derbe Hände am Revers seines Jacketts gepackt hätten. Einen Moment lang blickte er in die hasserfüllten Augen des Jungen, der ihn gerade eben angemacht hatte. Er hätte auf so etwas gefasst sein müssen, war es aber nicht. Auch nicht auf das, was daraufhin folgte. Der Junge schlug zweimal zu und Bichlmaier hatte das Gefühl, als würden seine Kieferknochen zersplittern.

Verzweifelt versuchte er, seine Arme hochzureißen, um seinen Kopf, sein Gesicht vor den wütenden Attacken zu schützen. Wo zum Teufel nur Bergström blieb? Er spürte Blutgeschmack auf seiner Zunge und wollte ausspucken, als ihn ein weiterer Hieb mitten ins Gesicht traf.

»Scheißbulle«, grunzte der Schläger und holte erneut aus. Bichlmaier sah die Faust auf sich zukommen und dieses Mal gelang es ihm, sich zur Seite zu ducken, sodass der Schlag ins Leere ging. Dadurch verlor der Angreifer sein Gleichgewicht und stürzte auf Bichlmaier zu. Der zog mit aller Kraft sein rechtes Knie hoch und rammte es seinem Kontrahenten zwischen die Beine. Mit einem tiefen Stöhnen krümmte sich der Junge zusammen und sank auf die Knie.

In dem Augenblick erstarb die Musik, und für wenige Sekunden war es fast gänzlich still im Raum. Nur das Wimmern des jungen Mannes, der sich auf den Boden gekauert hatte, war zu hören. Bichlmaier wischte Blut aus seinem Gesicht, versuchte, sich von seinem Hocker zu erheben. Er fühlte dabei ein schmerzhaftes Pochen in seinem Gesicht, dort, wo ihn die Schläge getroffen hatten. Als er sich umblickte, sah er, wie Wut und dumpfer Hass die Mienen der Leute verzerrten.

»Schwanz ab!«, rief unvermittelt einer der weiter entfernt Stehenden.

»Schwanz ab, Schwanz ab!« Die Meute nahm die Botschaft auf, und der Kreis, der sich um Bichlmaier und den am Boden Kauernden gebildet hatte, begann immer enger zu werden. »Schwanz ab, Schwanz ab …«

Bichlmaier wollte in einer sinnlosen Geste nach seiner Dienstwaffe greifen, doch die hatte er nur in den seltensten Fällen bei sich, sodass der Griff danach eher absurd war. Das wusste aber nur er.

Da trafen ihn schon die ersten Schläge und Tritte und er ging neben dem Jungen zu Boden. Voll Panik krümmte er sich zusammen und versuchte, Gesicht und Genitalbereich zu schützen. Er merkte, wie sich der Junge neben ihm erbrach und ein säuerlicher Geruch in seine Nase zog.

Der gesamte Angriff auf Bichlmaier dauerte nur einige Minuten. Für ihn schien es jedoch eine Ewigkeit zu sein. Mit einem Mal war Bergström wieder da.

»Aufhören!«, brüllte er in die keuchende Stille hinein. Er hatte seine Dienstwaffe gezogen und ohne weitere Vorwarnung gab er einen Schuss ab, der zu seiner Überraschung in den Lampenschirm über der Theke einschlug. Glas splitterte und irgendwo sprang eine Sicherung heraus. Sofort war das Lokal in ein diffuses Halbdunkel getaucht.

Der Schuss und das Geräusch des zerberstenden Glases schienen auf die Prügelnden ernüchternd zu wirken. Einen Moment hielt jeder Einzelne wie erstarrt in seinen Bewegungen inne. Dann ließen die Männer von Bichlmaier ab. Wie in Zeitlupe zogen sie sich in Richtung Ausgang zurück, den Blick auf Bergström gerichtet, der noch immer seine Waffe in der Hand hielt. Schließlich öffnete einer von ihnen die Tür, und nach und nach verdrückten sie sich nach draußen.

Innerhalb kürzester Zeit – vermutlich handelte es sich um nicht mehr als eine halbe Minute – hatten alle das Lokal verlassen. Nur der Mann hinter dem Tresen und der am Boden kauernde Schläger waren neben den beiden Polizisten noch im Raum. Bergström hatte die Pistole sinken lassen und sein Handy herausgeholt.

»Verdammte Scheiße!«, fluchte Bichlmaier, während er sich mit Mühe erhob. Sein Gesicht war angeschwollen, das eine Auge fast gänzlich geschlossen. Aus einer Wunde oberhalb der Augenbraue tropfte Blut auf sein Jackett. Zumindest konnte er Arme und Beine bewegen, auch wenn er am ganzen Körper höllische Schmerzen von den Tritten verspürte.

Der Junge hatte seine Hände noch immer auf seine Genitalien gepresst, um sich auf diese Weise Linderung seiner Schmerzen zu verschaffen. Einen Augenblick lang hatte Bichlmaier das brennende Verlangen, ihm noch einmal kräftig in den empfindlichen Bereich zu treten, beherrschte sich jedoch.

Er musste sich am Tresen festhalten und merkte, wie er leicht schwankte. Aus einem Auge heraus schaute er zu Bergström hinüber, der bereits telefonierte und Verstärkung anforderte. Er wirkte dabei ganz entspannt, auch wenn er seine Pistole noch immer etwas krampfhaft in der freien Hand hielt. Verdammt, warum sieht der Typ immer noch aus wie aus dem Ei gepellt, ging es Bichlmaier durch den Kopf. Irgendwie schien ihm das ungerecht zu sein, machte ihn aggressiv. Dabei nahm er ihn nur ganz verschwommen wahr. Dann konzentrierte er sich wieder auf die Schmerzen in seinem Gesicht und am restlichen Körper.

Nach wenigen Minuten, die Bichlmaier wie eine Ewigkeit vorkamen, konnte man die Sirenen der Einsatzfahrzeuge hören und gleich darauf das Grölen der Meute, die sich vor dem Lokal versammelt hatte. Als die Schaulustigen erkannten, dass eine stattliche Anzahl von Polizisten einer Sondereinheit angerückt war, stoben sie in alle Richtungen davon.

Plötzlich herrschte Stille. Das Blaulicht der Einsatzfahrzeuge zuckte durch die Fenster der Gastwirtschaft und Bichlmaier setzte sich auf einen der Stühle in der

Nähe des Ausgangs. Fast teilnahmslos beobachtete er, wie der Betreiber der Gaststätte und der junge Mann, der die Gewaltorgie gegen ihn ausgelöst hatte, in Gewahrsam genommen wurden. Sie würden am nächsten Morgen dem Haftrichter vorgeführt werden.

Als er sich zu Bergström umwandte, blitzte das Licht einer Kamera auf. Es blendete ihn und er fühlte, wie er aus seiner Lethargie erwachte. »Warum zum Teufel hat es so lange gedauert, bis du gekommen bist?«, fuhr er den Kollegen an, nachdem die beiden Männer abtransportiert worden waren. Den Reporter, der sich am Eingang aufgebaut hatte, nahm er gar nicht wahr.

Bergström zuckte mit den Schultern. Er sah nun doch etwas mitgenommen aus, hielt noch immer die Pistole in der Hand.

»Ich war am Klo, musste pinkeln … Der viele Kaffee, du weißt schon.«

»Du bist dir hoffentlich im Klaren darüber, dass das verdammt ins Auge hätte gehen können.« Bichlmaier fühlte, dass er wütend wurde. Doch im Grunde richtete sich seine Wut nicht gegen Bergström. Er war wütend auf die jungen Leute. Auch auf Simon Richter hatte er einen Zorn, weil er seinetwegen überhaupt erst in diese Situation gekommen war. Vor allem war er aber wütend auf sich selbst, weil er Angst gehabt hatte. Richtige Angst. Es hätte nicht viel gefehlt und er hätte sich dort unten am Boden buchstäblich in die Hosen gemacht, als die Meute mit ihren Stiefeln auf ihn eingedroschen hatte. Es war das Gefühl von Ohnmacht, das er dabei empfunden hatte, das ihn so aggressiv machte.

Was war los mit einer Gesellschaft, in der solche Ausbrüche von Gewalt möglich waren? Musste man denn wirklich Angst haben, jederzeit einer solchen Attacke zum Opfer fallen zu können?

Es sollte sich später herausstellen, dass der junge Schläger auch an der brutalen Ermordung von Angelo Hartmann beteiligt gewesen war. Als er erkannte, dass es ihm deswegen an den Kragen gehen würde, fing er an zu singen und gab die Namen einer ganzen Reihe von Beteiligten an der Ermordung des Polizisten preis.

Davon erfuhren Bichlmaier und Bergström aber erst sehr viel später.

Bichlmaier verbrachte die Nacht im Krankenhaus. Wie es schien, war er relativ glimpflich davongekommen. Lediglich seine Nase war gebrochen und würde wahrscheinlich ein bisschen krumm bleiben. Die Blutergüsse am ganzen Körper schmerzten, doch auch diese Schmerzen würden in absehbarer Zeit vergehen. Was blieb, war ein Gefühl von Angst, wie er es vor dem Vorfall nicht gekannt hatte.

Der Arzt hatte ihm ein Schlafmittel gegeben und Bichlmaier war innerhalb kürzester Zeit in einen tiefen Schlaf gefallen. Dennoch träumte er in dieser Nacht die absurdesten Dinge. Da stiegen Bilder in ihm hoch von der Galerie, in die ihn vor wenigen Tagen die alte Jüdin geführt hatte. Noch einmal erklomm er mit ihr die Treppen, die direkt ins Blau des Himmels führten. Und dann schien es ihm, als befände er sich in einer Art Achterbahn, mit der er durch die finstersten Abgründe und schroffsten Höhen raste.

Kein einziges Mal tauchten in seinen Träumen jedoch die Gaststätte und der Mob auf, der ihn verprügelt hatte. Als er gegen Morgen erwachte, schwang eine Vorstellung in ihm nach, die ihm ungeheuer wichtig erschien. Etwas, das mit dem Fall zu tun hatte. Er wollte sich noch mit aller Kraft merken, was ihm als so bedeutend erschienen war, doch da hatte sich das Bild bereits in schemenhaftes Nichts aufgelöst.

Wie jeden Morgen schlug sie die Zeitung auf und blätterte sie hastig durch. Eine Angewohnheit, die sie sich schon vor vielen Jahren zugelegt hatte. Noch ehe sie sich in der Küche Kaffee oder ein einfaches Frühstück zubereitete, überflog sie die einzelnen Schlagzeilen des Tages. Sie tat dies mit einer atemlosen Spannung, die sie während all der Jahre nicht verloren hatte. Ihre Angst hatte sogar zugenommen, je älter sie geworden war. Erst wenn sie sich überzeugt hatte, dass sich das Böse noch nicht aus seinem Versteck herausgewagt hatte, fand sie zu ihrer zerbrechlichen Ruhe zurück, die sie brauchte, um den Tag zu überstehen.

Als sie an diesem Morgen die beiden Bilder sah, wusste sie, dass ihre Befürchtungen nicht grundlos gewesen waren. Es konnte wohl kein Zufall sein, dass die Aufnahmen direkt untereinander, auf ein und derselben Seite, platziert waren. Die eine, ein altes Foto, zeigte Oskar Schindler, wie er ernst und fragend an der Kamera vorbei und in eine unbekannte Ferne blickte, die andere präsentierte das fürchterlich zerschlagene Gesicht eines Mannes. Es war das Gesicht des Polizisten, der vor einigen Tagen bei ihr gewesen war. Sie hätte ihn beinahe nicht erkannt. Der Artikel neben der Schwarz-Weiß-Fotografie von Oskar Schindler setzte sich, wie so viele zuvor, kritisch mit der Gedächtnisstätte auseinander. Warum, so fragte der Verfasser, sollte man die Vergangenheit nicht ruhen lassen? Die wenigen Zeilen unter dem anderen Bild informierten die Leser mit dürren Worten, dass Jugendliche aus der rechten Szene einen Polizisten verprügelt hatten.

Als sie weiterblätterte, stieß sie am Ende des Lokalteils auf einen weiteren Artikel, eine kurze Notiz nur, die sie beinahe überlesen hätte. Neben einer Reihe von Hinweisen auf kulturelle Ereignisse in der Stadt wurde eine Veranstaltung angekündigt, zu der die *Rechten Demokraten* aufgerufen hatte: ›Stoppt den Schindler-Bau‹.

Sie kommen wieder, dachte sie, als sie die Zeitung weglegte. Du hast dich getäuscht, Vater …

23

»Wir haben eine Zeugin«, brüllte Rockinger ins Telefon.

Bichlmaier hielt den Hörer vom Ohr weg. Sein Kopf schmerzte noch immer. Der Arzt im Krankenhaus hatte ihn eine Woche lang krankgeschrieben, aber bereits nach einem Vormittag zu Hause war ihm die Decke auf den Kopf gefallen. So war er ins Präsidium zurückgekommen, um weiter an den beiden Mordfällen zu arbeiten.

»Warum schreist du denn so?«, fragte er, doch Rockinger ließ sich in seiner Euphorie nicht bremsen.

»Eine Klosterschwester, die zum fraglichen Zeitpunkt zufällig an Richters Wohnung vorbeigegangen ist. Sie hat erst jetzt kapiert, dass ihre Aussage wichtig sein könnte.«

»Warum erst jetzt?«

»Keine Ahnung, aber ich schicke sie dir hoch.«

Bichlmaier brummte und legte den Hörer auf. Sein linkes Auge war noch immer stark geschwollen und seine Nase tat teuflisch weh. Ich schaue aus wie ein unglücklicher Preisboxer, dachte er. Kein passender Anblick für eine Nonne. Aber im Grunde war ihm dies egal. Da gab es ja nichts, weswegen er sich schämen musste.

»Guten Tag. Mein Name ist Bichlmaier. Ich leite die Ermittlungen«, begrüßte er seine Besucherin, als sie wenig später in der Tür stand. Sein erster Eindruck war, dass sie außergewöhnlich hübsch und noch sehr jung war, was ihn einen Moment lang verwirrte. Warum stellt man sich Nonnen immer alt und hässlich vor, fragte er sich, als er ihr einen Stuhl anbot.

»Ich bin Schwester Almut«, lächelte sie.

Bichlmaier nickte. »Wir versuchen, einen Mann zu fassen, der aller Wahrscheinlichkeit nach zwei Personen getötet hat«, fing er an.

»Die Welt ist böse«, antwortete sie darauf, aber sie lächelte dabei. »Vielleicht kann ich Ihnen helfen, den Mann zu fassen. Ein solcher Mensch darf natürlich nicht frei herumlaufen …«

Sie zögerte. »Vielleicht braucht er ja auch Hilfe.«

Wieder lächelte sie und Bichlmaier war sich nicht ganz sicher, ob sie ihn ernst nahm. Vielleicht war es auch nur wegen seiner malträtierten Gesichtszüge.

»Warum tötet er?«

»Wir wissen es nicht. Die Motive für die beiden Verbrechen liegen leider noch im Dunkeln. Sonst wären wir schon einen gewaltigen Schritt weiter.«

»Ich habe einen Mann gesehen, der saß auf einer Bank in der Nähe des Hauses, in dem der Mord an dem jungen Politiker passiert ist …«

»Wann war das?«

»An genau jenem Abend. Kurz nach 21 Uhr. Er sah so eigenartig aus. Als würde er nicht in dieser Welt leben.«

»Ist er Ihnen deswegen aufgefallen?«

»Ja, ich denke schon. Es war bereits dunkel und es hatte geregnet und der Mann saß einfach nur da, ohne sich zu bewegen. Leider habe ich sein Gesicht nicht richtig sehen können.«

»Ist Ihnen irgendetwas an ihm aufgefallen?«

»Ich denke, dass er ziemlich alt war. Und dazu nicht sehr groß. Ich hatte den Eindruck, als sei er gänzlich in sich zusammengesunken gewesen.«

»Würden Sie ihn denn wiedererkennen?«

»Ich bin mir nicht sicher, aber ich glaube schon.«

Bichlmaier nickte. Gut möglich, dass die Schwester Richters Mörder gesehen hatte, aber genauso gut konnte es auch nur ein einsamer Mann gewesen sein, der an diesem Abend partout nicht nach Hause hatte gehen wollen, aus welchem Grund auch immer. Natürlich würden sie der Sache nachgehen müssen.

»Hilft Ihnen das bei Ihrer Suche?«, fragte sie in seine Gedanken hinein. Wieder lächelte sie.

Bichlmaier wusste keine passende Antwort. Eine Zeit lang schwiegen sie. Der Kommissar merkte, dass die Klosterschwester ihn genau musterte.

»Ist es für die Polizei nicht wichtig zu wissen, ob ein Mörder jung ist oder schon älter?«, fragte sie dann.

»Wie meinen Sie das?« Ihre Frage überraschte ihn und er beugte sich etwas vor. Er wartete gespannt.

»Ach, ich denke«, sagte sie, »dass ein älterer Mensch gelernt hat, abzuwägen. Ganz anders als ein junger, der meist impulsiv handelt. Ist deshalb nicht zu erwarten, dass ein Älterer seine Tat durchdacht hat, ehe er sie ausführt, und sie für gerechtfertigt hält?«

»Tun das nicht alle Verbrecher? Hat nicht jeder gute Gründe für seine Tat? Und vergessen Sie nicht, manche Mörder sind einfach nur krank.«

»Da haben Sie sicher recht. Aber manchmal fällt es leichter zu begreifen, wenn man die Gründe kennt.«

»Ist das nicht eine eher verwerfliche Betrachtungsweise für eine Klosterschwester?«

Sie lachte. »Das Böse verstehen bedeutet nicht, es auch zu billigen, nicht wahr?«

Warum sie sich wohl für eine religiöse Profession entschieden hat, fragte er sich. Der Gedanke, sie in einem Kloster eingesperrt zu sehen, stimmte ihn seltsam traurig. Dann nickte er, obwohl er nicht wusste, ob er wirklich ihre Meinung teilte. Manches kann man einfach nicht verstehen, dachte er, sprach es aber nicht aus.

»Wären Sie bereit, mit unserem Zeichner ein Phantombild zu erstellen?«

»Natürlich«, antwortete sie und lächelte ihn an. »Aber ich kann Ihnen nicht zu viel versprechen.«

»Wir sollten uns beeilen, wenn wir es noch in die Zeitung bringen wollen«, meinte Bichlmaier und erhob sich. Als er an ihr vorbei zur Tür ging, nahm er zu seiner Verwunderung einen leichten Duft von Parfum wahr.

Etwa gegen halb 2 Uhr rief Wolle Leyerer an. »Wir haben Gemsas Mercedes unter die Lupe genommen«, sagte er. »Hat leider etwas gedauert.«

»Und, habt ihr etwas gefunden?«

»Du wirst es nicht glauben. Da war tatsächlich etwas. Ein Briefumschlag, der an ihn adressiert war. Lag im

Handschuhfach. Einfach so. Einer von diesen gepolsterten Umschlägen, die man für Zerbrechliches verwendet.«

»Ja, ja.« Bichlmaier begann ungeduldig zu werden. »Was war denn in dem Umschlag?«

»Nichts. Außer einem Rubin. Ziemlich wertvoll …«

»Was?«

»Ein Rubin, ein roter Edelstein.«

»Ich weiß, was ein Rubin ist. Sonst nichts? Kein Brief, keine Notiz?«

»Nein. Nur der Stein.«

»Irgendein Absender oder Poststempel?«

»Poststempel ja, Absender nein. Der Brief wurde hier in Regensburg in der Bahnhofstraße abgestempelt. Nur wenige Tage, bevor Gemsa ermordet wurde.«

»Hilft uns das weiter?«

»Keine Ahnung. Wir haben den Brief jedenfalls auf DNA-Spuren untersucht. Bislang noch ohne verwertbare Ergebnisse.«

Ob der Absender etwas mit den beiden Morden zu tun hatte? Er konnte es nicht sagen. Alles war möglich.

Nachdenklich blickte der Kommissar aus dem Fenster.

Bichlmaier klopfte mit dem Bleistift auf den Tisch. »Was wissen wir bis jetzt?«, fragte er. Keiner antwortete. Es schien, als habe eine Lähmung die Ermittlergruppe erfasst. Es war ihnen bislang noch nicht gelungen, auch nur ansatzweise Licht in den Fall zu bringen. Sämtliche Spuren waren im Sand verlaufen. Sie steckten fest. Warteten auf ein Wunder. Noch wussten sie nicht, ob ihnen die Aussage der Klosterschwester weiterhelfen würde. Vielleicht war dies das Wunder, das sie alle herbeisehnten.

Bichlmaier hatte diese Phase der Orientierungslosigkeit bei vielen Ermittlungen erlebt und wusste, dass es irgendwann an der Zeit war, das Ganze wieder auf Kurs zu bringen. Er ahnte, dass dieser Zeitpunkt jetzt erreicht war.

Er schaute in die Runde. Noch immer sagte keiner etwas. Britta und Bergström konzentrierten sich auf die Notizblöcke, die sie vor sich liegen hatten, während Rockinger hingebungsvoll seine Nase massierte und an Bichlmaier vorbei in die Luft starrte. Haimerl schüttete Unmengen von Zucker in seinen Kaffee, hatte aber nichts Substanzielles zu den beiden Fällen beizutragen.

Bichlmaier wusste, dass alle auf ihn warteten und er ihnen einen Weg vorgeben musste. Aber er fühlte sich leer und ausgebrannt. Was sollte er ihnen sagen?

»Etwas Bedrohliches liegt über der Stadt«, warf Bergström plötzlich in die schwer lastende Stille hinein. Bichlmaier blickte ihn fragend an. Die Aussage klang wie der Anfang eines Horrorfilms. Ein bisschen überdreht, so empfand er es.

»Was meinst du damit?«

»Wir haben zwei Morde. Beide Opfer sind Politiker, die von ihrer Grundeinstellung her wohl als rechtslastig bezeichnet werden müssen …«

»Richtig.«

»Das ist aber nicht alles. Auch die Stadt selbst scheint von einer äußerst unguten, feindlichen Stimmung erfasst. Schon seit einiger Zeit. Da werden Ausländer drangsaliert und eingeschüchtert, da wird ein junger Mann zu Tode getrampelt, weil er nicht deutsch genug aussieht. Es gibt Umzüge und Veranstaltungen der rechten Szene in Hülle und Fülle. Und selbst unsere Autorität als Polizisten wird jetzt von diesem Mob infrage gestellt …« Er musterte Bichlmaiers ramponiertes Gesicht.

Der lauschte, ebenso wie die anderen in der Runde, mit gespannter Aufmerksamkeit. Mach weiter, dachte er.

»Die Frage ist doch«, fuhr Bergström fort, »ob Gemsas Tod nicht ein Zeichen ist, dass sich die andere Seite zur Wehr gesetzt hat.«

»Wen meinst du damit?«

»Alle, die mit der rechten Plage nichts am Hut haben.«

»Hm. Also kein persönliches Motiv? Eher ein politischer Hintergrund? Und Richter?«

Bergström zuckte mit den Schultern. »Vielleicht wurde er ja aus einem ähnlichen Grund ermordet.«

»Oder er ist Gemsas Mörder zu nahe gekommen«, meinte Britta.

Bergström verstummte und alle im Raum warteten, was Bichlmaier zu der Theorie des neuen Kollegen sagen würde.

Dem Kommissar war während des kurzen Gesprächs ein Gedanke durch den Kopf gegangen, der sich jedoch gleich wieder verflüchtigt hatte. Es hing mit dem zusammen, was Bergström gesagt hatte. Die andere Seite … Er versuchte, den Gedanken zu fassen, aber es gelang ihm nicht.

Als er aufsah, bemerkte er, dass ihn die anderen in der Gruppe erwartungsvoll musterten. Er nickte, hatte aber den Faden verloren und wusste nicht viel zu dem zu sagen, was Bergström angedeutet hatte. Eine Tatsache, die er später noch sehr bedauern würde. Etwas, das ihm noch viel zusätzliche Arbeit bereiten sollte.

So blickte er nur kurz zu Bergström hinüber. »Demnach wäre halb Regensburg verdächtig, nicht wahr?«, grinste er. »Vielleicht sogar alle, die diese Gedenkstätte bauen wollen.«

Die anderen schwiegen, und er merkte, dass sie mit seiner Antwort nicht so recht zufrieden waren.

Bergström widmete sich wieder seinem Notizblock.

»Habt ihr noch etwas?«, fragte Bichlmaier nach weiteren stillen Minuten. Er fixierte die Runde. »Was ist zum Beispiel mit diesem Thomas, den der kleine Stricher erwähnt hat? Gibt es da etwas Neues?«

»Ich habe die Telefonverbindungen des Jungen überprüft«, berichtete Haimerl etwas zögerlich. Er hasste es, wenn sich die Blicke der Kollegen auf ihn richteten und er bekam in einer solchen Situation meistens einen roten Kopf. Auch jetzt konnte man erkennen, dass er sich unwohl fühlte.

Bichlmaier nickte ihm aufmunternd zu. »Und? Hast du etwas herausgefunden?«

»In gewisser Weise schon. Ich habe alle Anrufe zurückverfolgt. Eine Nummer ist mir dabei aufgefallen, die ziemlich regelmäßig erscheint. Der Anrufer ist ein gewisser Thomas Schmidt-Gerlach. Ein Professor an der Uni.«

»Und, wo liegt das Problem?«

»Der Mann ist im Urlaub. Seit mehreren Tagen schon. Mit seiner Frau und seiner Tochter.«

»Und wo?«

»Irgendwo im Süden. Die Nachbarn wussten aber nichts Genaues und auch sein Sekretariat hat keine Verbindung zu ihm, weiß von nichts.«

»Hast du seine Nachbarn befragt, was das für ein Typ ist?«

Haimerl nickte und rührte in seinem Kaffee. »Niemand, der ihn genauer kennt. Scheint aber ein komischer Kauz zu sein.«

»Halten ihn die Leute für schwul?«

»Eher für wunderlich und eingebildet.«

»Und die Sekretärin?«

»Die hielt sich bedeckt.«

»Bleib am Ball«, wies Bichlmaier Haimerl an. »Wenn er aus dem Urlaub kommt, ladet ihn vor. Aber ohne seine Frau.« Er fuhr mit der linken Hand leicht über die Schwellungen in seinem Gesicht. Die Haut schillerte in diesen Bereichen in allen Farben. Überall hatte es begonnen, leicht zu jucken. Immerhin ein gutes Zeichen, dachte er. Wenn er sich kratzte, tat ihm jedoch alles weh.

»Wie alt ist der Professor und was unterrichtet er eigentlich?«, hakte er nach.

»Englische Literatur. Ein Shakespeare-Experte. Für einen Professor ist er übrigens noch ziemlich jung. Gerade mal 40.«

»Na gut«, sagte Bichlmaier. Er fühlte sich plötzlich alt und kaputt.

Das Gespräch stockte schon wieder und Bichlmaier spürte die Mutlosigkeit, die alle ergriffen hatte. Auch ihn hatte dieses Gefühl gepackt, aber er fragte sich insgeheim, ob es nicht eine Verstimmung war, die über die aktuellen Probleme hinausging. Er ahnte, dass er an einem Punkt angelangt war, wo er erkennen musste, dass ihm die Fäden aus der Hand glitten. Er hatte sich vor der Aufgabe von Anfang an gefürchtet und diese Furcht hatte allmählich eine unüberschaubare Dimension angenommen. Bichlmaier hatte Angst vor einer Überforderung. Tief in seinem Inneren zitterte er vor der Möglichkeit, dass ihn das, was bei den Ermittlungen noch zum Vorschein kommen würde, in seinem Kern erschüttern könnte.

»Ihr könnt mich für verrückt halten, aber ich denke, wir werden den Fall nur lösen können, wenn wir uns über die Rolle klar werden, die Oskar Schindler für die Beteiligten spielt«, ließ er sich unvermittelt vernehmen. »Es ist die Vergangenheit, die die Gegenwart bestimmt.«

Er registrierte, dass Thomas Bergström aufmerksam nickte. Bichlmaier hatte das Gefühl, dass ihn der andere verstand. Es war eine rein intuitive Einschätzung gewesen, die er da zu seiner eigenen Verwunderung geäußert hatte, die sich auf keinerlei handfeste Beweise stützen konnte.

»Wie meinst du das?«, fragte Britta ganz überrascht.

»Das weiß ich selbst nicht so genau«, erklärte er mit einem Schulterzucken.

Dann schloss er die Sitzung. Er wusste, es war ihm nicht gelungen, der Truppe eine Richtung vorzugeben und doch blieben ihnen nur wenige Alternativen. Im Grunde konnten sie nur da weitermachen, wo sie zu diesem Zeitpunkt angekommen waren.

Als er zu seinem Büro ging, war die Angst vor dem Versagen nicht gewichen.

Den Rest des Nachmittags verbrachte er in seinem Dienstzimmer. Er fühlte eine seltsame Unruhe in sich, aber es gelang ihm, einige Routinearbeiten zu erledigen, die er bis zu diesem Zeitpunkt vor sich hergeschoben hatte.

Stunden später verließ er das Präsidium. Er mischte sich unter die Passanten, die, so schien es ihm, ziellos dahinschlenderten. Immer wieder musterte er dabei die Gesichter der Menschen, die ihm entgegenkamen, ihn überholten oder seinen Weg kreuzten. Die meisten wandten sich ab, wenn sich ihre Augen trafen und nur gelegentlich nahm er eine amüsierte Gleichgültigkeit wahr, wenn Blicke über seine zerschundenen Züge streiften.

Der Sommerabend war warm und windstill. Eine behäbige Ruhe lag über der Stadt. Nichts deutete auf die Spannungen hin, von denen Bergström gesprochen hatte. Hat nicht auch Hallmann etwas Ähnliches erwähnt?, erinnerte sich Bichlmaier schlagartig. Über die zunehmende Gewalt in der Stadt hatte sich der Kriminaldirektor beklagt. Wie lange das schon wieder her war. Damals hatten sie auch über Oskar Schindler gesprochen. Welche Rolle er in dieser Stadt spielte? Ein Geist, der aus der Vergangenheit zurückgekehrt war und nun die Menschen aus ihrer bequemen Ruhe herausriss, in der sie sich gemütlich eingerichtet hatten. Jemand, der sie zwang, Farbe zu bekennen?

Er dachte an die alte Jüdin. ›Man kann ihn nicht beschreiben‹, hatte sie über Schindler gesagt. Für sie war er die Sonne gewesen, ein Schutzengel … Was musste in Menschen wie ihr vorgehen, wenn sie nunmehr mit ansehen mussten, wie sich die Vergangenheit wieder in eine kalte Gegenwart hineinzudrängen begann?

Bichlmaiers Schritte hatten ihn über seinem Grübeln fast unbewusst in den Teil der Stadt geführt, in dem die Galerie der alten Frau lag. Ob er sie antreffen würde? Dort in dem dunklen Raum, in dem einst ihr Großvater gelebt hatte? Es war einen Versuch wert.

Eigenartigerweise schien es ihm dieses Mal, als müsste er sich durch ein verwirrendes Labyrinth fremder Straßen tasten, ehe er den Eingangsbereich des alten Hauses in einiger Entfernung vor sich sah. Wie bei seinem ersten Besuch hatte er das Gefühl, sich einem Relikt aus längst vergangenen Tagen zu nähern.

Seine Augen suchten das schlichte Schild mit dem Hinweis auf die Galerie, doch erst, als er näher trat, vermochte er es im Dämmer der hereinbrechenden Nacht wahrzunehmen.

Dann, wie vor kurzer Zeit schon einmal, hatte er den Eindruck, als würden sich die Schatten vor ihm erheben und vogelgleich in die Lüfte steigen. Harte, lidlose Augen, die ihn musterten, ehe der Spuk mit gewaltigen Schwingen entschwand.

Als er die altmodische Klingel betätigte, die zu der Galerie gehörte, konnte er wie beim ersten Mal im Inneren des Gebäudes den dünnen Klang der Glocke hören. Doch alles blieb dunkel und niemand erschien, um ihm zu öffnen.

24

Das Sanatorium befand sich einige Kilometer außerhalb der Stadt und blieb den Blicken der Welt weitgehend verborgen. So gab es auch nur eine einzige schmale Zufahrtsstraße zu dem weitläufigen Gebäudekomplex, der aus Krankenstation und Wirtschaftstrakt bestand. Sie schlängelte sich durch dichten Wald, war im Winter oftmals tief verschneit und musste dann mühsam für die Versorgungsfahrzeuge, die die Kranken und das ausgesuchte Personal mit allem Notwendigen belieferten, frei geräumt werden.

Selbst jetzt im Sommer schien es Bichlmaier, als müsse man nahezu Undurchdringliches überwinden, um Zugang zu der abgeschlossenen Welt der Kranken zu erhalten. Die Natur war nah, aber sie war denen, die aus jener anderen Welt kamen, feindlich gesinnt. Als wollte sie die Kranken beschützen.

Er hatte ein Taxi genommen und sich vom Bahnhof der Stadt aus chauffieren lassen. Der Taxifahrer, ein knorriger Oberbayer, ein Einheimischer, hatte ihn, als er ihm sein Ziel genannt hatte, etwas merkwürdig gemustert und leise etwas in sich hineingebrummt, aber während der Fahrt kein Wort mit ihm gewechselt. Bichlmaier war es nur recht gewesen und er war froh, als er endlich am Ziel angelangt war.

Der Platz vor dem Haupteingang des Verwaltungsgebäudes war großzügig angelegt und gepflegt, aber es war weit und breit keine Menschenseele zu sehen. Eine Parklandschaft, die seltsam tot wirkte, umgab ihn. Er blieb noch eine Weile in der Sonne stehen und wartete, bis das Taxi gewendet hatte und in der Dunkelheit des Tannengürtels verschwunden war. Erst dann drehte er sich um und schritt auf eine breite Glastür zu, die sich automatisch vor ihm öffnete. Zögerlich ging er in die düstere Empfangshalle hinein, und es war ihm dabei, als würde ihn ein riesiger schwarzer Schlund verschlucken.

In der Halle herrschte eine angenehme Temperatur und dennoch fröstelte es ihn, als er an die Rezeption trat. Die Schwester wusste Bescheid, war über sein Kommen unterrichtet und bat ihn, einen Moment Platz zu nehmen. Während er wartete, betrachtete er das rege Treiben, das jedoch gespenstisch lautlos vor seinen Augen ablief, sodass er den Eindruck hatte, in einem Stummfilm mitzuwirken.

Ärzte, Schwestern, Pfleger und einige wenige Besucher eilten geschäftig hin und her. Es schien ihm dabei, als würden sie auf einem Watteteppich laufen, der sämtliche Geräusche schluckte. Was ihn am meisten überraschte war, dass er keinen einzigen Patienten zu Gesicht bekam.

Er musste sich einige Minuten gedulden, bis ein weiß gekleideter Pfleger erschien, der ihn zu einem Raum am anderen Ende der Empfangshalle führte. Das Zimmer, in das er ihn geleitete, war abgedunkelt, die Jalousien vor den Fenstern herabgelassen. Es dauerte ein bisschen, ehe sich seine Augen an das Halbdunkel gewöhnt hatten. Schließlich nahm er auf einem der schweren Stühle Platz, die, um einen einfachen Tisch gruppiert, in der Nähe des Eingangs standen. Erst als der Pfleger den Raum verlassen hatte, bemerkte er, dass er nicht allein im Zimmer war. In einer Ecke am Fenster erkannte er im Halbschatten einen Rollstuhl, in dem jemand saß, der ihm den Rücken zuwandte. Bichlmaier hatte sich leicht erhoben, wagte es aber nicht, etwas zu äußern. Er wartete.

Die Stimme, die er dann vernahm, war die einer Frau. Sie war eigenartig künstlich und von einem leisen, monotonen Pfeifen begleitet. Gleichzeitig konnte er das mühevolle Atmen bei jedem ihrer Worte hören.

»Warum sind Sie hergekommen?«, fragte sie, ohne sich vorzustellen oder ihn nach seinem Namen zu fragen. Die Frage war von großer Schroffheit und Bichlmaier hatte den Eindruck, als habe die Frau, die da sprach, die Fähigkeit verloren, sich mit anderen in angemessener Weise zu unterhalten. Als habe sie es verlernt, zu sprechen.

»Frau Gemsa?«, fragte er.

»Was wollen Sie von mir?«

»Ich möchte mit Ihnen über Ihren ehemaligen Mann

sprechen. Ich bin Polizist.« Er wartete, aber sie erwiderte nichts. Schwieg.

»Darf ich mich zu Ihnen setzen?«, fragte er und erhob sich.

»Nein, bleiben Sie. Kommen Sie nicht näher! Bitte!«

Bichlmaier war von der Heftigkeit, mit der sie die Worte herausstieß, überrascht. Gleichzeitig nahm er die Panik in ihrer Stimme wahr und setzte sich wieder. Erst nach einiger Zeit hob er erneut an.

»Wissen Sie, dass Ihr ehemaliger Mann getötet wurde?«

»Man hat es mir gesagt«, antwortete sie nach einiger Zeit.

»Es tut mir leid.«

Wieder schwieg sie.

»Wollen Sie mit mir sprechen?«, fragte er in den Raum hinein, dahin, wo sie im Halbdunkel saß.

»Was wollen Sie wissen?«

Er hörte ihren Atem, ihr Keuchen, und er versuchte, sich ein Bild von ihr zu machen. Aber es gelang ihm nicht. Was nur mit ihrer Stimme geschehen ist, fragte er sich. Wie schwer waren die Schäden gewesen, die durch die Verbrennungen entstanden waren?

»Wir haben eine ganze Menge an Informationen über Ihren ehemaligen Mann, aber wir wissen nichts von seiner frühen Vergangenheit. Über die Zeit, als Sie geheiratet haben, die ersten Jahre Ihrer Ehe.«

Wieder war nur ihr Keuchen zu vernehmen.

»Das ist sehr lange her«, flüsterte sie schließlich. »Das meiste habe ich vergessen. Ich habe ihn damals geliebt, aber ich habe niemals herausgefunden, warum er mich geheiratet hat.«

Sie sagte es stockend, aber ohne große Emotionen, so als würde ihr das nichts mehr ausmachen. Vielleicht kam dieser Eindruck aber nur daher, dass ihre Stimme so schrecklich künstlich und monoton klang. Die letzten Worte waren kaum noch zu verstehen, schienen nicht mehr an ihn gerichtet zu sein.

Bichlmaier wartete lange mit seiner nächsten Frage. Er wusste, in diesem Zimmer spielte die Zeit keine Rolle mehr. »Wann haben Sie sich kennengelernt?«

Wieder dauerte es eine Ewigkeit, bis sie antwortete. »Im Herbst 1951. In München. Wir waren beide noch ganz jung.«

»Was haben Sie damals in München gemacht?«

»Gearbeitet. Bei einer Behörde. Ich war Sekretärin an einem Finanzamt.«

»Und er?«

»Er hat Geschäfte gemacht. Mit allem Möglichen.«

»Hatte er denn Geld? Liefen seine Geschäfte?«

»Ja. Es ging ihm sehr gut.«

»Woher hatte er das Geld? Sein Startkapital? Er war doch ein Flüchtling. Hat er so gut verdient?«

»Ich weiß es nicht. Aber er hat einmal gesagt, dass ihm der liebe Gott ein Geschenk gemacht habe. Daran kann ich mich noch sehr gut erinnern. Er hat gesagt, dass der liebe Gott einmal blutige Tränen geweint hat, nur für ihn …«

»War er denn ein gläubiger Mensch?«

»Nein. Ich glaube sogar, er hat Gott gehasst. Er wollte auch immer aus der Kirche austreten.«

»Weswegen?«

»Vor allem wegen seiner Schwester. Er hatte eine Schwester, die damals, als der Krieg zu Ende war, nicht mit ihm und seinem Bruder nach Bayern fliehen konnte.

Sie hatte ein Baby und war bei ihren Eltern geblieben. Irgendwo in Schlesien.«

»Was ist mit ihr passiert?«

»Die Russen sind gekommen und sie wurde wohl unzählige Male von sowjetischen Besatzungssoldaten vergewaltigt. Paul wusste anfangs nichts davon. Sie hat es ihm nie geschrieben. Die Briefe kamen damals nicht so häufig. Besonders die aus dem Osten. Aber dann, bald nach unserer Hochzeit, hat sie sich umgebracht. Sie konnte mit ihren Erlebnissen nicht leben ... Seine Mutter hat ihm später alles in einem Brief mitgeteilt.«

»Und das Baby? Wissen Sie, was mit dem Kind geschehen ist?«

»Nein. Darüber hat er nie mit mir gesprochen. Damals hat er aber begonnen, sich zu verändern ... Damals ... Damals ist er ein richtiges Monstrum geworden.«

»Ein Monstrum? Inwiefern?«

»Er hat begonnen, alles und jeden zu hassen. Auch mich ... und auch sich selbst. Das war schrecklich.«

»Und sein Bruder? Lebt er noch?«

»Das weiß ich nicht. Ich habe ihn nie zu Gesicht bekommen. Ich glaube aber, er ist nach Kanada ausgewandert.«

Bichlmaier lehnte sich in seinem Sessel zurück. Er fühlte sich plötzlich müde und ausgelaugt. Das kam wohl von der langen Zugfahrt. Außerdem war er heute Morgen sehr früh aufgestanden, um rechtzeitig zum Bahnhof zu kommen. Er verschränkte die Arme hinter dem Kopf. Eine Zeit lang war nur mehr das laute Atmen der Frau zu hören.

»Warum sind Sie nach Regensburg gezogen?«, fragte er schließlich.

»Paul wollte das.«

»Wieso?«

»Das hat er mir nicht gesagt, aber ich habe es bald herausgefunden. Er wollte in der Nähe dieses Judenmädchens sein.«

Bichlmaier musste nicht lange nachdenken. »Ella Spielmann?«

»Ja. Damals hieß sie noch Feitelbach. Paul war verrückt nach ihr, aber sie wollte von ihm nichts wissen. Sie hat ja später auch einen anderen Mann geheiratet ...«

»Wissen Sie, was zwischen den beiden vorgefallen ist?«

»Nein.«

»Haben Sie Ihren Mann nie danach gefragt?«

»Doch. Aber er wollte nicht darüber sprechen.«

»Und haben Sie selbst Ella Spielmann kennengelernt? Sind ihr vielleicht einmal über den Weg gelaufen? Sie haben doch in derselben Stadt gewohnt.«

»Nein. Eigentlich nicht.«

»Was heißt – eigentlich nicht?«

»Ich war einmal in ihrer Galerie. Bei einer Vernissage. Bei dieser Gelegenheit habe ich sie gesehen. Da war ich schon eine ganze Weile verheiratet. Ich habe ihr nicht gesagt, wer ich bin. Ich glaube aber, dass sie es trotzdem gewusst hat.«

»Sie sagten, Ihr Mann sei ein Monstrum gewesen ...?«

»Ja, das war er.«

»Hat er Sie geschlagen? War er gewalttätig?«

»Ja. Aber das war nicht das Schlimmste. Das Schlimmste war, dass er mich ständig gedemütigt hat. Vor seinen Freunden, vor anderen Frauen. Das habe ich nicht ertragen.«

»Hat es Ihrem Mann Freude bereitet, Sie zu quälen? Hat es ihn erregt?«

»Nein. Ich glaube, er konnte nur nicht anders. Er war ein kaputter Mensch. Er hat mir immer auch leidgetan.«

»Es gab da einmal einen Skandal. Ein Mädchen starb unter sehr zweifelhaften Umständen …« Als er die Frage stellte, musste Bichlmaier an die andere Frau denken, Gemsas zweite Ehefrau. Er hatte sie mit derselben Frage konfrontiert. Er erinnerte sich, wie überrascht sie darauf reagiert hatte. Welche Kälte sie ausgestrahlt hatte. Ganz anders die Frau, die ihm hier und jetzt Rede und Antwort stand.

»Paul hat gerne gefeiert«, erklärte sie mit ihrer toten, künstlichen Stimme, in der doch die Emotionen ihres Lebens mitschwangen. »Er hat es geliebt, wenn er im Mittelpunkt stehen konnte. Da waren auch immer Mädchen dabei. Ganz junge Mädchen. Er hat sie benutzt, aber nicht nur für sich, sondern auch, um seine Geschäfte anzukurbeln. Seine Männerfreunde und die Herren aus der Politik haben sich nicht zweimal bitten lassen.«

»Was waren das für Männer?«

»Hurenböcke. Verheiratete. Meistens schon ältere Männer, die den Kitzel gebraucht haben.«

»Haben auch bekannte Politiker an diesen Zusammenkünften teilgenommen?«

»Ja. Manche waren sogar sehr bekannt. Das waren Männer, über die jeden Tag etwas in der Zeitung stand.«

»Wer zum Beispiel?«

»Das spielt keine Rolle. Die meisten sind ohnehin schon tot.«

»Auch Geschäftsleute?«

»Natürlich.«

»Und Sie? Waren Sie bei solchen Anlässen auch dabei?«

»Ja. Er wollte das. Es hat ihm diebisches Vergnügen

bereitet, mich bloßzustellen und vor den Augen seiner Freunde zu erniedrigen. Er hat mich dabei in aller Öffentlichkeit betrogen. Hinterher hat er mich geschlagen, weil ich ihm Schande bereitet habe.«

»Konnten Sie sich nicht wehren? Warum haben Sie ihn nicht verlassen?«

Die Frau blieb stumm und wieder war nur ihr schweres Atmen zu hören.

»Was war mit dem Mädchen?«

»Ich weiß es nicht genau. Er hat behauptet, es sei ein Unfall gewesen. Vielleicht war es das auch … Sie haben die Mädchen fast immer mit hinunter in den Keller genommen. Dort gab es einen Raum, in den ich nie hinein durfte. Für ihre Spiele …«

»Woher hatte er die Mädchen?«

»Das weiß ich nicht so genau. Er besaß genug Geld. Er konnte sie sich einfach kaufen. Die Mädchen kamen von überall her. Sämtliche Hautfarben … Die meisten waren wirklich blutjung.«

»Wurden dabei auch Drogen konsumiert?«

»Er hat darüber nicht mit mir gesprochen, aber ich glaube, dass einige der Mädchen nur mitgemacht haben, weil er ihnen Drogen gegeben hat.«

Sie verstummte und auch Bichlmaier schwieg. Was für ein Mensch war dieser Paul Gemsa bloß gewesen?

»Haben Sie je daran gedacht, Ihren Mann zu töten?«

»Natürlich habe ich das. Aber ich wusste dabei immer, dass ich es nicht tun würde.«

»Warum?« Er wartete, aber auch auf diese Frage antwortete sie nicht.

»Wie lange ist das alles her?«, wollte er dann wissen.

»Sehr lange«, erwiderte sie mit ihrer künstlichen

Stimme, aus der jedwedes Gefühl herausgefiltert war. Ein blecherner, entmenschlichter Ton. Wieder wartete er.

»Das Mädchen starb im Sommer 1982«, sagte sie schließlich. »Daraufhin sind wir aus Regensburg weggezogen.«

»Wohin?«

»Zurück nach München. Dort hatte er mächtige Freunde. Die haben ihm geholfen, den Skandal zu vertuschen. Wir sind allerdings bald wieder nach Regensburg zurückgekehrt. Paul wollte unbedingt in der Nähe von dieser Frau leben.«

»Hat sich in dieser Zeit etwas verändert?«

»Nein. Oder doch. Alles wurde noch schlimmer … Irgendwann konnte ich nicht mehr.«

Er wartete. »Können Sie über das sprechen, was damals geschah?«, fragte er dann. Er war sich nicht sicher, ob er ihr die Frage überhaupt stellen durfte, aber sie schien darauf gewartet zu haben.

»Ich habe mich angezündet«, entgegnete sie. »Ich wollte mich verbrennen. Aber stellen Sie sich vor, selbst dabei habe ich versagt.«

Eine Weile wusste Bichlmaier nichts zu erwidern. Und doch hatte er noch etwas auf dem Herzen. »Warum haben Sie das Feuer gewählt?«

Lange Zeit schwieg sie und er glaubte schon, dass sie seine Frage unbeantwortet lassen würde. Er lauschte ihrem Atem, hörte, wie sie keuchte, und dann schien es ihm, als würde ein leises Wimmern aus dem Rollstuhl kommen, das jedoch gleich wieder verstummte.

»Das Böse«, murmelte sie irgendwann. »Ich wollte das Böse vernichten. Verstehen Sie das denn nicht? Das Böse kann man nur mit Feuer auslöschen.«

»Aber …«, wollte er ihr widersprechen, doch sie fiel ihm ins Wort. »Doch. Ich bin das Böse. Ich, ich …«

Wie unrecht sie hat, dachte er, aber er wusste, dass er sie nicht davon würde überzeugen können, dass ihre Überzeugung nicht stimmte.

Dann erhob er sich. »Danke, dass Sie sich die Zeit genommen haben«, sagte er und merkte im selben Moment, wie dumm diese Floskel war. Er wollte sich schon entschuldigen, als er hörte, wie sie lachte. Es war ein eigenartiges Geräusch.

»Kein Problem, Herr Kommissar«, antwortete sie. »Wenn Sie wollen, können Sie mich irgendwann wieder besuchen. Hier, in unserer Zauberwelt.«

Er nickte, obwohl sie es nicht sehen konnte, und ging zur Tür. Er hörte, wie sie sich mit ihrem Rollstuhl drehte. Als er die Tür geöffnet hatte, wandte auch er sich noch einmal um. Ein Lichtstrahl drang von draußen herein und Bichlmaier sah den Klumpen verbrannten und vernarbten Fleisches, der einmal das Gesicht einer jungen, hübschen Frau gewesen war. Erschrocken stürzte er aus dem Zimmer.

Er verließ das Verwaltungsgebäude, nachdem er die Schwester an der Rezeption gebeten hatte, ihm ein Taxi zu rufen, und setzte sich auf eine der Bänke im Park. Die Sonne stand schon etwas schräg hinter den Wipfeln der Bäume und blendete ihn, sodass er nur ein buntes Glitzern vor sich wahrnahm, ohne Einzelheiten unterscheiden zu können. Dennoch machte er sich nicht die Mühe, seinen Sitzplatz zu wechseln.

Während er wartete, vertiefte er sich in seine Gedanken und Vermutungen. Der Anblick des zerstörten Gesichts verfolgte ihn dabei, wirbelte die Bilder in seinem Kopf durcheinander. Er wusste nicht so recht, was er mit dem soeben Erlebten anfangen sollte. Hatte er etwas Neues herausgefunden? Er konnte es nicht sagen. Tappte er denn nicht immer noch im Dunkeln? Das Bild, das er von Paul Gemsa bislang gewonnen hatte, hatte neue Nuancen gewonnen, neue Kanten. Ob ihm das aber weiterhalf? Eines schien ihm jedenfalls unbestreitbar: Der Mord an Paul Gemsa musste mit dessen Vergangenheit in Verbindung stehen. Immer mehr drängte sich dabei die Vermutung in den Vordergrund, dass selbst die Zeit von Gemsas erster Ehe bereits unter einem Fluch gestanden hatte, der weit in die Vergangenheit reichte. Was war in jenen Jahren passiert, als aus einem elternlosen Flüchtling ein vermögender Mann geworden war? Was hatte sein Leben in die Bahn gelenkt, hatte aus ihm gemacht, was er in seinen späteren Jahren gewesen war?

Fast war er froh, als in diesem Augenblick das Taxi heranfuhr und nur wenige Meter entfernt hielt. Der Fahrer machte sich nicht die Mühe, auszusteigen und ihm die Wagentüre zu öffnen. Das würde er wohl nur bei ganz alten und gebrechlichen Fahrgästen tun, tröstete sich Bichlmaier. Als er einstieg, sah er, dass es derselbe Fahrer war, der ihn bereits hergebracht hatte. Der nickte nur kurz und schon setzte sich das Fahrzeug in Bewegung. Als wollte er den Bereich des Krankenhauses so schnell als möglich verlassen. Wie es dem Kommissar schien, spürte auch er das Bedrohliche dieses unwirtlichen und geheimnisvollen Ortes fern seiner gewohnten Lebenswelt.

Als sie aus dem Dickicht des Waldes auf die Hauptstraße einbogen, lehnte sich Bichlmaier zurück und begann, sich auf das monotone Geräusch der Reifen auf der staubigen Fahrbahn zu konzentrieren.

Plötzlich wusste er wieder, woran er sich auf der Parkbank hatte erinnern wollen.

›Einmal‹, hatte die Frau ihren Mann zitiert, ›einmal hat der liebe Gott blutige Tränen für mich geweint …‹

Was damit wohl gemeint war?

25

Es war längst dunkel, als der Zug im Regensburger Bahnhof einfuhr. Nur wenige Leute verließen die dampfenden Waggons, und auch auf dem Bahnsteig stand nur eine Handvoll Reisender, die noch in Richtung Dresden weiterfahren wollten. Bichlmaier hatte Glück gehabt, als er in München in den Zug gestiegen war, und ein Abteil gefunden, in dem er nahezu allein gewesen war. Nur einmal war eine Horde grölender Jugendlicher daran vorbeigestreift, mit Bierflaschen in den Händen. Der Anführer der Jungen war stehen geblieben, hatte ihn aus kleinen, entzündeten Augen angestarrt und an einer Zigarette gezogen. Den Rauch ließ er provozierend in Bichlmaiers Abteil wehen. Grinsend kamen Worte aus seinem Mund, aber Bichlmaier verstand nichts. Die anderen waren ebenfalls stehen geblieben, hatten gelacht. Zum Glück waren sie weitergezogen. Eine Sekunde lang hatte Bichlmaier Angst verspürt, so wie in dem Lokal, in dem er verprügelt worden war.

Er entschied sich, den Weg vom Bahnhof bis zu seiner

Wohnung zu Fuß zu gehen. Die frische Luft würde ihm guttun. Vielleicht konnte er bei einem Fußmarsch auch den Anblick der Frau vergessen. Noch immer stand es vor seinen Augen, dieses haarlose, pergamentene Gesicht, zusammengeflickt aus Hautstreifen der eigenen Schenkel und des Rückens, wie Bichlmaier von der Schwester an der Rezeption erfahren hatte. Wie ein alter Teppich hatte das gewirkt. Er hatte es nur während einiger weniger Sekunden gesehen, und doch hatte es sich tief in seinem Gedächtnis eingeätzt.

Er ließ sich Zeit, schlenderte, die Hände tief in die Hosentaschen vergraben, die Schultern nach vorne hängend, dahin. Er merkte, wie er beim Laufen ruhiger wurde. Trotz der späten Stunde war es noch angenehm warm. Die Menschen, die ihm entgegenkamen, wirkten entspannt. Ein junges Mädchen, das in sein Handy sprach, warf ihm einen freundlichen Blick zu, als es an ihm vorbeiging. Mit einem Mal wirkte die Stadt sehr friedlich auf ihn, als würde sie lächeln. So, als könnte nichts Böses innerhalb ihrer Mauern passieren. Und doch, dachte er, war das nicht eher ein trügerisches Gefühl? Lag nicht trotz aller Gelassenheit etwas Gefährliches in der Luft?

Beinahe hätte er die vier Gestalten nicht bemerkt, die abseits des Fußgängerwegs im Schatten neben einer Steinbank kauerten. Sie hatten Bierflaschen und billigen Rotwein bei sich und starrten mit leeren Blicken vor sich hin. Offensichtlich hatten sie ihr tägliches Quantum bereits konsumiert. Es roch nach Erbrochenem. Bichlmaier trat angeekelt zur Seite. Da rülpste einer der Männer und spuckte aus. Dann reckte er seinen Arm in den Himmel und rief etwas. Es war eher ein Lallen und Bichlmaier verstand nicht, was der Mann meinte.

In vielen Ortsteilen, und vor allem hier in der unmittelbaren Nähe des Bahnhofs, prägten mittlerweile diese heruntergekommenen Gestalten das Bild der Stadt. Mehr, als dies noch vor Jahren der Fall gewesen war. Abfallprodukte einer neuen und schicken, einer grenzenlosen Welt waren das. Was musste im Leben eines Menschen passieren, damit er so endete? Hier im wohlhabenden Deutschland. Aber vielleicht waren solche Schicksale gar nicht so weit weg vom eigenen Leben, wie man vermutete. Es gab schließlich keine Sicherheit. Bichlmaier schob die düsteren Gedanken beiseite. Ließ sich wieder anstecken von der Wärme der Nacht, der guten Stimmung, die um ihn herum herrschte. Es waren wohl ohnehin sinnlose Gedanken.

Er ging weiter. Immer wieder kam er an Plakaten vorbei, auf denen die *Rechten Demokraten* für ihre Anliegen warben. ›Stoppt den Schindler-Bau‹, ›Wehrt Euch, Regensburger‹ und ›Herr im eigenen Haus‹ stand da. In einigen Abständen dazu waren die Slogans der anderen Seite zu finden: ›Regensburg ist bunt‹ oder ›Nie wieder brauner Terror‹. Die andere Seite. Da war etwas gewesen. Etwas, das Bergström gesagt hatte. Bichlmaier versuchte, sich zu erinnern, kam aber nicht darauf.

In wenigen Tagen wollten die Schindler-Gegner marschieren. Hier am Bahnhof vorbei ins Zentrum der Stadt. Am kommenden Samstag sollte es zum großen Protest kommen. Ein Fanal sollte es werden.

Waren das die Zeichen einer lebendigen Demokratie oder eher Menetekel, die den Rückfall in Zeiten dunkler Nacht ankündigten?

Tief in seinem Innersten glaubte er nicht, dass die bestehende Gesellschaftsordnung gefährdet war. Was sollte schon passieren? Die Vorstellung erschien ihm sogar lächerlich. Und doch! Warum nur hatte er dieses Gefühl einer Bedrohung?

Als er in seiner Wohnung zurück war, öffnete er sämtliche Fenster, um den Mief des Tages hinauszulassen. Die Luft vibrierte und im Nu hatten sich um die Lampe in der Küche allerlei Nachtfalter und spinnenbeinige Insekten versammelt.

Am nächsten Morgen schaute Bichlmaier von seinen Notizen auf, als Haimerl, ohne anzuklopfen, in sein Zimmer stürmte. So etwas passierte nicht allzu häufig. Haimerl war jemand, der sogar an der eigenen Bürotür anklopfte, ehe er eintrat.

»Die Phantombilder«, keuchte er. Er schien ganz außer Atem. »Du weißt schon. Nach den Angaben der Nonne.«

Bichlmaier nickte. Er nahm den Stick, den Haimerl ihm hinhielt und fuhr seinen Laptop hoch. Er hatte den Eindruck, es dauerte ewig.

Die Bilder zeigten das Gesicht eines älteren Mannes. Es war ein kräftiges Gesicht mit fliehender Stirn und einem außergewöhnlich schmallippigen Mund, der nicht so recht in das großflächige Gesicht zu passen schien.

»Sie hat seine Augen nicht sehen können«, erklärte Haimerl, der sich über Bichlmaier gebeugt hatte und wie dieser auf das Bild starrte. »Der Zeichner hat versucht, das Beste daraus zu machen.«

Bichlmaier nickte. Er wusste, wie schwer es war, nach vagen Zeugenangaben ein Gesicht zu rekonstruieren. »Wie alt schätzt du ihn?«

Haimerl zuckte mit den Schultern. »Vielleicht 65 oder 70 Jahre. Schwer zu sagen …«

Bichlmaier begann zu rechnen. Wahrscheinlich hatte Haimerl recht. Der Mann musste somit gegen Ende des Krieges oder während der letzten Kriegsjahre zur Welt gekommen sein. Wenn sie mit ihren Schätzungen richtig lagen, musste er etwas jünger als Gemsa sein. Die Möglichkeit, dass sich die beiden von damals her kannten, war also durchaus vorhanden. Er registrierte es als Tatsache, wusste aber nichts Rechtes damit anzufangen.

»Er sieht eigenartig aus«, meinte er, ohne sich dabei direkt an Haimerl zu wenden. »Als ob er geistig etwas zurückgeblieben ist.«

Einen Augenblick zögerte er noch. »Gebt das Bild an die Presse und auch an die Fernsehstationen weiter«, sagte er dann. »Vielleicht haben wir Glück.«

Im Fernsehen wird Tinker Bell, die kleine Elfe, von der bösen Königin gerade in ein tiefes, dunkles Verlies gesperrt. Zuvor hat diese ihr die schimmernden, silbrigen Zauberflügel weggenommen, die es ihr erlaubt hätten, sich in die Lüfte zu erheben, um zurück in ihr Elfenreich zu fliegen. Jetzt kullern dicke Tränen aus samtenen Augen, kindlicher, elfenhafter Schmerz, der nach Trost verlangt.

Er kniet vor dem Fernsehgerät und sein kleiner Mund ist leicht geöffnet. Aus den Mundwinkeln tropft etwas Speichel, aber er merkt es nicht. So sehr ist er gefangen von dem Leid des märchenhaften Wesens, dass er alles um sich herum vergisst.

Und auch seine Augen quellen über, von Schmerz und Trauer überwältigt, nehmen Anteil am immerwährenden Kampf zwischen Gut und Böse. Ein dumpfes Stöhnen entringt sich seiner Kehle.

Die Frau, die daraufhin ins Zimmer tritt, wirft einen

Blick auf den Bildschirm und streicht dem Mann behutsam über das dichte, graue Haar. Sie nimmt seine ungewöhnlich kräftigen, schwieligen Hände in die ihren und beginnt, leise auf ihn einzureden. Allmählich beruhigt er sich, lässt sich von der Frau überreden, auf seinem Stuhl Platz zu nehmen. Sie schiebt das Malbuch, das aufgeschlagen auf dem Tisch liegt, zurecht und drückt ihm einen seiner Malstifte in die Hand. Sofort beginnt er mit bemerkenswerter Genauigkeit, eine der Figuren in seinem Heft auszumalen.

Die Frau nimmt die Fernbedienung und zappt die grausame Märchenwelt weg. Darstellungen einer anderen Realität beginnen nun über den Bildschirm zu flimmern. Kaum zu unterscheiden in ihrer Abfolge. Plötzlich hält sie inne. Starrt auf die Zeichnung, die da eingeblendet ist. Sie zeigt das Gesicht eines Mannes. Es ist das Gesicht des Alten, der friedlich an ihrem Tisch sitzt und Figuren in einem Bilderbuch ausmalt. Sie ist sich ganz sicher. Auch wenn es nicht seine Augen sind, ist es sein Gesicht. Nicht ganz genau getroffen, aber für sie doch eindeutig.

Rockinger lehnte sich gegen den Rahmen der Tür. Er musterte den Zeugen, der Bichlmaier gegenübersaß. Der Mann war groß und schlank, er war schon leicht ergraut und schien seinen Körper in Schuss zu halten. Er konnte nicht viel älter sein als 40 Jahre.

»Darf ich rauchen?«, fragte er höflich, worauf Bichlmaier ihm die Untertasse seines Kaffeegeschirrs hinschob.

»Wir dürfen im Dienst nicht mehr qualmen, aber wenn Sie …«

Er beendete den Satz nicht und sein Gegenüber steckte

die Zigaretten mit einer beschwichtigenden Geste wieder ein. »Kein Problem«, lachte er.

Er wirkte völlig entspannt, wie er da vor dem Kommissar saß. Er hatte die Beine übereinandergeschlagen und sich in seinem Sessel zurückgelehnt.

»Sie unterrichten an der Uni?«, begann Bichlmaier vorsichtig.

»Ganz richtig. Ich bin Professor für Englische Literatur am Lehrstuhl für Anglistik. Hauptgebiet Shakespeare.« Er lächelte leicht.

»Hm«, machte Bichlmaier und warf einen Blick zu Rockinger, der noch immer am Türrahmen lehnte und ihn unverschämt angrinste. Einen Moment lang irritierte ihn das und in einer Art Übersprungshandlung begann er, auf seinem Schreibtisch nach einem Blatt Papier zu suchen, um sich das Wesentliche des Gesprächs darauf zu notieren. Als er jedoch nichts fand, gab er die Suche auf und beschloss, sich die Antworten seines Gegenübers zu merken.

»Treiben Sie Sport, Herr Professor Schmidt-Gerlach?«

Der Mann schien verwundert. Etwas affektiert hob er seine rechte Augenbraue. »Gelegentlich schon, aber ich weiß nicht, was das die Polizei angeht.«

»Joggen Sie?«

»Manchmal.«

»Und wo?«

»Meistens in der Nähe des Campus, von meinem Büro aus.«

»Nur dort?«

»Ja, aber ich würde …«

»Wir haben Sie zu uns gebeten als möglichen Zeugen

im Mordfall Gemsa. Sie haben sicher von dem Fall gehört oder gelesen.«

Schmidt-Gerlach nickte. Er wirkte erstaunt, aber in keinster Weise betroffen. »Sicher, sicher. Aber ich bitte Sie, Herr Kommissar, was habe ich mit Ihrem Fall zu tun? Ich kannte Gemsa ganz flüchtig, wie die meisten der anderen Stadträte übrigens, aber …«

Bichlmaier war klar, dass es der Mann für weit unter seiner Würde hielt, sich von einem einfachen Polizeibeamten ins Verhör nehmen zu lassen. Eine Situation, die ihm in seinem Polizistenleben schon viele Male untergekommen war. Meist hatte er darauf mit einem besonders schroffen Ton reagiert, der nur selten seine Wirkung verfehlt hatte. Etwas an dem Mann vor ihm aber brachte ihn dazu, sich zu mäßigen. Es war fast eine Art Minderwertigkeitsgefühl, das er empfand. Es ärgerte ihn, ohne dass er etwas dagegen tun konnte.

Er betrachtete ihn, wie er da vor ihm saß, die kühlen grauen Augen hinter der randlosen Brille versteckt, und auf die nächste Frage wartete.

»Sagt Ihnen der Name Kai Lorenz etwas?«, fragte er dann. Es schien ihm, nachdem er die Frage gestellt hatte, als könne er eine beinahe unmerkliche Veränderung im Gesicht des Professors wahrnehmen, als sei er ihm mit dieser Frage zu nahe gekommen.

»Nein. Leider nicht. Wer soll das sein?«

»Ein Student.«

»Ein Student. Wissen Sie, wie viele Studenten ich pro Semester unterrichte? Die kann ich doch nicht alle kennen.«

»Kai Lorenz ist keiner Ihrer Studenten, nehme ich zumindest an. Er studiert Religion und Geschichte. Ein

Theologiestudent. Wohl kaum jemand, der sich für Shakespeare interessiert, oder?«

Schmidt-Gerlach zuckte mit den Schultern, äußerte sich aber nicht.

»Sie haben des Öfteren mit ihm telefoniert und sollten ihn eigentlich kennen.«

»Tut mir leid.«

»Der Junge arbeitet im Strichermilieu. Halb professionell, soweit uns bekannt ist.«

Einen Augenblick lang herrschte Schweigen im Raum. Dann schien es, als würde Schmidt-Gerlach explodieren. Hektische rote Flecken traten auf sein Gesicht. »Was wollen Sie damit andeuten?«

Seine Stimme kam gepresst. Er wirkte empört und über alle Maßen verärgert, doch noch ehe Bichlmaier etwas erwidern konnte, sackte er unvermittelt in sich zusammen, so als würde sämtliche Luft aus ihm entweichen.

»Was wollen Sie denn von mir?«, fragte er. Seine Stimme klang müde und resigniert. »Wollen Sie mir einen Mord anhängen, nur weil ich schwul bin? Weil ich anders bin als die Masse? Ist es das?«

Bichlmaier schämte sich plötzlich für den Mann, der da vor ihm mehr oder weniger zusammenbrach, und er erwog, sich bei ihm zu entschuldigen. Er wandte seinen Kopf, schaute zur Tür, wo Rockinger noch immer stand und das Geschehen verfolgte. Der grinste nun nicht mehr und auch der mürrische Blick, den er noch vor wenigen Minuten aufgesetzt hatte, war verschwunden.

»Es ist mir egal, wie Sie Ihr Sexleben gestalten. Vielleicht gehen Sie jeden Morgen allein zum Joggen, um dabei für 20 bis 30 Minuten einen dieser jungen Burschen zu treffen. Das ist ganz allein Ihre Angelegenheit. Homosexualität wird schon lange nicht mehr als widernatürliche Handlung gegen die Gesellschaft verfolgt.« Er erinnerte sich, dass er zu Kai Lorenz Ähnliches gesagt hatte, damals bei dem Verhör auf dem Parkplatz. Auch da hatte er sich liberal gegeben. War deswegen direkt stolz auf sich gewesen. Dennoch war er sich nicht sicher, ob er im Grunde seines Herzens wirklich so dachte. Ob er tatsächlich bereit war, von seiner eigenen Lebensform abweichende Muster zu akzeptieren. Zu tief steckten wohl die Vorurteile auch in ihm drin. Doch schien ihm dies in dieser Situation eine eher zweitrangige Überlegung zu sein.

»Was mich interessiert, ist der Mord an dem alten Mann«, fügte er hinzu. »Haben Sie etwas gesehen oder wahrgenommen?«

»Aber ich habe Kai an diesem Morgen doch gar nicht getroffen«, warf Schmidt-Gerlach voll Empörung ein.

»Warum denn nicht?«

»Ich weiß es nicht mehr.«

Bichlmaier sah ihn zweifelnd an, wartete. Er sah, wie sich der Mann vor ihm wand, und das Gefühl der Unterlegenheit, das den Kommissar zu Beginn des Verhörs kurzzeitig überkommen hatte, verschwand in diesem Moment völlig. Fast empfand er etwas wie Mitleid. Dabei war er sich klar, dass er nicht lockerlassen durfte. Er ahnte, dass der Professor mehr wusste, als er bereit war, zuzugeben. Hinterher konnte er nicht mehr genau sagen, was ihm dieses Gefühl vermittelt hatte. War es etwas in der Haltung des Mannes gewesen, etwas, das in seinem Gesicht gestanden hatte? Vielleicht war es nur die Erfahrung mit Menschen gewesen, die wie der Professor vor ihm gesessen hatten und von ihm vernommen worden waren. Bichlmaier hatte gelernt, auf die feinsten Nuancen der Körpersprache solcher Menschen zu reagieren, war selbst zu einer Art Lügendetektor geworden.

Schmidt-Gerlach griff in seine Jacketttasche, holte das Päckchen Zigaretten hervor, das er vor wenigen Minuten noch weggesteckt hatte, und zündete sich mit fahrigen Bewegungen eine Zigarette an. Erst nachdem er einige tiefe Züge genommen hatte, schaute er zu Bichlmaier auf.

»Ich habe Kai nicht getroffen«, behauptete er. »Ich habe mit ihm seitdem auch keinen Kontakt mehr gehabt. Kai weiß, dass er mich nicht anrufen darf.« Der Shakespeare-Experte stützte den Kopf in die Hände. Die Zigarette brannte zwischen seinen Fingern ab und Asche fiel auf sein teures Jackett. Er schien es nicht zu bemerken. Bichlmaier lehnte sich vor, nahm ihm die Zigarette ab und drückte sie auf der Untertasse aus. Dann stand er auf, ging zum Fenster und öffnete es. Anschließend wandte er sich wieder um, blieb aber stehen und blickte auf den Professor, der wie ein Häufchen Elend auf seinem Stuhl saß.

»Was ist also passiert? Reden Sie!«

»Wir haben uns schon des Öfteren auf dem Parkplatz im Wald getroffen. Auch an jenem Morgen wollten wir das tun … Aber ich bin schon am späten Nachmittag des Vortags, fast schon gegen Abend, hinausgefahren. Ich weiß gar nicht mehr so recht, warum. Ich glaube, ich war einfach nur in der Stimmung und wollte zu dem Platz, wo wir uns immer getroffen haben …«

»Und dort haben Sie Hand an sich gelegt?«

Der Professor schaute ihn empört an, ging aber nicht darauf ein.

»Was ist dann passiert?«

Wieder dauerte es verhältnismäßig lang, bis Schmidt-

Gerlach antwortete. »Eine Weile war ich ganz allein. Dann ist jemand aus einem der Waldwege gekommen und hat sich auf die Bank auf dem Parkplatz gesetzt.«

»Konnten Sie ihn sehen?«

Der Professor nickte. »Ich hielt mich verborgen. Zuerst habe ich ihn nicht erkannt. Aber dann habe ich gesehen, dass es Paul Gemsa war, der Stadtrat. Ich kannte ihn von der Uni. Er war einer unserer größten Mäzene. Anglistik hat ihn allerdings nicht so sehr interessiert.«

»Weiter, was passierte dann?«

»Er hat angefangen zu telefonieren und dann …«

»Ja?«

»Dann war da plötzlich noch jemand, direkt hinter Gemsa. Ich habe gar nicht gesehen, woher der Mann gekommen ist. Er stand auf einmal hinter dem Stadtrat … Der hat geschrien, eigentlich war es mehr ein Gurgeln, und der Mann hinter ihm hat ihn von der Bank ins dichte Gras dahinter gezogen.«

»Warum sind Sie dem Opfer nicht zu Hilfe gekommen?«

Schmidt-Gerlach hob ratlos die Schultern, gab aber keine Antwort auf diese Frage.

»Haben Sie anschließend noch etwas gehört oder gesehen?«

»Der andere Mann hat sich wenig später wieder aus dem Gras erhoben und gleich darauf etwas in das Waldstück hinter der Bank geworfen.«

»Konnten Sie erkennen, was es war?«

»Nein.«

Bichlmaier drehte sich um und starrte aus dem Fenster, beobachtete das hektische Treiben auf der Straße, ohne etwas davon so richtig wahrzunehmen. »Haben Sie den

Mann gesehen?« Bichlmaier wandte sich wieder seinem Gesprächspartner zu.

Der Professor nickte. »Er hat ein Fahrrad bei sich gehabt. Das hatte er im Gras versteckt. Dann ist er an mir vorbeigeradelt. Gar nicht schnell. Ein ziemlich alter Mann …«

»Jemand, den Sie kannten?«

»Nein. Aber der Mann hatte ein ganz eigenartiges Gesicht. Das konnte man erkennen, obwohl er eine Sonnenbrille trug.«

»Hm. Haben Sie sich um Gemsa gekümmert, als der Mann weg war?«

»Ich bin hingelaufen, aber er war schon tot. Das habe ich genau gesehen. Dann bin ich zu meinem Auto und nach Hause gefahren.«

»Ich verstehe«, sagte Bichlmaier. »Würden Sie den Mann wiedererkennen?«

Schmidt-Gerlach nickte. Daraufhin drehte Bichlmaier seinen Laptop, sodass der Mann den Bildschirm sehen konnte. Er zeigte das Phantombild, das nach den Angaben der Nonne erstellt worden war.

»Ja, das ist er. Das ist der Mörder.«

26

Sie wusste, dass es nur einen Weg für sie gab. Sie musste bis zum Äußersten gehen, war gezwungen, ihn zu töten. Sonst würden sie ihr das Geheimnis, das sie all die Jahre über bewahrt hatte, entreißen. Sie würden es ans Licht zerren und ausbreiten vor einer geifernden Menge, die gern bereit sein würde, über sie herzufallen, so wie sie es damals schon einmal getan hatte. Gleichzeitig ahnte sie, dass sie nicht in der Lage sein würde, diesen Weg zu gehen.

Sie eilte in die Küche, setzte sich zu ihm hin und schaute ihm zu, wie er seine Bilder ausmalte. Wie geschickt er sich anstellte. Sie beobachtete, wie die großen, unförmigen Hände sanft über das Blatt huschten. An keiner Stelle malte er über den Rand hinaus. Sie hatte sich immer gefragt, ob sie das ebenso geschickt handhaben könnte, war aber bei jedem Versuch gescheitert. Nie hatte es länger als einige Sekunden gedauert, bis sie sich vertan hatte und über den Rand hinausgekritzelt hatte. Sie war einfach zu ungeduldig gewesen. Es lag wohl an ihrer inneren Anspannung.

Er lächelte, schien sie aber gar nicht so richtig wahrzunehmen. Dazu war er viel zu sehr in seine Arbeit versunken.

Leise berührte sie ihn am Arm und wartete, bis er seine schrecklichen Augen auf sie richtete. »Wir müssen reden«, sagte sie. »Jemand bedroht uns.«

»Heute ist der 27. August«, stellte Hallmann fest und zog an seiner erkalteten Pfeife. »Damit ist für mich der Sommer zu Ende.«

Rockinger, Haimerl und Bergström warfen ihm erstaunte Blicke zu. Seit er Leiter des Präsidialbüros geworden war, hatte er eine Neigung zu solchen vermeintlich apodiktischen Äußerungen entwickelt. Es war immer noch ein sehr heißer Tag und nichts ließ auf den kommenden Herbst schließen. Lediglich Bichlmaier zeigte keine Reaktion.

»Der Fall hält uns ganz schön in Trab«, setzte er dagegen, ohne direkt auf Hallmanns Worte einzugehen. »Wir kommen nicht so recht voran.«

»Hat sich denn noch niemand auf das Phantombild hin gemeldet?«

»Doch«, antwortete Haimerl und schaute dabei ganz verlegen an Hallmann vorbei zum Fenster. »Es gab einige Anrufe, aber nichts, was uns weitergeholfen hätte. Die meisten kamen von Wichtigtuern und Spinnern – wie immer in solchen Fällen.«

»Und jetzt? Was machen wir nun?«

»Wir gehen weiter unseren Hinweisen nach und warten darauf, dass sich etwas tut.«

Hallmanns Gesicht war rot angelaufen und er atmete tief durch. »Na gut«, brummte er und versuchte, dabei optimistisch auszusehen.

»Mir geht noch immer etwas im Kopf herum«, fügte Bichlmaier in Hallmanns Richtung hinzu. »Etwas, das Gemsas erste Frau zu mir gesagt hat.«

Keiner in der Runde konnte diese Bemerkung einordnen. Alle warteten, dass Bichlmaier seinen Gedanken weiter ausführen würde, aber er schwieg. Hallmann starrte ihn einen Moment lang an, dann drehte er sich um und schritt zur Tür.

Als der Kriminaldirektor gegangen war, herrschte eine Weile Schweigen.

»Er ist nervös«, meinte Bichlmaier schließlich. »Wahrscheinlich steht er unter Druck. Die Presse fragt auch schon nach konkreten Ergebnissen. Dazu die aufgeheizte Stimmung in der Stadt.«

»Noch vier Tage bis Samstag«, äußerte Bergström.

Haimerl blickte ihn verständnislos an. »Was ist denn am Samstag?«

»Na, der Aufmarsch der Rechten im Zentrum.«

»Es hieß doch, die Stadt würde versuchen, die Veranstaltung zu verhindern ...«

»Einspruch abgewiesen. Das ist eben wahre Demokratie.«

»Scheiß Nazis«, brummte Rockinger. »Was soll der ganze Aufruhr?«

»Es soll der größte Aufmarsch werden seit Jahren. Da kommen Gruppen aus dem gesamten Bundesgebiet. Auch aus Österreich und aus Italien. Dazu die Autonomen und die üblichen Krawallmacher.« Bergström schaute zu Bichlmaier. »Sicher auch unsere Freunde von der braunen Kameradschaft ...«

Bichlmaier nahm die Kaffeekanne vom Tisch und goss Kaffee in eine Plastiktasse. Er probierte einen Schluck, verzog aber dabei das Gesicht. »Wer hat denn den gemacht?«, fragte er angewidert.

»Rockinger«, entgegneten die beiden anderen wie aus einem Munde.

»Pfui Teufel.« Bichlmaier schüttelte sich und stand auf. »Macht weiter, Leute. Wir stehen vielleicht ganz kurz vor der Aufklärung. Langsam müsste doch mal jemand anrufen, der unseren Mann auf dem Phantombild kennt, oder?«

»Dein Wort in Gottes Ohr«, grinste Rockinger und griff nun selbst zum Kaffee.

»Eigentlich komisch«, meinte Bergström jäh. »Wir haben zwei Morde, sogar eine ziemlich genaue Vorstellung, wie der Mörder aussieht, aber kein Motiv.«

»Stimmt«, gab ihm Bichlmaier, der stehen geblieben war, recht. »Wir vermuten lediglich, dass der Mord an Gemsa etwas mit seiner Vergangenheit zu tun hat, aber genauso gut könnte es jemand gewesen sein, dem er jetzt oder vor ganz kurzer Zeit erst gefährlich geworden ist.«

»Was ist mit Richter? Da wissen wir im Grunde doch auch nicht mehr, oder?«

Bichlmaier zuckte mit den Schultern. »Möglicherweise hat der Mann auf dem Phantombild gar nichts mit Gemsas Vergangenheit zu tun.«

»Vielleicht sollten wir zuerst den Mörder fassen. Wenn wir ihn haben, könnten wir ihn nach seinen Motiven fragen«, schlug Haimerl vor.

»Nein.« Bichlmaier schüttelte den Kopf. »Das wäre der falsche Weg. Die Reihenfolge stimmt nicht. Wir können uns nicht darauf verlassen, dass uns der Mann auf dem Silbertablett serviert wird.« Er setzte sich wieder und begann zu grübeln. Die anderen betrachteten ihn verwundert.

»Könnte es nicht auch sein, dass ein Geheimnis aus Gemsas Vergangenheit all die Jahre nicht aufgedeckt wurde und erst jetzt für seinen Mörder zu einem Problem geworden ist?«

»Was für ein Geheimnis?«, fragte Britta.

»Das genau ist die Frage. Vielleicht hat es etwas mit den Tränen zu tun, die der liebe Gott vor vielen Jahren für Paul Gemsa geweint hat.«

Wieder schauten ihn die Kollegen ganz verwundert an. Da erklärte er ihnen, was Gemsas erste Frau zu ihm gesagt hatte. Keiner wusste jedoch etwas damit anzufangen.

»Macht ihr hier weiter«, meinte er schließlich, nachdem niemand mehr etwas sagte. »Ich möchte noch einen Besuch machen.«

»Hoffentlich störe ich nicht«, entschuldigte sich Bichlmaier.

Renate Gemsa musterte ihn aus kühlen Augen. Dann bat sie ihn ins Haus. »Was wollen Sie denn schon wieder?«, fragte sie. Sie bot ihm sichtlich unwillig einen Platz an.

Der Kommissar ließ sich Zeit. »Ich möchte noch einmal mit Ihnen über Ihren Mann sprechen. Es gibt da etwas, das ich nicht verstehe.« Er kramte in seiner Jackentasche und zog ein Notizbuch heraus, das er ganz bedächtig aufschlug. Er merkte, wie sie unruhig wurde und auf ihre Armbanduhr blickte.

»Ich habe vor wenigen Stunden mit der ersten Frau Ihres Mannes gesprochen«, teilte er ihr mit. »Sie hat mir eine ganze Menge über ihn verraten. Eine Sache habe ich jedoch nicht verstanden … Ihr Mann hat einmal seiner ersten Frau gegenüber davon gesprochen, dass der liebe Gott Tränen für ihn geweint hat. Wissen Sie, was er damit gemeint haben könnte?«

Sie fixierte ihn verständnislos. Dann schien ihr ein Gedanke zu kommen. »Warten Sie«, murmelte sie und stand auf. Sie verschwand in einem der angrenzenden Zimmer und er hörte, wie sie verschiedene Schübe und

Schränke öffnete und wieder schloss. Nach mehreren Minuten kam sie zurück. Sie hielt etwas in den Händen.

»Mein Mann war ein eigenartiger Mensch«, nahm sie das Gespräch wieder auf. »Er hatte viele Geheimnisse und Erinnerungen, die er in sich verschlossen hatte. Er hat nur sehr selten über diese Dinge aus seiner Vergangenheit gesprochen.«

»Haben Sie ihn denn nie danach gefragt?«

»Nein. Es hat mich nie so recht interessiert. Das waren alles Dinge, die Lichtjahre entfernt waren, irgendwann einmal wichtig gewesen sind, aber nur für ihn.«

»Ich verstehe«, behauptete er.

»Was verstehen Sie?«, fragte die Frau.

Er blickte sie erstaunt an, wunderte sich über ihre Direktheit. »Dass Sie kaum etwas darüber wissen, was für Ihren Mann von Bedeutung gewesen ist.«

Eine Weile schwieg sie und er glaubte schon, sie verärgert zu haben.

»Sind Sie verheiratet?«, fragte sie dann, ohne direkt auf seine Worte einzugehen.

»Ja«, antwortete er. »Aber meine Frau lebt in Italien, in Rom. Schon eine ganze Zcit.«

Sie blickte hoch. ›Sehen Sie‹, sagten ihre Augen ohne jeglichen Triumph und er fühlte seine Einsamkeit.

»Haben Sie etwas gefunden, das Sie mir zeigen wollen?«

Sie nickte, hielt aber das, was sie in der Hand hatte, verborgen.

»Mein Mann hat mir einmal erzählt, wie er nach dem Krieg zu Geld gekommen ist. Durch einen komischen Zufall nämlich. Aber dieser Zufall hat sein ganzes weiteres Leben bestimmt. Das hat er zumindest behauptet.«

Bichlmaier sah sie auffordernd an.

»Er hat damals einen Mord beobachtet. Hier in Regensburg. Damals war alles noch ziemlich chaotisch und solche Verbrechen waren anscheinend nicht ganz ungewöhnlich. Er hat mir erzählt, dass er gesehen hat, wie drei Männer getötet wurden.«

Bichlmaier war erstaunt. »Hat er denn etwas über die Mörder gesagt? Kannte er die Männer? Oder die Opfer?«

»Nein. Ich glaube nicht. Er hat mir damals nur berichtet, dass die drei Ermordeten etwas bei sich gehabt hätten, das er später am Tatort gefunden hat. Etwas, das ihnen aus den Taschen gefallen ist.«

»Wissen Sie, was das gewesen ist?«

»Das waren die Tränen, die der liebe Gott geweint hat … Zumindest hat er das damals so formuliert. Ich habe es mir gemerkt.« Sie lachte ein bisschen und legte das, was sie in der Hand hielt, vor ihn auf den Tisch. Sie kam ihm dabei einen Augenblick lang ganz nahe und er konnte ihr herbes Parfüm riechen.

Es war ein kleines, abgegriffenes Foto mit seltsam bräunlichen Farben, wie sie für Bilder aus den Anfängen der Fotografie typisch waren, das sie ihm vorlegte. Die Ränder waren eigenartig gezackt und verbogen. Es erinnerte ihn an die Flut von Aufnahmen, die er von seinen Großeltern, unbekannten Neffen und Cousins hatte. Ein ganzes Album voll mit sonderbar steifen Personen, die alle schrecklich alt wirkten.

Zuerst erkannte er nicht, was auf dem Foto zu sehen war. Erst als er es in die Hand nahm, wurde ihm klar, dass der Fotograf eine Kollektion von Edelsteinen aufgenommen hatte. Die Steine waren nach einem bestimmten Muster angeordnet, sodass man daraus schließen konnte, dass ganz offensichtlich vier davon fehlten. Bichlmaier studierte das Bild und er verstand, warum Gemsa von Tränen gesprochen hatte. Die Steine waren nicht sehr groß, aber jeder einzelne von ihnen hatte die Form einer exquisit geschliffenen Träne. Natürlich konnte man auf dem alten Foto ihre Färbung nicht erkennen, aber Bichlmaier wusste, dass es sich um Rubine handelte. Einen der fehlenden hatte er erst vor Kurzem in den Händen gehalten. Es war der Stein, den sie in Gemsas Mercedes gefunden hatten.

»Was ist mit den Steinen passiert? Hat er mit Ihnen darüber auch gesprochen?«

Sie nickte. »Die hat er damals verkauft. Das muss gleich nach der Währungsreform gewesen sein. Er hat wohl sehr viel Geld dafür bekommen. Damit hat er seine ersten Geschäfte finanziert.«

»Hm«, brummte Bichlmaier. »Warum ist eigentlich dieses Foto bei Ihren Sachen gelandet?«

»Er hat es mir irgendwann einmal geschenkt, aber ich habe es nicht sonderlich beachtet.« Sie zuckte mit den Schultern. »Ich habe es in eine der Kommoden gesteckt. Wenn Sie wollen, können Sie es mitnehmen.«

Bichlmaier nickte. Als er das Haus verließ, hatte sich ein Gedanke in seinem Kopf gebildet, der ihn nicht mehr losließ.

Als er in seine Wohnung zurückkehrte, begann es bereits zu dämmern. Er duschte und bereitete sich anschließend Kaffee zu, setzte sich an den Küchentisch. Er wollte nachdenken. Dabei vermied er es, Licht zu machen, um nicht abgelenkt zu werden. Lange saß er so und grübelte. Hier in der Dunkelheit seines Zimmers bekam alles plötzlich etwas Unwirkliches. Und was ihm eben noch in seinem Kopf so klar erschienen war, stellte sich ihm jetzt als zusammenhanglos und wenig überzeugend dar. Ein Gefühl großer Unruhe beschlich ihn daraufhin und zum wiederholten Mal seit der Übernahme der beiden Mordfälle wurde ihm die eigene Hilflosigkeit bewusst.

Nach einer Weile merkte er, dass er sich nicht mehr auf den Fall konzentrieren konnte, dass seine Gedanken angefangen hatten, zu wandern. Immer wieder sah er die Frau vor sich, die er an diesem Nachmittag besucht hatte und er spürte, wie das Begehren nach körperlicher Nähe in ihm zu wachsen begann. Zum Glück läutete in diesem Moment das Telefon, unterbrach seine Gedanken. Als er jedoch den Hörer abhob, meldete sich niemand. Kein Wort, kein Atmen war zu hören.

Etwas ratlos stand er da. Dann beschloss er, etwas zu tun, das er schon längere Zeit vorgehabt hatte.

Er schlurfte in die Diele, wo er sein Jackett aufgehängt hatte, und holte eine dünne Plastiktüte aus der linken Seitentasche. In der Tüte befand sich ein Film auf DVD, den er auf dem Nachhauseweg in einer Videothek ausgeliehen hatte. Er hatte Glück gehabt, dass er im Sortiment gewesen war, wie ihm der Angestellte versichert hatte, und war nun gespannt, was er zu sehen bekommen würde. *Schindlers Liste*.

Was erwartete ihn? Würde ihm der Film etwas über den Menschen sagen können, der so unerwartet in den Fokus der Stadt geraten war? Der die Menschen bewegte, sie geradezu zwang, Stellung zu beziehen?

Die Bilder, die wenig später über den Bildschirm flimmerten, waren Ansichten des Grauens, und sie zogen den Kommissar in eine Welt hinein, die er bislang nicht gekannt hatte. Zuerst sträubte er sich gegen die Wucht filmischer

Kunst und Verführung, doch mehr und mehr gab er dem Schrecken nach, der ihm aus dem leblosen Apparat entgegenquoll und ihn wie ein mächtiger Strom mitriss. Er war sich seiner Ausgeliefertheit durchaus bewusst und konnte doch der Gewalt der Bilder nichts entgegensetzen. Wer war der Mann, der sich ihm da präsentierte, der da hoch zu Ross auf das brennende Warschauer Ghetto blickte? Ein Lebemann? Ein Glücksritter? Ein Weiberheld? Oder war er nur eine Chimäre, ein Trugbild, ein Mensch, den es so nie gegeben hatte? Er wusste keine Antwort auf diese Fragen.

Dann das Mädchen im roten Mantel. Bichlmaier erkannte die Unschuld inmitten all der Gewalt und des Sterbens, bekam eine Ahnung von dem Leid der Zeit, von dem ihm die alte Jüdin, Ella Spielmann, erzählt hatte. Er erinnerte sich dabei an die Bilder, die sie ihm gezeigt hatte, und er glaubte, ein bisschen von dem zu verstehen, was sie ihm damals bei seinem Besuch anvertraut hatte.

Als der Film zu Ende war, blieb der Kommissar noch ein paar Minuten sitzen. Wer ist zu solchen Grausamkeiten fähig?, fragte er sich. Wie konnten Menschen so beschaffen sein? Er starrte auf den dunklen Bildschirm, in dem sich nunmehr lediglich sein Gesicht spiegelte, und er wusste dabei nicht so recht, ob er je Antworten auf seine Fragen bekommen würde.

›Das sind Menschen gewesen, wie du einer bist‹, sagte das Spiegelbild. ›Durchschnittliche Menschen. Im Großen und Ganzen waren sie genau wie du und all die anderen, die um dich herum sind.‹

Bichlmaier seufzte. Er blickte aus dem Fenster, sah das kalte Licht des Mondes, das hereinfiel, und ahnte, dass er eine unruhige Nacht vor sich hatte.

Irgendwann schreckte er aus dem Schlaf hoch. Er konnte hinterher nicht mehr sagen, was ihn geweckt hatte. Waren es die Filmbilder, die ihm in seinen unruhigen Träumen durch den Kopf gegeistert waren? Die Aufnahmen des Mädchens im roten Mantel, das ihn aus traurigen Augen angeschaut hatte? Vielleicht war es aber auch nur ein kleines, fremdes Geräusch in der Wohnung gewesen, das er nicht zuordnen konnte.

Das milchige Licht des Vollmondes erleuchtete noch immer sein Schlafzimmer, obwohl er schon weitergezogen war. Bichlmaier blickte zur Tür. Jemand war in der Wohnung. Augenblicklich überfiel ihn große Angst. Als er später an diesen Moment zurückdachte, erinnerte er sich, dass er dabei in keinster Weise an einen Einbrecher gedacht hatte. Instinktiv war er sich einer weitaus größeren Bedrohung bewusst gewesen.

Bichlmaier richtete sich ganz vorsichtig in seinem Bett auf, versuchte dabei, jegliches Geräusch zu vermeiden. Dann hielt er den Atem an und lauschte. Die Schritte waren sehr leise, aber er konnte hören, wie sie sich dem Zimmer näherten.

Von Panik erfüllt, sah er sich nach etwas um, mit dem er sich gegen den Eindringling zur Wehr setzen konnte. Aber da war nichts. Nicht einmal eine Nachttischlampe, die er hätte werfen können. So blieb er seltsam passiv sitzen und wartete.

Die Tür wurde ganz langsam und kaum hörbar geöffnet und ein dunkler Schatten zwängte sich ins Zimmer. Es dauerte eine Weile, bis Bichlmaier erkannte, dass es sich um einen seltsam gedrungen wirkenden Mann handelte. Erst als dieser einen weiteren Schritt ins Zimmer machte, fiel das Licht des Mondes auf ihn. Der Kommissar wusste sofort, wer der Mann war. Zu genau hatte er sich die Züge des Mordverdächtigen auf dem Phantombild eingeprägt. Und doch war er völlig überrascht, als er ihn nun leibhaftig vor sich sah. Mehr als die Erkenntnis, wer sich da in seinem Schlafzimmer befand, waren es jedoch die Augen des Mannes, die ihn schaudern ließen. Noch nie in seinem Leben hatte er einen Menschen mit solch unnatürlich schielenden Augen gesehen.

Der Mann war etwa drei Meter vor Bichlmaiers Bett stehen geblieben, offensichtlich überrascht, dass der Kommissar wach war und ihm entgegensah. Er stand da und musterte Bichlmaier, der halb aufgerichtet im Bett saß und mit einer Mischung aus Angst und wilder Entschlossenheit den Blick des Eindringlings erwiderte. Minutenlang versanken die Augen der beiden ineinander. Es war wie ein stiller Kampf. Dann drehte sich der Mann um und schlüpfte so leise, wie er gekommen war, hinaus. Erst als Bichlmaier das Schnappen der Wohnungstür vernahm, ließ er sich fallen. Er spürte, dass er am ganzen Körper zitterte.

Schließlich raffte er sich auf, ging zum Telefon und rief das Einsatzkommando an.

27

Die Fahndung nach dem Mann mit den seltsamen Augen lief auf Hochtouren, aber es schien, als würde ihn niemand kennen. Das war ungewöhnlich. Wie kann es sein, dachte Bichlmaier, dass ein Mensch mit einem solch auffallenden Äußeren in der Dunkelheit der Anonymität verschwinden kann, ohne eine Spur zu hinterlassen? Gibt es denn ein Zwischenreich jenseits aller Gesetze, einen Raum irgendwo zwischen Himmel und Hölle, wohin er sich zurückziehen kann? Und ist da jemand, der ihm hilft, sich sowohl den Blicken der Staatsautorität als auch denen der breiten Allgemeinheit zu entziehen?

Bichlmaier blieb, nachdem das Einsatzkommando bei ihm erschienen und die Suche nach dem Phantom eingeleitet worden war, in seiner Wohnung zurück. Er hatte sich am Morgen kurz im Kommissariat gemeldet, mitgeteilt, dass er heute nicht mehr im Büro erscheinen würde, und danach regelrecht verbarrikadiert. Er hatte Türen und Fenster verrammelt und war zu Bett gegangen. Gänzlich mit sich allein, durchlebte er nochmals die Angst, die wenige Stunden zuvor tief in ihn hineingekrochen war. Erstaunlicherweise war er bald darauf in einen bleiernen Schlaf gefallen und erst viele Stunden später wieder daraus erwacht.

Der Vorfall in der Wohnung des Kommissars hatte dafür gesorgt, dass sämtliche Polizeireviere der Stadt in erhöhte Alarmbereitschaft versetzt worden waren, wovon Bichlmaier allerdings nichts mitbekam. Darüber hinaus forderten die Vorbereitungen auf den erwarteten Großeinsatz am kommenden Samstag die Energien der Polizisten in einem zusätzlichen Maße, was wiederum zu einer aufgeheizten Stimmung führte, die auf unerklärliche Weise aus den Polizeirevieren hinaus in die Stadt zu dringen schien. Es war, als hielte Regensburg den Atem an.

Als Bichlmaier erwachte, war es kurz nach fünf. Die Sonne stand bereits sehr tief und als er ans Fenster trat und die Flügel weit öffnete, hatte er das Gefühl, als läge ein Hauch des nahenden Herbstes in der Luft, die ins Zimmer strömte. Der Sommer ging tatsächlich seinem Ende entgegen.

Es war das erste Mal seit der Übernahme der beiden Mordfälle, dass er ein wenig zur Ruhe gekommen war. Sein erster freier Tag, ein Tag, den er sich selbst geschenkt hatte. Herrgott, dachte er. Warum zum Teufel bin ich nur Polizist geworden? Er hatte sich diese Frage im Laufe seiner 28 Dienstjahre schon des Öfteren gestellt und doch nie eine vernünftige Antwort gewusst. Manchmal, in Augenblicken wie dem jetzigen, hatte er das Gefühl, dass gar nicht er es war, der da hinter Verbrechern herjagte und einen sinnlosen, nie enden wollenden Kampf führte. Es musste ein anderer sein. Jemand, der wusste, wonach er suchte. Aber er? Wonach suchte er? Vielleicht nach etwas, dachte er, das es gar nicht gibt, weder unter den Menschen, noch in mir selbst. Das Leben ist so schrecklich sinnlos. Seine Gedanken verselbstständigten sich. Ob es dem Mörder, der irgendwo dort draußen auf ihn wartete, ebenso erging? Ob auch er nach etwas suchte? Oder lief der nur vor etwas davon?

Bichlmaier lauschte in die Stille, die durch die Wohnung wehte. Er beschloss, einen Spaziergang zu machen. Es gab da etwas, das er noch erledigen musste. Etwas, wozu er sich verpflichtet fühlte. Er ging ins Bad und spritzte sich kaltes Wasser ins Gesicht, um munter zu werden. Ehe er die Wohnung verließ, achtete er darauf, dass sämtliche Fenster und die Wohnungstür sicher verschlossen waren. Wie es schien, hing er ja doch am Leben.

Sein Weg führte ihn über die Galgenbergbrücke zum Katholischen Friedhof. Dort hatte man Angelo Hartmann beerdigt, den jungen Polizisten, der sein Leben unter den Stiefeln eines entfesselten Mobs verloren hatte. Bichlmaier hatte wegen der Ermittlungsarbeiten an der Beerdigung nicht teilnehmen können. Er hatte dies sehr bedauert, aber ebenso schnell auch wieder vergessen. Nun war die Gelegenheit da, das Versäumte nachzuholen.

Als er den Friedhof erreichte, hing bereits eine rötliche Dämmerung in der Luft. Es überraschte ihn, wie gut die Gräber der Verstorbenen in den Abendstunden besucht waren. Meist waren es ältere Frauen, die mit schweren Gießkannen umhereilten oder vor den Gräbern ihrer Angehörigen standen und Wasser auf den ausgedörrten Blumenschmuck gossen.

Angelo Hartmanns Grab lag im Schatten einer mächtigen Eiche. Es war, soweit Bichlmaier sehen konnte, das einzige frische Grab in der näheren Umgebung. Das ausgehobene Erdreich war über und über mit Kränzen bedeckt, und jemand hatte ein Holzkreuz in den trockenen Boden gerammt. Eine schlichte Fotografie des Toten war daran mit einem Reißnagel befestigt.

Eine Weile blieb er vor dem Grab stehen, aber es wollte sich kein Gefühl von Trauer einstellen. Vielleicht, weil er nicht allein war. Das emsige Treiben, das um ihn herum herrschte, störte ihn. So las er nur einige der Widmungen, die auf den Trauerschleifen aufgedruckt waren, dann wandte er sich wieder ab und setzte sich auf eine der Bänke, die unter den Bäumen aufgestellt waren. Eine ganze Zeit saß er so, den Blick nach innen gerichtet.

So kam es, dass er die Frau, die irgendwann vor dem Hügel aus Kränzen und Blumengebinden gestanden hatte, beinahe übersehen hätte. Er hatte gar nicht bemerkt, woher sie gekommen war. Sie war dunkel gekleidet, so wie die meisten der alten Frauen hier. Dabei hatte er den Eindruck, als trüge sie Trauerkleidung, so, als habe sie erst kürzlich einen nahen Angehörigen verloren.

Er war mit ihr nicht verabredet gewesen, hatte nicht erwartet, ihr hier zu begegnen, und doch war er nicht sonderlich erstaunt, als sie langsam auf ihn zuschritt und sich neben ihn setzte. Er erkannte sie sofort wieder. Die kurzen grauen Haare, die aufrechte Haltung.

»Wie geht es Ihnen?«, fragte sie ihn und musterte ihn dabei ganz besorgt. Bichlmaier nickte nur dazu. Es ging ihm ja wieder gut. Der todesähnliche Schlaf nach dem Erlebnis in der Nacht hatte ihm neue Kraft gegeben. Ihre Frage verwunderte ihn. Vielleicht, weil sie ihn dabei so intensiv musterte. Er ging jedoch nicht näher darauf ein.

Ganz in der Nähe kläffte plötzlich ein Hund. Tiere waren auf dem Friedhof nicht erlaubt, aber ihre Besitzer hielten sich nicht an die Verbote. Sie hatten ihre eigenen Regeln.

»Die braunen Galgenvögel marschieren wieder«, durchbrach die alte Jüdin das Schweigen und deutete dabei mit ihren Augen auf die Grabstätte.

»Wir haben bereits eine ganze Reihe von den jungen Leuten verhaftet, die das getan haben.«

»So, so, haben Sie das?« Sie hob die Schultern und ließ sie kraftlos wieder fallen. Bichlmaier sah ihre Resignation. »Denken Sie, dass das etwas ändert?«

»Ich weiß nicht.«

»Es ist so wie damals, als ich ein kleines Mädchen war. Ich kann mich noch gut daran erinnern. Immer haben die Männer Stiefel getragen und sind marschiert. Die Stiefel waren so laut, und die anderen haben Angst gehabt. Das ist es, was sie auch heute wollen. Sie wollen, dass die Menschen Angst vor ihnen haben. Dann können sie nämlich vergessen, wie erbärmlich sie selbst sind.«

Bichlmaier betrachtete ihre Hände. Sie waren ganz schmal und lagen ohne Leben in ihrem Schoß.

»Haben Sie auch Angst vor denen, Herr Kommissar?«

›Nein‹, wollte er antworten, aber er musste daran denken, wie er sich gefühlt hatte, als er verprügelt worden war, und er wusste, dass das nicht stimmte. Er hatte seine Angst noch nicht verloren und schwieg.

»Im Lager hatten wir auch immer Angst und es war immer kalt. Wir haben die ganze Zeit gefroren. Auch im Sommer. Aber im Lager hat man den Sommer nicht gespürt. Da gab es keine Jahreszeiten, keine Sonne und kein Licht. Alles ist nur dunkel und grau gewesen. Und unsere Angst war grenzenlos …«

Bichlmaier musste angesichts ihrer Worte an den Film über Oskar Schindler denken. Die Bilder hatten ihn beeindruckt, aber als er jetzt die Frau neben sich erzählen hörte, da wusste er, dass er eigentlich nichts verstanden hatte von dem, was man ihr angetan hatte. Und er fragte sich, ob es überhaupt möglich war, etwas zu begreifen.

»Haben Sie den Toten gekannt?«

»Nein. Ich habe nur gehört, was mit ihm passiert ist, und da wollte ich ihn besuchen … Nur so.«

»Wie ein Familienmitglied?«

»Ja.« Sie blickte ihn ganz erstaunt an, als würde sie sich wundern, dass er das nachvollziehen konnte.

»Mein Vater hat mir vor vielen Jahren versprochen, dass das Böse nicht mehr zurückkehren würde. Aber er hat sich getäuscht. Eine Zeit lang habe ich mich sicher gefühlt. Ich habe geglaubt, dass ich unverletzbar bin und geschützt.«

»Ist denn das Böse nicht immer ein Teil unseres Lebens? Steckt es nicht in jedem von uns?«

»Vielleicht«, murmelte sie. »Vielleicht haben Sie recht.« Dann schwieg sie. In der Ferne konnte man noch immer das Gekläffe eines Hundes hören, aber es klang in der Dämmerung, die nun endgültig hereingebrochen war, nur noch gedämpft herüber. Mit einem Schlag hatte sich der Friedhof geleert. Die Frauen waren verschwunden und über die Gräber hatten sich Schwermut und Verzagtheit gelegt.

»Ist Ihr Vater schon lange tot?«

»Ja. Bereits seit 30 Jahren. Aber ich vermisse ihn und meine Mutter noch immer. Mein Vater war sehr stark. Er hat all die Jahre versucht, mich zu beschützen.«

Als er sie nach ihrer Mutter fragen wollte, schüttelte sie nur den Kopf.

»Und Ihr Mann?«

»Auch er ist schon lange tot«, antwortete sie. »Aber er hat mir nicht sehr viel bedeutet, der Arme.«

Sie sagte es ganz sachlich. Ohne Bedauern. Bichlmaier musste an Marianne denken, seine Frau. Hatte sie ihm je etwas bedeutet? Er wusste es nicht mehr. Am Schluss zumindest, als sie gegangen war, hatten sie beide begriffen gehabt, dass er während ihrer ganzen Ehe immer nur die Einsamkeit gesucht hatte. Er hatte sich während der langen Jahre mehr und mehr in sich zurückgezogen, bis sie es nicht mehr ausgehalten, das Leben neben ihm nicht mehr ertragen hatte. Manchmal vermisste er sie jetzt und das Lachen in ihren Augen.

»Warum haben Sie ihn geheiratet?«, fragte er die Frau neben sich.

Diese zuckte daraufhin lediglich mit den Schultern. Vielleicht wusste sie den Grund ja selbst nicht.

Bichlmaier dachte, dass er sie mochte. Ihre Verlorenheit war seine eigene. Eine Weile schwiegen sie. Er fühlte sich seltsam entspannt und er genoss die Wortlosigkeit. Er hätte ewig so sitzen können.

»Wie weit sind Sie überhaupt mit Ihren Ermittlungen?«, nahm sie das Gespräch wieder auf. Sie sah dabei an ihm vorbei auf das Grab des jungen Polizisten. Schatten hatten sich darauf gesenkt, als wären sie vom Himmel gefallen.

»Ich denke, es wird nicht mehr lange dauern, bis wir den Mörder gefasst haben werden.«

»Was macht Sie so sicher?«

Bichlmaier überlegte einen Moment, ob er mit ihr über diese Dinge überhaupt sprechen durfte, sah aber keinen Anlass, daraus ein Geheimnis zu machen. »Wir wissen, wie er aussieht. Außerdem hat er mir in der vergangenen Nacht einen Besuch abgestattet. Ich habe ihn mit meinen eigenen Augen gesehen.«

»Sind Sie sicher, dass dieser Mann der Mörder ist?«

Bichlmaier nickte. »Es gibt verschiedene Zeugenaussagen …« Er wartete, dass sie darauf etwas erwiderte, aber sie schwieg. Die Stille dehnte sich aus. Was sie wohl denkt, ging es ihm durch den Kopf. Er hatte keine Vorstellung davon, ahnte nur, dass sie sehr müde war. Aus der Ferne war der Klang einer Kirchenglocke zu hören, der einen Hauch von Wehmut mitbrachte. Bichlmaier atmete die milde Luft des frühen Abends und dachte an den nahenden Herbst.

Dann fiel ihm ein, was er sie noch fragen wollte. Etwas zum Film, den er gestern gesehen hatte. Ob sie ihn auch kannte?, wollte er wissen.

Sie nickte.

»Ist Oskar Schindler realistisch?«

Sie lachte. »Nein. Das war ein amerikanischer Schauspieler aus Hollywood. Aber dem Herrn Direktor hätte der Film gefallen. Er ist immer ein bisschen eitel gewesen.« Wieder lachte sie.

»Und das Mädchen im roten Mantel? Hat es das wirklich gegeben?«

»Natürlich«, meinte sie. »Da gab es Tausende von diesen Mädchen … Ich war doch auch eines davon.«

Bichlmaier wandte den Kopf und blickte sie an. Er erinnerte sich an große, traurige Filmaugen von tiefster Schwärze. Manchmal ist die Fiktion beeindruckender als das Leben selbst, dachte er. Wie Ella Spielmann wohl damals als Kind ausgesehen hat?

Er erwog, etwas zu sagen, um seiner Betroffenheit Ausdruck zu geben, aber es fiel ihm nichts Passendes ein. »Warum sind Sie nach dem Krieg in Deutschland geblieben? Haben Sie nie daran gedacht, auszuwandern, alles hinter sich zu lassen?«

Ella Spielmann schien etwas erwidern zu wollen, zuckte mit den Schultern, schwieg aber. Erst nach geraumer Zeit antwortete sie. »Das konnte ich nicht. Hier war doch meine Heimat. Trotz allem.« Es klang ein wenig ratlos. »Außerdem, was sollte ich hinter mir lassen? Ich trage alles, was passiert ist, immer bei mir. Verstehen Sie das?«

Er nickte. Da gab es nichts, was er hätte sagen können.

»Wussten Sie übrigens, dass Paul Gemsa kurz nach dem Krieg Zeuge eines Dreifachmordes geworden ist?«

»Nein«, antwortete sie und es klang, als habe er sie mit seiner Frage beleidigt. Bichlmaier wollte sich erkundigen, ob er etwas Falsches gesagt habe, doch da hatte sie sich bereits erhoben. Er taxierte sie überrascht.

»Es ist spät geworden«, meinte sie. »Ich möchte jetzt nicht mehr über die Vergangenheit sprechen. Bitte.«

Bichlmaier stand ebenfalls auf und reichte ihr die Hand.

»Verzeihen Sie mir«, bat sie und ging.

Er nahm noch einmal Platz und blickte hinter ihr her. Beobachtete, wie sie zwischen den Gräbern zum Ausgang eilte. Eine kleine Frau mit einem aufrechten Gang. Irgendwann konnte er sie nicht mehr sehen. Er war völlig durcheinander.

28

Regen prasselte gegen die Fensterscheiben, als Bichlmaier am nächsten Morgen aus unruhigem Schlaf erwachte. Dazu wehte ein kräftiger Wind, der die Bäume vor dem Schlafzimmerfenster wild hin und her bewegte. Nichts hatte am Abend zuvor darauf hingedeutet, dass es zu einem solchen Wetterumschwung kommen würde. Eigenartigerweise dachte er sofort an die Frauen mit ihren Gießkannen, die die Gräber ihrer Angehörigen mit Hingabe gegossen hatten. Welch sinnloses Bemühen angesichts des Regens, ging es ihm durch den Kopf. Er blickte zur Decke hoch und schwang die Beine über die Bettkante. Er blieb aber noch eine Weile sitzen, ehe er ins Bad ging. Der Regen deprimierte ihn.

Er duschte ausgiebig und zog sich an, aber seine Stimmung besserte sich nicht. Auch nicht, als er sich etwas zu essen und zu trinken zubereitet hatte. Er verspürte weder Hunger noch Durst, zwang sich aber, etwas in den Magen zu bekommen. Nach einigen Bissen und einem Schluck Kaffee stand er auf und fuhr mit dem Aufzug nach unten, um die Tageszeitung zu holen. Er war froh, dass er unterwegs niemanden traf. Das Haus wirkte wie ausgestorben.

Wieder zurück, setzte er sich an den Küchentisch und las die Titelseite des ›Regensburger Kuriers‹, der sich äußerst kritisch mit den mageren Fahndungserfolgen der Polizei beschäftigte. Neben dem Leitartikel prangte das Phantombild des mutmaßlichen Mörders der beiden Politiker. Der Zeichner hatte das ursprüngliche Bild nach Bichlmaiers Angaben verändert und besonders die Augenpartie des Mannes überarbeitet. Bichlmaier starrte so lange auf das düstere Schwarz-Weiß-Bild, bis die Erinnerung an seinen Besucher verblasst war und nur noch die schemenhafte Zeichnung vor seinen Augen zurückblieb.

Erst auf der dritten Seite erschien ein Artikel, der sich relativ ausführlich mit den Vorgängen um die umstrittene Oskar-Schindler-Gedächtnisstätte befasste. Ella Spielmann wurde gleich mehrmals zitiert und ihre Rolle als prominente Befürworterin des Mahnmals herausgestrichen. Dabei wurde auch ihr Schicksal während der NS-Zeit erwähnt. Bichlmaier las mit großem Interesse und seine Gedanken gingen immer wieder zurück zu dem gestrigen Gespräch mit der alten Jüdin. Es war ihm nicht bewusst gewesen, wie kontrovers ihre Rolle in der aktuellen Diskussion war. Der Autor des Artikels äußerte allerdings auch großes Verständnis für die Position der Gegenseite und bezeichnete vor allem die rigide Haltung, die Paul Gemsa vor seiner Ermordung eingenommen hatte, als durchaus nachvollziehbar. Der Artikel spiegelte damit die aktuelle Tendenz wider, äußerte er doch eine unterschwellige Sympathie für die Gegner des Mahnmals.

Wieder dachte Bichlmaier an die alte Frau. Er erinnerte sich daran, wie sie ihn vor geraumer Zeit in ihre Galerie der Angst geführt und ihm das Bild gezeigt hatte, das die Frauen im KZ gezeichnet hatten. Welcher Zorn, welche Verbitterung mochte sie bewegen, wenn sie lesen musste, wie sich der Wind in Deutschland wieder zu drehen begann?

Bichlmaier erhob sich, faltete die Zeitung zusammen, hätte sie am liebsten in den Müll geworfen. Dann machte er sich fertig, die Wohnung zu verlassen.

Eine Sache gab es, die er noch erledigen wollte.

Das alte Kriminalarchiv war in den Kellerräumen der Dienststelle am Minoritenweg untergebracht. Es war in seiner jetzigen Form eigentlich ein Relikt aus einer Zeit, als es noch keine Computer gegeben hatte. Niemand wusste so recht, warum es überhaupt noch existierte. Mittlerweile waren sämtliche Regensburger Dienststellen mit dem Deutschen Kriminalarchiv vernetzt und konnten bei Bedarf auf die dort gespeicherten Daten zurückgreifen. Dennoch hatte Bichlmaier beschlossen, dieses Mal gegen die allgemeine Praxis moderner Polizeiarbeit zu verstoßen und hinabzutauchen in die düsteren Gewölbe des altehrwürdigen Gebäudes, um dort im Schmutz der Vergangenheit zu wühlen.

Ein Polizist wies ihm den Weg zu einer unscheinbaren Kellertür am Ende eines langen, gewundenen Ganges. Als er die Tür öffnete, sah er ein enges Treppenhaus vor sich, das geradewegs in die Unterwelt zu führen schien. Bichlmaier schloss die Tür hinter sich und begann, langsam die steilen Stufen hinabzusteigen. Er hatte dabei größte Mühe, etwas zu erkennen, da das Treppenhaus nur von einer einzigen kargen Lampe erhellt wurde, die obendrein in unregelmäßigen Abständen flackerte und ständig zu erlöschen drohte. Als er unten ankam, stand er wiederum vor einer verschlossenen Tür, an die er klopfte. Eine ganze Zeit passierte nichts, dann ertönte ein Summer und die Tür sprang einen Spalt weit auf.

Als er eintrat, blickten ihm zwei ältere Frauen, die eine ungewöhnlich fett und die andere eher mager, entgegen. Beide saßen erinnyengleich an einem hölzernen Tisch und strickten. Vor ihnen lagen zwei riesige Knäuel schwarzer Wolle. Die magere Frau erhob sich, wobei sie unablässig weiterstrickte und die Augen gesenkt hielt. Bichlmaier wusste nicht so recht, wie er sich verhalten sollte. Sie wirkte wie eine Somnambule, doch als er nähertrat, richtete sie den Blick auf ihn. Er nannte seinen Namen und erklärte ihr, wonach er suchte. Daraufhin führte sie ihn zu einem Tisch am hintersten Ende des Raumes, an unzähligen Regalwänden vorbei, die mit verstaubten Akten gefüllt waren. Sie hatte dabei das Wollknäuel unter den Arm geklemmt und ihre Stricksachen in der Hand. Ein eigenartiges Gefühl beschlich Bichlmaier und er kam sich seltsam verloren vor, als sie ihm schlussendlich seinen Platz zuwies. Dann ging sie. Bichlmaier setzte sich und wartete.

Als sie zurückkam, hatte sie einen Stapel abgegriffener Akten bei sich, die sie wortlos vor ihn auf den Tisch legte.

Er saß allein auf seinem unbequemen Stuhl und starrte zwischen den Regalwänden hindurch dorthin, wo die andere der beiden Frauen noch immer das Tor zur Dunkelheit bewachte und ihre schwarzen Wollfäden zu einem düsteren Muster verwob. Beim Hereinkommen hatte er gesehen, dass eine Warze auf einer ihrer Wangen prangte und dass ihre Brille weit nach vorn auf ihre Nasenspitze geschoben war. Sie hatte ihn über die Gläser hinweg mit einem Blick angesehen, als wüsste sie alles über ihn. Auch jetzt schien sie ihn aus der Ferne zu beobachten. Ihre gleichgültige, zeitlose Gelassenheit beunruhigte ihn.

Nachdenklich und fast träumerisch begann Bichlmaier, sich durch den Aktenstapel zu wühlen. Es dauerte nicht lange und er hatte gefunden, wonach er suchte.

»Er wird bald kommen«, informierte die Frau. »Wir müssen auf der Hut sein.«

Der Mann nickte und schenkte ihr ein Lächeln aus seinen kaputten Augen, in denen sich die Sünden der Väter spiegelten.

»Ich habe gestern mit ihm gesprochen. Ich glaube, dass er uns versteht. Aber er ist Polizist und muss das tun, was seine Vorgesetzten von ihm verlangen.« Sie schwieg und ihre Gedanken kehrten zurück zu dem Gespräch auf dem Friedhof.

»Ich habe ihn auch gesehen«, äußerte der Mann. »Er hat große Angst gehabt und ich hätte ihn töten können.«

Die Frau nickte. »Das weiß ich. Aber es hätte nichts geändert. Wenn du ihn getötet hättest, wären andere gekommen. Solche wie er. Es sind einfach zu viele.«

Er hob den Blick und schaute sie fragend an. »Warum lassen sie uns denn nicht in Ruhe?«

»Weil sie böse sind und weil für uns kein Platz ist in ihrer Welt.«

»Gehört die Welt nur ihnen? Warum nicht allen Menschen?«

»Wir müssen uns vorbereiten. Du weißt, was du tun musst.«

Er nickte. »Hast du keine Angst?«

»Jetzt nicht mehr«, antwortete sie. Sie legte ihren Arm um seine Schultern und sah, dass er sie vertrauensvoll anschaute.

Einen Augenblick zögerte Bichlmaier, ehe er den vergilbten Aktenordner öffnete. Was würde er darin finden? Er ahnte, dass er mit Dingen konfrontiert werden würde, geeignet, sein Innerstes zu erschüttern.

Es war das Jahr 1948, in das er eintauchte. Regensburg vor der großen Währungsreform. Er spürte die Kälte, die über der Stadt gelegen hatte. Eine Kälte, die nicht nur vom

Eiseshauch des Ostwindes herrührte, der über die Stadt hinwegfegte, vielmehr war es eine Kälte, die von den Herzen der Menschen auszugehen schien. Er sah den Fluss im Grau des Morgens vor sich, roch das brackige Wasser der Donau, watete durch den gefrorenen Schlamm des Ufers, und trat vor die drei Leichen, die weiß und monströs vor ihm auf dem Boden lagen. Er sah ihre unnatürlich verdrehten Schädel, die grausamen Wunden, dort, wo sie von stumpfen Messern geschändet worden waren, und er studierte ihre Tätowierungen, die sie als das auswiesen, was sie vor ihrem Tod wohl gewesen waren: Mörder und Handlanger des Todes.

Er nahm die Fotografien zur Hand, die der Akte beigelegt waren. Sie zeigten schwarzes Blut auf hellem Grund, aufgedunsene Körper, weit aufgerissene Augen.

Plötzlich hatte er das Gefühl, nicht mehr allein zu sein. Er legte die Bilder zurück und wandte den Blick zur Seite. Wie es schien, hatte ihn sein Gefühl nicht getrogen. Da war jemand.

»Was willst du wissen, Kommissar?«, fragte der Schatten, der neben ihm Platz genommen hatte.

Bichlmaier zögerte nicht. »Was passiert ist in jener Nacht, will ich wissen … Es muss sehr schlimm gewesen sein.«

»Es war eine böse Zeit damals«, nickte der Schatten, ohne direkt auf die ihm gestellte Frage einzugehen.

Bichlmaier strengte seine Augen an, um besser erkennen zu können, wer sich da neben ihn gesetzt hatte. Es handelte sich, wie es ihm schien, um einen kleinen Mann, der sein linkes Bein von sich gestreckt hatte und sich mit einem großen karierten Stofftaschentuch über die Stirn strich. Bichlmaier kannte ihn nicht und doch konnte er sich des Eindrucks nicht erwehren, als seien sie sich schon einmal begegnet.

»Haben Sie damals die Ermittlungen geführt?«

Der kleine Mann nickte.

»Es gibt so viele Fragen«, fuhr Bichlmaier fort. »Haben Sie Antworten auf Ihre Fragen erhalten?«

»Das habe ich. Aber sie haben mir nicht so recht gefallen.«

Bichlmaier zögerte, wusste nicht, was er von dieser Aussage halten sollte. Nachdenklich blätterte er weiter in dem Aktenordner, der vor ihm auf dem Tisch lag. »Wer ist der Junge, der dort neben dem Streifenpolizisten kauert?«

»Neben dem Schutzpolizisten, meinst du? Das ist Paul Gemsa. Ein Flüchtling aus Makau.«

»Wo zum Teufel ist das?«

»Irgendwo in Schlesien. Ein kleines Kaff.«

»Paul Gemsa? Was tut er denn hier um diese gottverlassene Zeit?«

»Er hat versucht, Medikamente zu organisieren. Für seinen kranken Bruder. Und auf dem Rückweg ist er über die Leichen gestolpert. Später hat er zugegeben, dass er von der Brücke aus beobachtet hat, wie die drei Männer gelyncht wurden.«

»Hat er die Mörder erkannt?«

»Ich weiß es nicht. Gut möglich. Er hat nicht alles gesagt, was er gewusst hat.«

Eine ganze Weile schwiegen die beiden Polizisten. Beide dachten sie über den Jungen und die Ereignisse von damals nach und doch lagen Welten zwischen ihnen und ihren Gedanken.

»Es gab damals eine weitere Zeugin«, fuhr der Schatten fort. »Ein Mädchen, eigentlich noch ein halbes Kind. Sie hatte langes schwarzes Haar und die traurigsten Augen, die man sich vorstellen kann … Ella Feitelbach.«

»Ella Feitelbach?«

»Ja. Aber sie konnte uns auch nicht helfen. Wir haben die Mörder niemals gefasst. Vermutlich waren aber Schwarzmarktgeschäfte der Hintergrund.«

»Hier steht, dass damals noch ein weiterer Mord verübt wurde. Ich habe nichts davon gewusst.« Bichlmaier sagte es vorwurfsvoll.

»Ja, ein Mann wurde erschlagen, als er in eine Wohnung eindringen wollte.«

»Zeugen?«

Der Schatten schien zu nicken. »Ein Mann namens Schindler. Oskar Schindler. Ein Abenteurer, ein Gestrandeter, wie es damals viele gab. Auch in diesem Fall haben wir nie herausgefunden, was hinter dem Mord stand.«

Bichlmaier war auf der letzten Seite der Akte angekommen. Ein Gefühl von Unzufriedenheit hatte ihn erfasst und er konnte fast nicht glauben, dass nicht mehr darin zu finden war.

»War das alles?«, fragte er etwas ungläubig. Er blätterte die dünne Akte ein zweites Mal durch.

Der Schatten schwieg. Ein eigenartiges Lächeln lag auf seinem Gesicht. Bichlmaier wartete auf eine Antwort, aber es kam keine.

Da setzte er zu einem letzten Versuch an. Er kramte in seiner Jackentasche und holte etwas hervor, das er auf den Tisch legte. Es war der Rubin, den sie in Gemsas Auto gefunden hatten.

»Haben Sie diesen Stein je gesehen?«, fragte er den Schatten neben sich, doch als er hochsah, war dieser verschwunden.

Etwas verwirrt wischte er sich über die Augen. Es schien ihm, als sei er eine Weile nicht präsent gewesen. Verlegen spähte er an den Regalen vorbei zum Eingangsbereich. Beide Frauen saßen nunmehr wieder dort und hatten ihre Blicke auf ihn gerichtet. Langsam erhob er sich und ordnete den Aktenstoß. Die dünne Akte, in der er zuletzt gelesen hatte, legte er obenauf.

Er schritt zum Ausgang, dankte und verabschiedete sich, doch die beiden Alten hatten die Augen nun gesenkt. Gänzlich vertieft in das monotone Klappern ihrer Stricknadeln, schienen sie ihr Interesse an dem einsamen Beamten verloren zu haben.

Als er das Gebäude am Minoritenweg verließ, traf ihn die Helligkeit mit großer Wucht. Er blinzelte einen Augenblick lang wie ein Zeitreisender, der aus finsterer Vorzeit in die Gegenwart zurückgekehrt war. Zum Glück hatte es aufgehört zu regnen.

Dann fuhr er zurück ins Präsidium. Während der Fahrt dachte er immer wieder an Paul Gemsa. Er hatte sein Gesicht gesehen. Das Gesicht eines halben Kindes und das eines Greises, der erwürgt worden war. Auch an ein kleines Mädchen mit langen schwarzen Haaren musste er denken. Und an eine alte Frau mit grauen Haaren und einem aufrechten Gang.

Warum hatte sie ihn angelogen?

29

»Ich bin mir nicht sicher«, meinte der Kommissar. »Es ist nur so eine Überlegung. Beide waren Zeugen des damaligen Verbrechens. Vielleicht ist hier der Ausgangspunkt für das zu sehen, was später geschehen ist. Aber das ist natürlich nur Spekulation.«

Bergström nickte. »Da ist schon was dran«, stimmte er zu.

»Warum hat sie gelogen, als ich sie nach dem Mord an den drei Männern gefragt habe?«

»Vielleicht kannte sie die Mörder?«

Bichlmaier blickte den Kollegen nachdenklich an. Der Gedanke war ihm auch schon gekommen, aber er hatte ihn beiseite geschoben. Hatte ihn nicht denken wollen. Das war, als er sie auf dem Friedhof danach gefragt hatte.

»Gut möglich. Die Mörder von damals wurden niemals ermittelt. In der Akte stand etwas von dubiosen Geschäften auf dem Schwarzmarkt. Aber es gab keine konkreten Beweise, nur Vermutungen.« Bichlmaier trat ans Fenster. Der Himmel war noch immer grau und es sah erneut nach Regen aus. Vielleicht regnet es auch morgen und übermorgen, am Samstag, ging es ihm ganz unvermittelt und ohne Zusammenhang durch den Kopf. Dann würde zumindest der Aufmarsch der Rechten ins Wasser fallen. Wenn die Menschen in der Stadt Glück hatten … Soll der Himmel doch endlich mal ein Zeichen setzen, dachte er noch. Er drehte sich wieder um zu Bergström.

»Könnte es sein, dass sie jemanden decken will?«, fragte er halblaut.

»Natürlich. Aber wen? Unser Phantom? Oder Gemsa? Auf jeden Fall jemanden, der schon recht alt ist.«

»Hm. Ich weiß nicht …« Bichlmaier schüttelte den Kopf.

Irgendetwas stimmte nicht. Er ahnte es, konnte aber nicht sagen, was genau es war, das ihn störte. Er musste herausfinden, was die beiden, Gemsa und Ella Spielmann, verbunden und sie zugleich so unwiderruflich voneinander getrennt hatte. Warum nur hatte Gemsa sie unmittelbar vor seinem Tod angerufen? Was hatte er von ihr gewollt?

Bichlmaier nahm an diesem Donnerstag all die bohrenden Fragen mit zu sich nach Hause. Er war völlig ruhig und gelassen. So, als wüsste er, dass ihn die richtigen Antworten finden würden. Er war bereit, aber er hatte auch Angst davor.

Am nächsten Morgen regnete es nicht. Zwar hingen noch immer graue Wolken über der Stadt, doch hin und wieder war sogar eine Spur von blauem Himmel zu erkennen.

Eine eigenartige Geschäftigkeit hatte die Stadt erfasst. Bichlmaier hatte den Eindruck, als seien an diesem Vormittag mehr Menschen unterwegs, als dies sonst der Fall war. Überall standen uniformierte Polizisten in Gruppen herum, meist blutjunge Burschen, die im Laufe der Nacht aus dem gesamten Bundesgebiet herangekarrt worden waren. Sie lehnten müde und übernächtigt an ihren Einsatzfahrzeugen, lauschten krächzenden Kommandostimmen aus handlichen Funkgeräten, und warfen trotz ihrer Müdigkeit den Mädchen und Frauen, die an ihnen vorbeihuschten, anzügliche Blicke zu.

Nur gelegentlich waren Ansammlungen von Anhängern der rechten Szene in der Menge auszumachen. Einige der Glatzen hatten Transparente bei sich, wurden aber von Polizisten meist umgehend aufgefordert, diese einzurollen. Alles blieb ruhig und friedlich, und doch schien eine knisternde Spannung in der Luft zu liegen.

Auch Bichlmaier hatte sich von dieser Stimmung anstecken lassen. Er ahnte, dass er am Ende eines langen Weges angelangt war. Noch war er aber nicht bereit, den letzten Schritt zu gehen.

Er fragte sich, was er überhaupt in der Stadt wollte. Eigentlich sollte er gar nicht hier sein. Er war einem Impuls gefolgt. Als er am Morgen aufgestanden war und sich im Schlafzimmer umgesehen hatte, hatte ihn die Leere des Raums, die auch die Leere in seinem Leben widerspiegelte, in einer Weise überwältigt, dass er nur noch hatte davonlaufen wollen. Er hatte die öde Wohnung nahezu fluchtartig verlassen, war vor den Gespenstern geflüchtet, die ihn aus sämtlichen Ecken und Winkeln heraus angestarrt hatten. Er hatte plötzlich eine unbändige Sehnsucht nach Stimmen, nach dem Lachen und Grölen gut gelaunter Menschen empfunden, dass er es kaum mehr ausgehalten hatte.

Er war hinausgestürmt aus dem alten Gebäude mit den vielen Erinnerungen und einfach ziellos losgelaufen. Nachdem er ein Stückchen gegangen war, war er ruhiger geworden und hatte überlegt, seine Schritte ins Bahnhofsareal zu lenken. Die Sehnsucht nach weichen Frauenarmen und einem schützenden Schoß war fast übermächtig gewesen. Doch dann war ihm eingefallen, dass er an Ella Spielmanns Galerie vorbeigekommen wäre und es war ihm klar geworden, dass er das unter keinen Umständen wollte.

So war er zu guter Letzt im Herzen der Stadt, dem Domplatz, gelandet. Zum ersten Mal, seit er von zu Hause losgelaufen war, blieb er nun stehen. Er beobachtete, wie die Menschen, die aus allen Himmelsrichtungen auf ihn zuströmten, einen Bogen um ihn machten, dabei jede Berührung vermieden. Wie eine Insel stand er da inmitten des Lebens. Gleichzeitig nahm er das Brausen und Dröhnen der Stimmen um ihn herum wahr und dazu die Stille in seinem Inneren, und er erkannte, dass er nicht mehr länger davonlaufen konnte.

In diesem Moment fiel sein Blick auf die mächtige Eingangstür von St. Peter, die ihn magisch anzog. Schon seit vielen Jahren war er nicht mehr im Dom gewesen, aber er konnte sich noch gut an das Gefühl erinnern, das ihn in früheren Jahren erfasst hatte, wenn er in dem riesigen Gewölbe gestanden war: Klein und unbedeutend war er sich da vorgekommen. Vielleicht würde er drinnen ein bisschen Ruhe finden.

In der Kirche war es dunkel und kühl und absolut still. Er setzte sich auf eine Bank im Halbschatten, schloss die Augen und begann, behutsam in sich hineinzulauschen. Er spürte, wie er allmählich ruhiger wurde. Er sog die weihrauchgetränkte und doch klare Luft tief ein, und seine Gedanken zogen sich in ihre Bahnen zurück, verscheuchten die Furien, die ihn trieben. Lange blieb er so sitzen.

Was war nur schiefgelaufen in seinem Leben, fragte er sich und zu seiner Überraschung bekam er eine Antwort.

Sie war erschreckend einfach.

Als er den Dom verließ, war es gerade 12 Uhr und die Glocken schlugen zur vollen Stunde. Die Hektik der

Menschen auf dem Domplatz hatte etwas nachgelassen. Viele hatten sich in ihre Häuser und Wohnungen, aber auch in die Lokale und Gaststätten rings um den Dom zurückgezogen, um dort zu Mittag zu essen. Auch Adolf Bichlmaier verspürte mit einem Mal einen gewaltigen Hunger. Kurz entschlossen schlenderte er die wenigen Schritte zum nahen Bischofshof.

Dort bestellte er ein üppiges Menü, trank mehrere Gläser Bier und ließ sich anschließend von einem Taxi nach Hause bringen.

Dann ging er, obwohl es erst früher Nachmittag war, zu Bett und schlief mit dem Gedanken ein, dass er morgen bereit sein würde, seinen Fall zu einem Ende zu bringen.

30

Sie parkten in gehöriger Entfernung. Es gab so gut wie keine Parkmöglichkeiten im Innenstadtbereich, sodass sie ihr Fahrzeug südlich der Bahngleise abgestellt hatten und den Rest des Weges nun zu Fuß gehen mussten.

Sämtliche Straßen zum Stadtzentrum waren abgesperrt und auch der Bereich um den Hauptbahnhof war zum Sperrgebiet für Fahrzeuge aller Art erklärt worden.

Überall standen Dienstautos der Polizei mit eingeschaltetem Blaulicht. Wahre Menschenmassen strömten ins Zentrum. Viele hatten Transparente und Fahnen dabei. Als würden sie zu einem Fußballspiel ins Stadion pilgern, dachte Bichlmaier.

Zuerst hatte er vorgehabt, allein zu gehen, um das zu tun, was noch getan werden musste. Letztendlich hatte er aber doch Rockinger und Bergström mitgenommen, um gegen etwaige Überraschungen gewappnet zu sein. Seine Versuche, zusätzliche Unterstützung durch Bereitschaftspolizisten zu erhalten, war an der Tatsache gescheitert, dass sämtliche Beamte, die an diesem Morgen dienstfähig waren, für den Einsatz bei der Demonstration benötigt wurden. So waren sie lediglich zu dritt. Letztlich war sich Bichlmaier sicher, dass das, was vor ihnen lag, kein großes Problem werden würde. Eine Einschätzung, die sich als extrem falsch herausstellen sollte.

Eine Zeit lang gingen sie neben den Demonstranten und Schaulustigen, die alle zum Domplatz strebten, dann lösten sie sich aus dem Durcheinander des Pulks und bogen in die kleine Seitenstraße ab, die zu Ella Spielmanns Galerie führte. Als Bichlmaier das Haus vor sich sah, suchten seine Augen unwillkürlich nach den Schatten, die er bei seinem vorherigen Besuch wahrgenommen hatte, aber es war nichts zu sehen – keine Schatten, die sich vogelgleich in die Lüfte erhoben, um sich auf ihn zu stürzen.

Vor dem Haus herrschte gedämpfte Ruhe, und nur aus der Ferne war der Lärm vieler Menschen zu vernehmen, der wie ein drohendes Rauschen herüberklang. Bichlmaier postierte Rockinger und Bergström in einiger Entfernung vor und hinter dem Haus. Er wollte sichergehen, dass sich niemand der Festnahme entziehen konnte, auch wenn er nicht davon ausging, dass dies der Fall sein würde. Er wartete, bis die beiden ihre Positionen eingenommen hatten. Dann erst schritt er auf den Eingang des Hauses zu.

Es schien, als habe die alte Frau bereits auf ihn gewartet. Kaum hatte er geläutet, öffnete sich die Tür und Ella Spielmann stand vor ihm. »Treten Sie ein, Herr Kommissar«, begrüßte sie ihn. »Ich habe gewusst, dass Sie kommen würden.«

Wie beim letzten Mal führte sie ihn durch den Vorraum in das düstere ehemalige Zimmer ihres Großvaters mit den gewaltigen Bücherwänden, die den Eintretenden nahezu zu erdrücken drohten. Sie wies auf den Sessel, in dem er bei seinem ersten Besuch gesessen hatte, bat ihn, Platz zu nehmen.

Adolf Bichlmaier beobachtete die Frau, die ihm nun klein und zerbrechlich gegenübersaß. Dann senkte er den Kopf, um nicht in ihre Augen sehen zu müssen. Wie ein Büßer saß er vor ihr. Er, der Kommissar. Er wusste, dass er am Ziel war, auch wenn noch einige Fragen offen waren. Seine Suche hatte ein Ende gefunden. Lange hatte er auf diesen Augenblick gewartet. Aber jetzt spürte er nur eine große Leere in sich. Er wusste nicht so recht, wie er beginnen sollte.

»Sie wissen alles, nicht wahr?«, fragte sie ihn, ehe er etwas sagen konnte.

»Nein, nicht alles.« Er wartete, ließ ihr Zeit, aber sie sprach nicht weiter. »Was ist damals passiert?«

Sie nickte kaum merklich, zeigte ihm, dass sie wusste, was er meinte und dass sie bereit war. Dann fing sie an zu sprechen.

»Damals … Es waren schlechte Männer«, flüsterte sie

kaum hörbar. »Sie haben ihren Tod verdient. Das sind Tiere gewesen.«

Ohne dass sie es wusste, wiederholte sie die Worte, die Paul Gemsa vor mehr als sechs Jahrzehnten zu ihr gesprochen hatte. Damals, im fahlen Licht einer eisigen Sternennacht. Es waren Worte gewesen, die ihr Halt gegeben hatten in Zeiten, als die Zweifel sie übermannt hatten.

»Warum mussten sie sterben?«

Sie zuckte mit den Schultern. »Weil sie durch und durch böse waren. Im Grunde war es aber purer Zufall. Die Schatten haben sie getötet. Ich habe gesehen, wie die Männer getötet wurden und ich habe gehört, wie sie geschrien und um ihr Leben gefleht haben ...«

Bichlmaier hob den Blick, wusste nicht, was sie meinte. »Welche Schatten?«, fragte er.

Da lächelte sie ganz leicht, als würde sie träumen und dabei Dinge wahrnehmen, die nur für sie bestimmt waren. »Die Schatten?«, wiederholte sie. »Das waren die Leibwächter des Herrn Direktor ...«

»Oskar Schindlers Leibwächter?«

»Ja. Der Herr Direktor hat damals, nach dem Krieg, in Regensburg gewohnt und er hatte viele Feinde, die ihn töten wollten. Aber die Schatten waren immer bei ihm, haben ihn beschützt, auch wenn er sie gar nicht wahrgenommen hat ...«

»Wer waren diese Schatten?«

»Das waren Männer, die die Lager überlebt haben ... So wie mein Vater. Juden aus den KZs, die ihre Schuld beim Herrn Direktor begleichen wollten.«

»Ihr Vater war auch einer der Schatten?«

Sie nickte ganz leicht.

»Also war Ihr Vater auch einer der ... der Mörder?«

Wieder senkte sie den Kopf. »Ja«, sagte sie schließlich mit seltsam klarer Stimme. »Mein Vater ist in jener Nacht zum Mörder geworden.«

Adolf Bichlmaier sah sie nachdenklich an. Es gab nichts, was er darauf hätte antworten können. Ihre Offenheit verdammte ihn zum Schweigen.

»Wollten denn die drei Männer Oskar Schindler an jenem Abend töten?«

»Nein. Nein. Alles war doch Zufall. Der Herr Direktor wollte von diesen Männern Medikamente für seine Juden kaufen. Das waren Schwarzmarkthändler ... Viele von uns waren damals sehr krank. Er hat die drei Männer an der Donau getroffen und mit ihnen gesprochen. Unten an der Steinernen Brücke.«

»Was passierte dann?«

»Die Schatten haben die Männer gesehen, mit denen der Herr Direktor gesprochen hat, und sie haben in ihnen ihre ehemaligen Peiniger erkannt. Männer, die uns gequält haben ...«

»Sie haben sie aus Rache getötet?«, fragte Bichlmaier ganz verstört.

»Ja, aus Rache!«, rief sie und ihre Stimme überschlug sich plötzlich. »Können Sie das nicht begreifen, Herr Kommissar? Wundert Sie das? Auch wir sind nur Menschen. Nicht besser und nicht schlechter als andere.«

Bichlmaier schwieg, versuchte zu verstehen und blieb doch seiner engen Welt verhaftet.

»Sehen Sie, Herr Kommissar, das ist die Ironie des Lebens«, fügte sie ruhiger hinzu. »Unsere Peiniger wurden zu Opfern und das Böse ist dafür Teil unseres Lebens geworden, hat auch uns gefangen genommen.«

»Und Paul Gemsa. Hat er gesehen, was Sie gesehen haben?«

Sie nickte heftig. Die Frage schien eine seltsame Wirkung auf sie auszuüben. Sie wollte etwas sagen, brachte jedoch keinen Ton heraus. Nur ihre Lippen bewegten sich. Erst nach einer ganzen Weile murmelte sie: »Er hat es gewusst. Er hat gewusst, dass mein Vater ein Mörder gewesen ist. Er …«

»Musste er deswegen sterben?«

Die Hände der alten Frau krampften sich zusammen, öffneten sich und ballten sich wieder zur Faust. Sie begann zu schluchzen. »Ja. Er wollte es allen erzählen, es hinausposaunen in die Welt. Das durfte er doch nicht. Verstehen Sie das denn nicht?«

»Warum wollte er das denn tun?«

»Um den Bau der Gedächtnisstätte zu verhindern.«

»Er hat Sie damit erpresst, nicht wahr?«

Wieder nickte sie. »Er wollte die Presse informieren, wenn ich mich weiter für den Bau eingesetzt hätte. Das hat mir Angst gemacht. So wie damals. Schreckliche Angst.«

Wieder verstummte sie. Einen Moment lang glaubte Bichlmaier, in der Dunkelheit des Raumes hinter sich eine leichte Bewegung wahrzunehmen, doch er achtete nicht weiter darauf.

»Warum hat er Sie kurz vor seinem Tod noch angerufen?«

»Ach das. Ich habe ihn gebeten, auf den Parkplatz zu kommen. Ich habe ihm gesagt, dass ich noch einmal mit ihm sprechen wollte. Als ich nicht da war, hat er mich angerufen.«

»Und dann?«

»Nichts. Ich habe gehört, wie er gestorben ist.«

Sie sagte es ganz ruhig, aber Bichlmaier konnte die Trauer in ihrer Stimme hören.

»Und als er tot war, haben Sie sich da wieder sicher gefühlt?«

Die Frau hob hilflos eine Hand. »Nein. Meine Angst ist geblieben.«

Die Wahrheit war wohl, dass es diese tiefe Angst gewesen war, die die Frau zu einer Mörderin hatte werden lassen.

»Was war mit Simon Richter?«

»Paul hatte ihm alles erzählt und da wollte auch er mich erpressen. Ich sollte ihm bei seiner politischen Karriere helfen, anderenfalls hätte er mich angezeigt …«

»Da musste auch er sterben. War es so?«

Sie nickte fast apathisch. Ihr Blick ging an Bichlmaier vorbei. Es schien, als sähe sie etwas in der Dunkelheit, was ihm verborgen blieb.

»Simon Richter war bereits tot, als er entmannt wurde. Warum diese zusätzliche Grausamkeit?«

Ihre Mundwinkel verzogen sich. »Das weiß ich nicht.«

Wie kann es sein, dass sie das nicht weiß?, dachte er. »Wollten Sie ihn zusätzlich bestrafen?«

»Nein. Er verdiente es zu sterben. Aber er war völlig unwichtig. Nicht so wie Paul.«

»Hat es etwas mit den Morden an den drei Schwarzmarkthändlern zu tun? Auch die wurden kastriert.«

Sie dachte kurz nach. »Ja, das ist gut möglich«, meinte sie dann und Bichlmaier hatte den Eindruck, dass sie es wirklich nicht wusste.

»Damals ist noch ein weiterer Mord verübt worden«, fuhr er schließlich fort. »Jemand, der bei Oskar Schindler einbrechen wollte …« Er erinnerte sich, was er in der alten Akte gelesen hatte. Nur spärliche Notizen waren es gewesen. Auch dieses Verbrechen war nie aufgeklärt worden. »Ging denn dieser Mord auch auf das Konto der Schatten?«

Sie nickte, sagte aber nichts dazu. Es schien, als würde sie dieser Vorfall nicht sonderlich interessieren. Vielleicht weiß sie einfach nichts darüber, dachte Bichlmaier. Er nahm sich vor, sie später genauer dazu zu befragen.

»Wann haben Sie herausgefunden, dass ich für die Morde verantwortlich bin?«, forschte sie plötzlich. Sie stellte die Frage in einem Ton, als hätte sie den Bezug zur Realität gänzlich verloren. Bichlmaier schaute sie ganz erschrocken an.

»Als wir uns auf dem Friedhof unterhalten haben. War es dort?«

Bichlmaier nickte. Ihre Augen waren weit geöffnet und er sah die tiefe Leere darin. Etwas fehlte jedoch, etwas hatte sich verändert: Die Angst war aus ihren Augen verschwunden.

»Da ist noch etwas, das ich nicht verstehe«, hakte er nach.

Sie lächelte und einen Moment lang schien es ihm, als würde er zu einem Kind sprechen.

»Woher hatten Sie den Rubin, den Sie Paul Gemsa geschickt haben?«

»Von Paul selbst«, antwortete sie mit einem kleinen Lachen. »Er hat die Steine bei den Männern gefunden, die getötet wurden. Eine ganze Menge davon … Einige hat ihm ein Polizist weggenommen, aber nicht alle. Den schönsten hat er dann mir geschenkt.«

Ob sie Paul Gemsa geliebt hatte, fragte sich Bichlmaier,

als er sah, wie sie mit ihren toten, leeren Augen lächelte, aber er wagte es nicht, diese Frage zu stellen.

»Ich muss Sie nun mitnehmen. Verstehen Sie das?«, fragte er stattdessen. »Ich muss Sie verhaften.«

Sie schien ihn nicht gehört zu haben.

»Und den Mann, der getötet hat. Ihn auch. Sagen Sie mir, wo er ist.«

»Ich kann nicht mit Ihnen gehen«, entgegnete sie. »Und Hermann auch nicht. Wir können hier nicht mehr bleiben. Das müssen Sie doch verstehen. Wir müssen weg.«

»Wo wollen Sie denn hin?«, fragte er sie. Seine Stimme klang dabei ganz ruhig.

»Wir müssen fliehen, fliehen …« Abrupt deutete sie nach draußen in die tödliche Stille. »Hören Sie sie denn nicht? Hören Sie nicht, wie sie brüllen? Sie sind wieder da. Hören Sie, wie sie marschieren! Ihre Stiefel … Das Böse ist wieder da.«

»Ja«, entgegnete Bichlmaier. »Ich höre sie.«

In diesem Augenblick traf ihn ein schwerer Gegenstand am Hinterkopf und er verlor das Bewusstsein. Noch im Fallen nahm er einen Mann wahr, der schräg hinter ihm stand und ihn mit schrecklichen Augen anstarrte.

31

Als er erwachte, erkannte er um sich herum ein wildes Inferno. Blutrote Flammen schlugen aus dem Gebäude vor ihm. Er spürte die Hitze des Feuers auf seiner Haut, eine alles verzehrende Glut.

Er wollte schreien, aber seine Kehle war wie zugeschnürt. Jemand zog ihn einige Meter weit zurück hinter einen Mauervorsprung. Dort war es kühler. Es war Bergström, der hinter ihm kniete. Bergström. Sein Gesicht war rußgeschwärzt und er keuchte vor Anstrengung.

»Warum hat sie das getan?«, schrie er an gegen den Lärm der lodernden Flammen und das Gebrüll der krachenden Balken.

»Das Böse«, krächzte Bichlmaier. »Sie wollte das Böse vernichten … Das kann man nur mit Feuer auslöschen …«

Das Feuer hatte innerhalb kürzester Zeit das gesamte Gebäude erfasst und schlug nun über der gläsernen Kuppel zusammen. Als Bichlmaier nach oben blickte, schien es ihm, als sähe er dort zwei schemenhafte Gestalten stehen, die sich eng umschlungen hielten.

Da fing es plötzlich und unvermittelt an zu regnen.

ENDE

EPILOG

Am 23. September, einem Dienstag, etwa drei Wochen nach der großen Demonstration und dem verheerenden Brand, beschloss der Regensburger Stadtrat, die Planungen zum Bau einer Gedenkstätte für Oskar Schindler endgültig ad acta zu legen. Wie man zu spüren glaubte, war die Mehrheit der Bevölkerung ohnehin gegen die Errichtung eines solch kostenintensiven Bauwerks. Und musste man für die Bedenken der Bevölkerung nicht Verständnis haben, gerade in Zeiten einer schmerzlich erlebten Weltwirtschaftskrise?

Natürlich hatten vor dieser Entscheidung ausführliche und offene Gespräche mit der jüdischen Gemeinde stattgefunden. Letztlich hatte man sich darauf geeinigt, einen Teil der ursprünglich vorgesehenen Gelder für eine Restaurierung des alten jüdischen Friedhofs zu verwenden. Im Rahmen dieser Aktion sollte ein renommierter Bildhauer der Region eine Plastik anfertigen, die Teil des Friedhofsareals werden würde und an die Taten Oskar Schindlers erinnern sollte.

Adolf Bichlmaier war am Morgen desselben Tages sehr spät aufgewacht. Es war schon hell gewesen, als er aus einem wirren Traum hochgeschreckt war. Noch immer litt er unter starken Kopfschmerzen, die durch den heftigen Schlag auf seinen Hinterkopf ausgelöst worden waren. Die Ärzte hatten ihm aber versichert, dass die Schmerzen langsam abebben würden und keine Folgeschäden zu erwarten seien. Das hatte ihn beruhigt, doch nichts an seinem Entschluss geändert, sich vorzeitig in den Ruhestand versetzen zu lassen.

Schlagartig hatte er keinen rechten Sinn mehr in seiner Arbeit als Polizist gesehen. Dabei wusste er nicht zu sagen, wie es zu dieser Veränderung in seinem Denken gekommen war. Vielleicht lag ja der Grund darin, so spekulierte er selbst, dass sich durch die Ereignisse der letzten Wochen die Grenzen zwischen Gut und Böse für ihn so verschoben hatten, dass er nicht mehr sicher war, wo er selbst stand. Aber, so hatte er sich gefragt, war es nicht gerade diese Sicherheit, die er brauchte, um ein guter Polizist zu sein?

Er hatte Hallmann, seinem Vorgesetzten, seine Überlegungen mitgeteilt. Der hatte seine Beweggründe nicht verstehen wollen, war außerordentlich bestürzt gewesen und hatte von einer Lücke gesprochen, die nur schwer zu füllen sein würde. Es war jedoch kein Geheimnis, dass mit Thomas Bergström ein junger Mann bereitstand, um Bichlmaiers Nachfolge anzutreten.

Bergström war für seinen außergewöhnlichen Mut und die gezeigte Einsatzbereitschaft im Dienst ausgezeichnet und belobigt worden. Auch Bichlmaier hatte sich bei ihm dafür bedankt, dass er ihn aus dem brennenden Haus herausgeholt und ihm damit das Leben gerettet hatte – vielleicht zum zweiten Mal innerhalb kürzester Zeit, hatte er gedacht, als sie sich die Hände geschüttelt hatten.

Um viertel nach zehn verließ er die Wohnung und beschloss, einen endgültigen Schlussstrich unter den Fall zu ziehen. Die Luft war kühl und der nahende Herbst am gefärbten Laub der Bäume und Sträucher zu erahnen. Vieles ging ihm an diesem Morgen durch den Kopf.

Als er vor den verkohlten Resten der ehemaligen Kunstgalerie stand, überkam ihn ein Gefühl von großer Trostlosigkeit. Es war die unermessliche Dummheit und Bösartigkeit der Menschen, die sich ihm während der letzten Wochen gezeigt hatte und die ihm hier, angesichts der Ruinen, noch einmal bewusst wurde, die ihn verzweifeln ließ.

Ehe er sich umwandte und ging, legte er einen Strauß Blumen auf einen Mauervorsprung und als er das erkaltete Mauerwerk berührte, schien es ihm, als könne er ein Zittern darin verspüren …

Es waren nur wenige Minuten zu gehen, dann stand er in einer anderen Gasse, die ebenfalls düster und wenig einladend wirkte. Es schien ihm, als wollten die Mauern links und rechts jede Sekunde auf ihn herabstürzen. Als er aber an den grauen Fassaden der Häuser hochblickte, konnte er ganz weit droben ein Stück blauen Himmels erkennen.

Dieses Mal musste er nicht warten. Die Frau lächelte, als sie ihm die Tür öffnete. »Hast du deinen Fall gelöst?«, fragte sie und zog ihn in ihre Wohnung hinein. Er nickte nur.

»Was für ein trauriger Polizist du doch bist«, wunderte sie sich, nachdem sie ihn lange betrachtet hatte. In der nächsten Sekunde schlang sie die Arme um ihn und führte ihn zu dem großen Bett in ihrem Schlafzimmer.

Später erzählte er ihr, was er in den letzten Tagen erlebt hatte. Noch einmal ließ er die Ereignisse Revue passieren, während sie neben ihm lag und er die Wärme ihrer Haut spürte.

Sie wollte alles genau wissen und stellte ihm eine Unmenge von Fragen, die er, so gut er konnte, beantwortete.

»Dann ist es die Angst gewesen, die die alte Frau hat schuldig werden lassen?«, fragte sie ihn, als er verstummt war.

»Ja, die Angst, dass alles wieder so wird, wie sie es als kleines Mädchen erleben musste. Die Angst vor dem Terror, der Unmenschlichkeit, der Bösartigkeit der Menschen.«

»Denkst du, dass ihre Angst berechtigt war?«

»Das weiß ich nicht«, seufzte er und dachte dabei an Angelo Hartmann, den jungen Polizisten, und an die Männer mit ihren Glatzen, die ihn zu Tode geprügelt hatten. Er wusste es wirklich nicht.

Sie schwiegen eine lange Zeit und ihre Finger spielten mit ihm, sanft und träge, und die Trauer, die in ihm steckte, löste sich ganz unmerklich. Er hatte die Augen geschlossen und es war ihm, als würden ihn die Wellen des Ozeans sanft schaukeln.

»Wer war denn nun der Mann, der für sie gemordet hat?«, fragte sie ihn ganz unvermittelt. »Habt ihr das auch herausgefunden?«

Bichlmaier öffnete die Augen und richtete sich auf. »Ja, das haben wir«, bestätigte er. Er dachte an den kleinen, gedrungenen Mann mit den sonderbaren Augen, den er einige wenige Male für kurze Momente gesehen hatte. Er hegte keinen Groll gegen ihn, vor allem, nachdem ihm seine Lebensgeschichte nun in Bruchstücken bewusst geworden war. Es war nicht einfach gewesen, etwas über ihn herauszufinden. Klar war nur geworden, dass er der Neffe jenes Hans Bauer war, der im Jahr 1948 am Ufer der Donau von ehemaligen Opfern aus dem KZ Płaszów hingeschlachtet worden war.

»Dann war Ella Spielmanns Vater einer seiner Mörder?«

»Ja«, nickte Bichlmaier. »Hinzu kommt, dass wir vermuten, Hans Bauer könnte mehr als nur der Onkel von Hermann gewesen sein …«

Die Frau neben ihm schaute ihn verständnislos an. »Was bedeutet das?«

»In den Akten, die ich gelesen habe, wird angedeutet, dass Hermann einem inzestuösen Verhältnis von Hans Bauer und dessen Schwester entsprang, dass Bauer im betrunkenen Zustand regelmäßig die Kontrolle über sich verloren hat. Das werden wir aber nie ganz klären können …«

»Hat Ella Spielmann gewusst, dass ihr Vater womöglich Hermanns Vater ermordet hat? Was denkst du?«

»Gut möglich. Aber auch das wissen wir nicht mit letzter Sicherheit. Sie hat jedenfalls Hermann nach dem frühen Tod seiner Mutter zu sich genommen und für ihn gesorgt.«

»Wo hat er denn gelebt?«

»In dem Haus, in dem die Galerie untergebracht war. Es scheint, als habe er das Haus nur im Schutz der Dunkelheit verlassen. Wir haben auf jeden Fall niemanden gefunden, der etwas von seiner Existenz gewusst hat.«

»Das ist eine traurige Geschichte«, flüsterte sie und Bichlmaier sah, dass sie mit den Tränen kämpfte. Er spürte, dass sie an das dachte, was Hermann Bauer geraubt worden war, was ihm in seinem Leben gefehlt hatte. Er wagte es aber nicht, sie zu fragen, ob ihre Trauer auch dem eigenen Schicksal galt.

»Eine Sache hast du mir noch nicht beantwortet«, flüsterte sie schließlich. Er sah sie fragend an. »Was ist damals zwischen Paul Gemsa und der Frau passiert?«

»Das weiß ich nicht«, meinte Bichlmaier. »Das wird wohl auf ewig ihr Geheimnis bleiben.«

Dann drehte er sich auf die Seite, sodass er ihre Augen sehen konnte. Sie waren groß und dunkel und ebenfalls voller Geheimnisse. »Auch ich habe eine Frage«, bat er sie.

Da wandte sie sich ebenfalls zu ihm um. »Ich weiß«, nickte sie. Sie beugte sich zu ihm und flüsterte ihm etwas ins Ohr.

Es dauerte einen Moment, dann fing Bichlmaier an zu lachen und es schien, als würde er niemals mehr damit aufhören können.

Vielen Dank an

… Claudia Senghaas für die Anregung, mich mit Oskar Schindler und seiner Zeit näher zu befassen, aber auch für die hilfreiche Präsenz während des Schreibens.

… Johanna und Willi Butz für die wertvollen Korrekturvorschläge.

Vor allem aber bedanke ich mich bei Andrea, Hannah und Daniela für ihre Geduld.

NACHWORT

Wer war Oskar Schindler?

Als ich vor etwa 18 Monaten begann, einen Kriminalroman zu schreiben, der diesen ›Gerechten der Nationen‹ in den Mittelpunkt der Handlung stellt, hatte ich lediglich das unscharfe und zwangsläufig verfremdete Bild eines Menschen vor Augen, wie es von Steven Spielberg in seinem Film *Schindlers Liste* gezeichnet worden war. Der Film hatte mich vor Jahren beeindruckt und auch bewegt, obwohl ich ihn damals durchaus als Kunstprodukt im Stile Hollywoods wahrgenommen hatte. Aber dennoch – noch heute ist es neben einer Reihe weiterer Szenen aus diesem Film das Bild des Mädchens im roten Mantel, das mir einen Zugang zum Leid der Millionen Verfolgten der Naziherrschaft bietet, der über ein rationales Verstehen hinausgeht.

Erst durch ein Gespräch mit Frau Claudia Senghaas, der Verlagslektorin, wurde dieses halb verschüttete Bild wieder lebendig, und sie war es, die mich darauf hinwies, dass Oskar und Emilie Schindler nach dem Krieg in Regensburg untergekommen waren und dort auch einige Jahre verbracht hatten.

Damit hatte ich so etwas wie das Grundmotiv für den Roman gefunden, gleichzeitig ergab sich aber auch die Möglichkeit, meinen Regensburger Kommissar Bichlmaier, der in meinem ersten Roman, *Glasberg*, ermittelt hatte, in den Fall einzubinden.

Es folgte eine Phase, in der ich mich mit der Figur des

Oskar Schindler und seiner Zeit in Regensburg beschäftigte. Wertvollste Hilfe war dabei David M. Crowes Schindler-Biografie.

Zu Beginn des eigentlichen Schreibprozesses stellten sich mir zwei wesentliche Fragen: Zum einen, wie konnte eine Verbindung zwischen den Vorfällen im Jahr 1948 und der Gegenwart hergestellt werden, und zum anderen, ob es vertretbar sei, jüdische Opfer des Terrors als Täter in einem Mordfall zu präsentieren.

Das erste Problem ließ sich relativ einfach lösen, indem das Motiv für die Morde im zweiten Teil des Romans als Konsequenz der damaligen Vorkommnisse gedeutet wird. Die Klammer zwischen den beiden Zeitebenen ist neben den Protagonisten, Paul Gemsa und Ella Feitelbach/Spielmann, eben jener Oskar Schindler. Er ist gleichsam eine schicksalhafte Figur, die die Spirale von Gewalt in Gang setzt und am Leben erhält.

Die zweite Frage war nicht so leicht zu beantworten und wird wohl unterschiedlich gesehen werden. Auch wenn ich mir persönlich selbst nicht ganz schlüssig war und bin, ob es angemessen ist, jüdische Opfer als Mörder zu zeigen, habe ich mich dazu entschlossen und auch versucht, die Frage im Roman selbst zu thematisieren.

Ein weiterer Punkt scheint mir wichtig und sollte ebenfalls erwähnt werden: Allein die Tatsache, dass Oskar Schindlers kurzer Aufenthalt im Regensburg der Nachkriegszeit Teil des fiktiven Geschehens im ersten Teil des Buches ist, bedingte, auch den zweiten Teil in Regensburg anzusiedeln. Dies, und nur dies, ist der Grund, warum die angedeuteten neonazistischen Tendenzen mit dieser sehr liebenswerten Stadt in Verbindung gebracht werden. Wie viele andere deutsche Städte auch, versucht Regensburg, sein Profil als ›bunte‹ Stadt gegen dumpfes ausländerfeindliches Krakeelen zu bewahren. Das ist hier, ähnlich wie an anderen Orten der Republik, kein immer ganz leichter Prozess.

Wer war nun dieser Oskar Schindler? War er ein Heiliger? Doch, wenn ja, was für ein Mensch steckte in diesem Heiligen?

Ich weiß es nicht, aber es scheint mir im Rahmen meines Kriminalromans gar nicht so wichtig. Wichtig ist, wie wir mit den Ereignissen, die auch ihn ganz ohne Zweifel geprägt und mit Sicherheit verändert haben, umgehen.

Der Autor Eschenbach, den 14.03.2010

Weitere Krimis finden Sie auf den folgenden Seiten und im Internet: www.gmeiner-verlag.de

JAN BEINSSEN
Goldfrauen

272 Seiten, Paperback.
ISBN 978-3-89977-1097-0.

STRENG GEHEIM Die Nürnberger Antiquitätenhändlerin Gabriele Doberstein bekommt Besuch von einer Journalistin, die sie für den Stadtanzeiger interviewen will. Doch allem Anschein nach interessiert sich die Frau viel mehr für einen alten Biedermeiersekretär. Ebenso wie ein Geschäftsmann, der ein paar Tage später auftaucht. Als in derselben Nacht in den Laden eingebrochen wird, schwant Gabriele nichts Gutes. Zusammen mit ihrer Freundin Sina nimmt sie den Sekretär genauer unter die Lupe – und wird fündig. Unter einer Schublade entdecken die Frauen einen Umschlag mit geheimen Dokumenten, die in das Berlin der Vorwende-Zeit weisen …

FRIEDERIKE SCHMÖE
Wieweitdugehst

227 Seiten, Paperback.
ISBN 978-3-8392-1098-7.

WIESN-MORDE Auf dem Münchner Oktoberfest wird ein 14-jähriger Junge in der Geisterbahn ermordet. Ghostwriterin und »Wiesn-Muffel« Kea Laverde begleitet ihren Freund Nero Keller, Hauptkommissar im LKA, bei den Ermittlungen. Dabei trifft sie auf Neta, die beruflich Kranken und Trauernden Geschichten erzählt, um deren Schmerz zu lindern. Als auf Neta ein Mordanschlag verübt wird, versucht Kea den Hintergründen auf die Spur zu kommen. Sie stößt auf einen Sumpf aus Gier, Lügen und unerfüllter Liebe …

GMEINER

Wir machen's spannend

SABINE THOMAS (Hrsg.)
Tatort Starnberger See

176 Seiten, Paperback.
ISBN 978-3-8392-1103-8.

MYTHOS STARNBERGER SEE Hier kam Märchenkönig Ludwig II. unter mysteriösen Umständen ums Leben, hier residieren hinter hohen Mauern in prachtvollen Villen die meisten Millionäre Deutschlands – und solche, die es werden wollen. Notfalls gehen sie dabei auch über Leichen ... 12 Autoren haben sich zusammengetan und den bayerischen See zum Schauplatz ihrer Kurzkrimis gemacht. Ob ein Sommerfest in der geschichtsträchtigen Villa Waldberta, das zum Sommernachtsalbtraum gerät oder ein morbides Damenkränzchen im Seniorenheim, das sich Zeit mit bösen Spielchen vertreibt: Die Geschichten sind so unterschiedlich wie ihre Autoren und deren Protagonisten: bitterböse, spannend, beklemmend, literarisch, aber auch witzig oder skurril.

MANFRED BAUMANN
Jedermanntod

372 Seiten, Paperback.
ISBN 978-3-8392-1089-5.

BÜHNENREIF Salzburg im Sommer, belagert von Touristenscharen und Festspielgästen. Auf der »Jedermann«-Bühne vor dem Dom liegt ein Toter. Ein prominenter Toter. Der Tod höchstpersönlich. Hans Dieter Hackner, der gefeierte Darsteller des Todes in Hofmannsthals »Jedermann«. In seiner Brust steckt die Kopie eines Renaissance-Dolches, an seinen Füßen fehlen die Schuhe. Alles viel zu theatralisch, denkt Kommissar Martin Merana, und beginnt seine Ermittlungen in einer Welt, die ihm fremd ist: die Welt der Salzburger Festspiele mit ihren extrovertierten Künstlern und fädenziehenden Managern ...

GMEINER
Wir machen's spannend

ANNI BÜRKL

Ausgetanzt

374 Seiten, Paperback.
ISBN 978-3-8392-1023-9.

TANZTEE Berenike Roithers neuer Teesalon im beschaulichen Kurort Altaussee im Salzkammergut verlangt ihre volle Aufmerksamkeit. Doch bald wird sie aus der gewohnten Arbeit herausgerissen: Ihre Tanzlehrerin Caro, die am mystischen Hallstätter Gräberfeld ein keltisches Tanzritual abhalten wollte, wird tot aufgefunden – in der Mitte entzwei gesägt und in einem Friseursalon zur Schau gestellt. Auch Berenike fragt sich, wer so viel Hass gegen die engagierte Frauenhausmitarbeiterin hegte. Und plötzlich steckt sie selbst mitten in den Ermittlungen …

PIERRE EMME

Diamantenschmaus

319 Seiten, Paperback.
ISBN 978-3-8392-1079-6.

VEREDELTE ASCHE Die Wiener Promidichte schwindet beträchtlich. Palinski hat es mit einer ganzen Reihe von Mordfällen an bekannten Persönlichkeiten der Hauptstadt zu tun. Zu den Opfern zählen ein stadtbekannter, tierquälender Kettenraucher, ein berühmter Kammersänger und ein belgischer Entertainer. Die nächste Schreckensnachricht lässt nicht lange auf sich warten: Hildi, die 22-jährige ›Prinzessin der Herzen‹, ein Star der Volksmusik, wurde entführt. Besteht ein Zusammenhang zwischen den einzelnen Morden und der Entführung? Und was haben die so genannten »Promi-Diamanten« damit zu tun, die im Internet meistbietend versteigert werden? Da Hildi in großer Gefahr ist, entschließt sich Palinski, die Entführer zu kontaktieren und ein Treffen zu vereinbaren.

GMEINER

Wir machen's spannend

MARCUS IMBSWEILER
Butenschön

321 Seiten, Paperback.
ISBN 978-3-8392-1106-9.

BRANDHEISSES MATERIAL Prof. Albert Butenschön, der fast hundertjährige Chemiker und Molekularbiologe aus Heidelberg, gilt als einer der wichtigsten deutschen Nachkriegswissenschaftler. Warum wird auf das Büro der Historikerin Evelyn Deininger, die an einer Promotion über sein Leben und Werk arbeitet, ein Brandanschlag verübt? Hat Butenschön etwas zu verbergen? Oder stecken rabiate Studenten dahinter? Bei seinen Ermittlungen gerät Max Koller nicht nur zwischen die Fronten universitärer Scharmützel, sondern erfährt auch einiges über das Verhältnis von Politik, Wissenschaft und Moral …

BERND FRANZINGER
Zehnkampf

368 Seiten, Paperback.
ISBN 978-3-8392-1086-4.

UNTER BESCHUSS Tannenbergs Neffe nimmt an einem Zehnkampf teil. Während des 100m-Laufs wird ein Sprinter von der Kugel eines Heckenschützen niedergestreckt. Am nächsten Tag entdeckt man in einer Weitsprunggrube einen Sportler, der ebenfalls mit einem Präzisionsschuss getötet wurde. Der heimtückische Killer hat sich offenbar zum Ziel gesetzt, innerhalb eines engen Zeitfensters zehn Menschen mit jeweils nur einem einzigen Schuss zu töten. Plötzlich gerät Kommissar Tannenberg selbst ins Fadenkreuz …

GMEINER

Wir machen's spannend

MATTHIAS P. GIBERT
Schmuddelkinder

372 Seiten, Paperback.
ISBN 978-3-8392-1084-0.

GESTOHLENE KINDHEIT Baunatal, Nordhessen. Der pensionierte Erzieher Dieter Bauer wird durch einen Schlag auf den siebten Halswirbel getötet. Am Abend des nächsten Tages wird Ruth Liebusch tot aufgefunden – ebenfalls eine ehemalige Erzieherin, ebenfalls getötet durch einen Schlag auf den siebten Halswirbel. Und es gibt noch eine Gemeinsamkeit zwischen den Opfern: Beide waren in den 70er Jahren im Karlshof tätig, einem berühmt-berüchtigten Jugendheim südlich von Kassel.

Kommissar Paul Lenz vermutet einen Serienkiller. Was ihn jedoch verwirrt: Die Morde haben beinahe zur gleichen Zeit, räumlich weit voneinander entfernt stattgefunden …

FRANZISKA STEINHAUER
Gurkensaat

420 Seiten, Paperback.
ISBN 978-3-8392-1100-7.

UNTER WÖLFEN Ein nebliger Novemberabend in der Lausitz. Kommissar Peter Nachtigall wird in das Herrenhaus der Unternehmerfamilie Gieselke gerufen. Maurice, der sechsjährige Enkel des Spreewälder »Gurkenkönig« und Hobbyjägers Olaf Gieselke, liegt tot im Arbeitszimmer – erschossen mit einem Gewehr aus dem Arsenal des Großvaters.

Am nächsten Tag wird eine weitere Leiche entdeckt. Es handelt sich um den Naturschutzaktivisten Wolfgang Maul, der sich für die Wiederansiedlung von Wölfen in der Lausitz eingesetzt hatte.

Nachtigall beginnt sich durch ein Gestrüpp aus Hass, Neid und dunklen Geheimnissen zu kämpfen …

GMEINER

Wir machen's spannend